石英 著

历史的红色纹理

献给新中国的70篇

人民日报出版社
北京

图书在版编目（CIP）数据

历史的红色纹理：献给新中国的70篇 / 石英著. -- 北京：人民日报出版社，2019.9
ISBN 978-7-5115-6184-8

I.①历⋯ II.①石⋯ III.①散文集－中国－当代 IV.①I267

中国版本图书馆CIP数据核字（2019）第193064号

书　　名：	历史的红色纹理：献给新中国的70篇
	LISHI DE HONGSE WENLI: XIANGEI XINZHONGGUO DE 70 PIAN
著　　者：	石　英
出 版 人：	董　伟
责任编辑：	宋　娜
封面设计：	李尘工作室
出版发行：	人民日报出版社
社　　址：	北京金台西路2号
邮政编码：	100733
发行热线：	（010）65369509　65369527　65369846　65363528
邮购热线：	（010）65369530　65363527
编辑热线：	（010）65369521
网　　址：	www.peopledailypress.com
经　　销：	新华书店
印　　刷：	河北大厂回族自治县彩虹印刷有限公司
开　　本：	880mm×1230mm　1/32
字　　数：	224千字
印　　张：	9.75
版次印次：	2019年9月第1版　2019年9月第1次印刷
书　　号：	ISBN 978-7-5115-6184-8
定　　价：	42.00元

目录

杨家岭的感觉

- 003 闪光的征程（四章）
- 010 黄洋界下一条路
- 013 井冈雕塑园
- 015 闽西"风水"
- 018 "红都"感怀
- 021 悠悠云石山
- 024 过长汀瞿秋白就义处
- 027 回眸雪山
- 030 杨家岭的感觉
- 033 本色大别山
- 037 中江行，爱中江
- 041 秋雨中，拜谒马克思墓
- 044 利州，利民之州——扶贫采风摘记
- 052 纳溪，纳溪！
- 058 塞罕坝的气味

将军的秘密

- 063　他从这里起步——邓恩铭故乡荔波一瞥
- 066　将军在秘密战线（两篇）
- 070　邂逅粟司令
- 073　我所感受的"许司令"
- 078　忆一位农村老党员
- 082　她，那时不叫明星
- 086　沟通心灵的使者——记一位战地女翻译

　　一个女报务员的日记　089
　　第一次目睹烈士　091
　　第一次看到"讲话"　094
　　全场肃静，突然爆起掌声　097
　　遭遇"小老隋"　100
　　母亲以乡音送我参军　105

过期的"机密"

- 111 长征途中的非常春节
- 114 红楼春秋——吉鸿昌烈士在津革命活动点滴
- 120 抗战岁月(九章)
- 130 忆解放区中小学课本及其他
- 135 时代的语汇
- 138 战争环境中的洋词土调
- 141 忆解放区新华书店
- 145 战争文学的"力"与"味儿"
- 149 想起当年"爬山头"
- 153 向"突围者"了解中原突围
- 161 忆谈判岁月
- 165 内线与外线——琐忆当年战事
- 171 难忘胶东保卫战
- 176 战争的胜利并非天降馅饼
- 182 过期的"机密"
- 187 停战协定生效的时刻

189　坑道口外，有一棵桃树

191　硝烟裁成的封面

194　我亲历的解放区岁月

201　一个夜晚跨越了一个时代

206　"危险品"在身，有惊无险

208　故乡抗战的最后一役

213　反法西斯战争的胜利解救了我

216　抗战胜利了，欢庆中也有隐忧

219　相识于战火中

集市宣传和"土广播"　225

画"战争形势图"与秘密入团　228

我亲历的"夜不闭户"年月　230

记渴望"消息"的日子　234

村庄，突然变得清寂　245

夜运粮，山形黑沉欲倾　249

穿越公路，去接受指令　252

始料不及　256

又一次进城，还算及格　259

气节：红与黑的反差　263

我在战争年月中的几个"第一次"　270

走时脸红，回来时天红　276

重回突破口　280

遥远，又那么亲近　283

难得一个囫囵觉　287

我那失散的解放区的书　290

良性的感觉就是恩　295

杨家岭的感觉

闪光的征程（四章）

井冈山——永恒的制高点

井冈山，我去过多次的名山。这座名山极为难得之处在于：它既是中国的革命圣地，又是风景卓然的旅游胜地。

但当我来到这里就会自然而然地欣赏它的风景，而景仰它的非凡历史、感受它在中国革命进程中的意义则具有更沉重的分量。

我愈来愈深切地感到：当年毛泽东选取井冈山作为中国第一个农村革命根据地具有何等睿智的眼光！井冈山的海拔并不算太高，但整个山区横跨两省若干县份，可谓赣湘之脊；山势绵亘于罗霄山脉中北段，号称"八百里井冈"。当敌人咄咄逼人，欲将处于弱势的革命力量扼杀于建军初期时，毛泽东率领秋收起义的队伍（随后与朱德、陈毅等南昌起义转战千里的一支军队会师）指点井冈，抢占两军搏斗中的制高点。上了井冈，无异于跨上了千里坐骑，便进退自如。比之于敌人，他们的武器当然也处于劣势，但硬是以"汉阳造"和梭镖挑破厚重的阴霾。我去遍了井冈著名的五大哨口，不知怎么竟产生了这样一个感觉：好似一只巨手叉开五指，有力地叩响了时代的先机！

黄洋界，被视为五大哨口之首。凡来井冈山的游人无不亲临此地，以感受井冈山的形胜，俯视山下的险峻。人们常说"自古华山一条路"，其实，井冈山黄洋界下面也是自古一条路。时间的先后，分秒之差在这里都有意义，可以说是：先登则生，后上则死。当时，哨口上仅有的一门迫击炮极具传奇色彩，几发炮弹中有的还是哑弹，仅一发命中恰好端掉了敌军的指挥部。我总觉得这仅有的一门迫击炮无异于是一只报晓的金鸡。不在形似，重在神似，它一声长鸣，便在关键时刻扭转了局势。

数千人乃至上万人的队伍得以发展壮大，首先需要生存的条件，而吃饭是最起码的一条。靠谁？当然不能离开群众的支援，但只靠伸手是不行的，每个战斗者也是自谋食者，而且在那时肯定得官兵一起动手。在这方面，朱德是一个典范和带头人。他自幼用熟了扁担，并与红米和南瓜亲和，因此经常要和大伙一道去山下挑。半山上那棵歇凉的树与朱德的扁担同样有名。这棵树正处于风口，可以想见那清风自然是天天吸吮着"挑夫"们汗珠的气息。它当会看见：首长和士兵肩头上都有同样负重的印记。这印记，如果视为那个特定时期革命军人的"肩章"亦未为不可。只是这"肩章"不需任何人设计，而是负重者自己赋予的特定标识。

在毛泽东故居门前的一块台地上，有一方偌大的石头，据说毛泽东当年喜欢坐在这里读书，因此今名为"读书石"。这"读书石"立地很稳，承托着读书人凝重的神思。假如说革命者产生了饥渴之感，就不仅是需要粮食和水，那粗糙的书页上的闪亮文字更能令人奋起。在这里，读书与著述很难严格区分，实际上，毛泽东在战争实践中创造的军事原则已在这里开始孕育。从容、镇定、灵活，相机歼敌，"读书石"也是镇山石。"敌军围困万千重，我自岿然不动。"至今这读书石还在诉说当年情势。

后来，红军主力又从这里开赴赣南和闽西，开阔视野，放开手脚，铁流指向红壤广袤千里。这充分说明，抢占制高点，一度雄踞井冈，绝不是为了"占山为王"，而是俯瞰四方，以踞应变。从此，毛泽东和红军以井冈巨石为子，摆开了全国棋局。井冈山，无论是长期坚守还是表面上放弃，都已成为不倒的象征、永恒的标志。

"红都"瑞金

我在饮水思源井边沉思："红都"瑞金是历史命运的转折点。红军兴盛在此，中华苏维埃雏形在此；形势急转直下在此，离开根据地的大转移也自此举步。四年啊，四年间"扩红"的欢腾与离别的痛彻。一个场面又一个场面相组接。尽管是雄鹰，有时也需学会警惕和灵活应变地腾飞，以避开山洪裂岸、河水暴涨！

但瑞金的四年是极为丰实的四年。在这里，曾为日后两年的最后对决进行实战演练，也为日后在全国掌握政权构建可视的雏形。在这里，红色根据地中银行、法院、教育、工商等应有尽有。完全可以说是鏖战与建设并举，现实托举着理想的蓝图。

在我过去的军旅经历中，曾接触过不止一位亲身参加过长征的老战士。我的老处长就曾是一位放羊娃和红军小机要员，他的爱人是一位红军女兵连长，背着一口行军锅，从瑞金走到延安。他们都曾向我讲述过离开红区的情景，有些细节我永生难忘。若干年后，我想象当时的情景，心灵中仍有一种震撼：从瑞金出发，有目标也没有十分具体的目标，如果说有目标的话,就是彼此都能看到军帽上那颗红星,在额头上照耀;说没有十分具体的目标,唯一的狭路就是在枪弹疏落的空间,为了保存下基本的革命力量再度崛起,勇士们以额上的红星去碰枪口——义无反顾!先头部队如利箭,指向浩渺,雨夜中看不清地图,只有指北针紧蹙眉头,去哪儿?谁也未答,但队伍仍在加速行进,脚步声和着唰唰的雨声,辗转西下,又一脚泥泞,滑到湘江东岸,在那里,可谓九死一生,代价是沉重的,沉重的代价将红军托举到希望之路⋯⋯

1934年10月的瑞金,经历着一次历史的壮别。而暂时的离去是为了有朝一日的归来,对手的猖狂是败亡的号角。历史往往是迂回前进,在动中变强。唯一不动的是烽火犁过的红壤。瑞金,这个赣南的不大不小的县份,但在中国历史上多半是最小的"都城";不过,在20世纪30年代初期,却拥有当时素质最为优良的人口,而且完成了一次果断的大迁徙——近十万军民甩掉妨碍前进的辎重,背负起整个中华民族的希望。

可见,地不在太小,有灵则圣。这座昔日的"红都",至今也还够不上四方通达的大都会,游客却不顾路途遥远,车船辗转前来,一睹真颜;尽管其海拔并不很高,未能前来者也还是怀着虔诚之心仰望她所在的方位。

如果是自觉地仰望,那就是一种信心。真正有意义的人生,不能完全没有这样的仰望。

历史选择了延安

我也曾多次去延安,其中一次是冬季,很自然地萌生出寻觅并体验毛泽东主席创作《沁园春·雪》的心境。那么最恰当的地方应当是宝塔山高处。也巧了，清晨起来，真的落雪了，我急切地赶着登上宝塔山，果然是好大的雪，覆盖了山坡和山凹，将稍远处的城市楼房上也斑斑驳驳地点缀得好看。此时，我的神思却不仅限于此，仿佛回到了几十年前。也是这样的冬季，也是这样的大雪天，白雪覆盖了当时与延安有着重要关系的西安、北平、南京、重庆……暖阳在杨家岭东山升起，雪融后，大地便会清晰地分出红绿灰黄。

一大批穿草鞋的人边停边走，转了大半个中国，终于在这块贫瘠的地方落下了脚。是敌人的追逼，也是自己的选择。而选择也是由于天时、地利、人和。人据地而起，地因人生辉。

杨家岭，领袖们住过的窑洞区，此时好恬静。除了树和院中的石桌，我没有看见一座岗楼，也没有寻到警卫室的遗址，好像一进入这里，就用不着担心安全。他们和羊倌们做邻居，无形的心弦上系着警铃。只在毛泽东房间的墙壁上，我看见一张接见农民的照片：一个老汉与领袖并排站着，前面是两个打腰鼓的小姑娘，谁也没有表现出受宠若惊。领袖和平民的脸都那么安详，就像春风掠过渠水后水面的波纹一样，那么自然。

就是这条延河，就是这片黄土高原，就是这一座座窑洞，那年头却吸引着八方来者。来自青岛和庐山的青年，毅然放弃避暑胜地，情愿投入这里的火热生活。皮鞋追寻着草鞋的踪迹，还要闯过严密盘查的危险，执着地来到这块清贫的圣地，那时，他们中没有一个是消闲的游客。

我伫立在窑洞窗前，总觉得窗里面移动着一支毛笔，促成现实与未来精彩的对话。

就这样，炊事班屋顶上的袅袅炊烟，与新华广播电台的天线并立了十四年。

所幸在那些年里，延河水没有断流。这不竭的延河水用蒸熟了的陕北小米，把革命力量养足了；然后东渡黄河，去收获1948年、1949年，船工解开白头巾，张扬成鼓荡的帆。

西柏坡一载"寒窗"

当时，举世的目光聚焦在三个地方——辽沈、淮海和平津，却较少注意，一个新的中国，正在北方的土坯房里完成最后的孕育。

在江淮大地上，穿灰、黄军装的指战员正跑步前进，身披将校呢军服的"国军"望风而逃；沂蒙山红嫂手纳的布鞋，追赶着美式十轮卡的车轮。太迟了，蒋"总统"乘坐的"美龄"号专机，还在无望地抛撒着督战手令，却落在了大队的俘虏中间；"嘉勉"电报在已被击毙的中将兵团司令身边哀鸣飘散……

在西柏坡中央军委的作战指挥部里，一支红蓝铅笔分隔了两个时代。蓝色据点的小旗尽皆倒伏；而红色，激奋了大军进城的锣鼓。

小机要员的苹果脸红得成熟，荧荧烛光伴他译发了一件件祝捷电报。烛光欣慰地结成一簇不愿熄灭的花。清晨，领袖们推开柴门，伸伸腰身。此时，山野的空气很静，炮声已向南延伸、延伸……

中国古代的科考讲究"十载寒窗"，而毛泽东和他的战友们如以大决战的西柏坡时期算来，才只"一载寒窗"，历史的进程就刻不容缓地提出"上京赶考"的重大课题。三百公里的距离需大步跨越，当1949年春天来临的时候。

就这样，一些先进思想的代表人物，将进入古风习习的千年帝都。从不见经传的小山村，未经过渡就莅临偌大的名城，好在周围有几亿双信任的目光，信任来源于"试卷"准备得过硬。这就是，"赶考"不为追逐"状元及第"，也不做李自成；进京的第一课就是牢记"两个务必"。

从西柏坡农家院里的碾盘，到香山双清别墅的凉亭，领袖还在进一步完善"试卷"的答案。大时代在小亭里报以回声——他凝视百万雄师渡江的号外。此时黄栌树的嫩叶推开冬天的残片，天边响起本年度第一声春雷，预示着来日在天安门上，那至今仍在回响着的庄严宣告……

几十年后，每天都有很多人又走在从北京到西柏坡的大路上。

黄洋界下一条路

  黄洋界，这井冈山传统的五大哨口之一，因毛泽东的"黄洋界上炮声隆，报道敌军宵遁"的诗句更闻名遐迩。以往我仅是听其名而梦其形，今则亲至，见其形胜，果然十分了得！它不仅险势天成，易守难攻，而且自然风光特佳，那山那石那云那雾，实实虚虚，变幻莫测。平心而论，直使一些久负盛名的老牌名山形胜不敢妄自尊大。

  这里暂不尽言黄洋界百般佳处，只提它面对西面群峦俯瞰幽谷的一条狭路，即不难憬悟它传奇式的经历，近七十载负风载雨之神功。真可谓：一路挺肩担湘赣，千里迤逦通冥冥。

  我言其冥冥，是说它时隐时现，似断实续，这段被乱树遮掩，那段又被巨石夹住，极目望去，一壑将山体劈成两半，雨后虽有积水，闪着片片银光，但毕竟没有催波逐浪，说明它不是河，而是路。现在却没有人迹，使人颇感有几分神秘。尽管我知道沿着这条似沟实路的通道可以走到宁冈，走到湖南茶陵，以至折向长沙，但我总觉得它通向浩渺的沧溟。因为它现在已废弃不用，另有一条新修的公路通向那个一代伟人出生地的省份。这条似沟实路的狭道是通向昨天的路，是一根勾忆往昔的强韧神经……

当年，毛泽东同志领导的湖南秋收起义，受到了敌人的很大压力，于是东向转移，进入了这罗霄山脉中段的井冈山，就是循着这条山间狭路由黄洋界哨口上山，收编了原来占据这里的绿林武装王佐、袁文才所部，竖立起以星星之火映红的农村包围城市的革命旗帜。作为中国共产党领导下的第一个农村根据地，以它茂密的林木，遮护了早期革命种子的发育成长；以它清冽不竭的泉水，滋养了渴望挣脱牢笼以求解放的红"小鬼"们。

这条昨天的、具有历史纪念意义的路，也许任何博物馆也容纳不下，但它无疑会收进每一个到过黄洋界的、有良知的人的眼帘。我就听到一位面目文秀的旅者不胜感叹说："它简直是一架梯子！"我很赞赏他的这种比喻，不由得再一次审视这条神秘的路：它由远而近，由低而高，直竖悬壁，确像一架神梯。只有不畏万险的大智大勇者，才敢攀缘此梯，登上黄洋界，实现通向最终胜利的第一级，成为阶级和民族命运的希望！

在井冈山成为第一个农村革命根据地之后，反动统治者更加仇视与恐慌，但起初他们低估了这支工农武装的力量。1928年间，湘赣两省的国民党军队，曾几次"围剿"，其中一次湘军以成团的兵力自西而东，妄图攀上这条悬梯般的山路，攻占黄洋界。但红军以不足一个营的军力据险坚守，预先多设障碍，阻滞敌人前进；当敌人自下而上蠕动时，红军战士又以檑木滚石痛击之，敌军攀"梯"未果，且死伤累累，哀号和着山谷回声，不绝于耳的鸟语似在讥笑敌人的丑态。更具戏剧性的是，守在黄洋界哨口的红军只有一门迫击炮，全部家当只有三发炮弹，当它瞄准山下村庄里敌军指挥部射击时，其中有两发炮弹是哑弹，而只有一发不负瞩望，恰中敌人指挥部，湘军团长被击伤，不得不仓皇撤走。于是便有了毛泽东在欣喜激赏之余吟成的《西江月·井冈山》。

作为神梯的黄洋界的狭路，在另一种情况下又改变了它的性格与职能，成为胆敢踏着它的命脉攀山者的绞索。瞧，真似绞索，长长的、强韧的，只要被它缠上要想摆脱也是很难的。

神梯和绞索，双重身份，两种职能。如此说来，难道路也有灵性也有倾向不成？

路有形而无语，但一旦为人所驾驭，它也便生发出灵性，有了多种变化。它能够使目标崇高的智勇者据险如夷，也可以使自恃威福逞霸凌弱者狼狈不堪。而20世纪二三十年代之交的黄洋界，既是那神梯的上端，又是那绞索的握柄。

黄洋界，确是够险峻雄奇的，但它并不那么令人生畏。你看就在这时候，从对面山上飘来一朵白云，衬得它多么轻柔，多么祥和，像不像神话中观世音的莲座……

井冈雕塑园

当地文友兴致勃勃地对我说："来我们井冈山不能不到雕塑园，走吧。"

我自然应命。嚯，果然是一处我前所未见的雕塑群落！

在这里，毛泽东、朱德、彭德怀、陈毅、贺子珍……以及早在井冈后被收编的王佐、袁文才的塑像都在这里安坐。他们或静思或凝目，或似临战前的整装，或似胜利后的小憩。一切团结合作、是非荣辱，都化作石级下一溪清水，定格为暮春时节安详的杜鹃。

当年由山下挑米上山半途稍歇的标志———一棵粗大的槲树还依然茂盛。那时不论是坐地户还是后来者，都曾在这树荫下乘过凉。不论是参加秋收起义还是湘南暴动的，也不论是萍乡、水口山的工人还是平江、浏阳的农民，以及被收编后的绿林豪杰，他们当年沿着崎岖山路洒下的汗水都已凝成槲树叶上的露珠，映射着世纪的一轮清月。

是一轮清月。这里白天有白天的气魄，夜晚有夜晚的意境。我在井冈山只住了一个晚上，没有去逛热闹的集贸夜市，也没有去把翠湖公园的露天舞会，只是徜徉在那些最能唤起对往昔缅想的所在。走着走着，又来到了白天已经瞻仰过的雕塑园，更是别有一番感觉。那汉白玉塑身的贺子珍，在月光映照下显现出一副清凛的风姿；手执望远镜的彭德怀，趁月色当可射视透穿 20 年代至 50 年代三十年间烽烟雾幔，却不知能否洞见个人后半生命运中的跌宕风云；又见那王佐、袁文才，那黧黑色的造型，在月光下更衬托出鞍马劳顿的仪态和出身绿林的性格特色……

清辉之下，心心可鉴。人虽作古，神形如生。

尽管在夜晚，位居山顶的井冈山市也很热闹，那夜市的熙攘，那挹翠湖公园露天舞会的乐声，悉能听到；却唯有这雕塑园完全是静谧的，好像时间从这里流过也要驻足静默三分钟。

次日午饭后，我们乘车下山时又从雕塑园门前经过。我想再与这些井冈山红色根据地的开创者和战斗者告别。这里留给我的最后一个影像是塑像的神情似乎在相互询问："曾记否，同志哥在一口锅里蒸过红米南瓜？"回答当然是无声的，但园周树丛中那叫不上名来的灵鸟却抢先做出了有声的回答："记得！记得！……记得！"

灵鸟的鸣声是祥和的，令人足慰的。我离开了井冈山，但雕塑园的群像仍矗立在眼前：这是革命领袖毛泽东和他的战友及最早的红色战士们永久的聚会，这是历经艰辛终获胜利的远征者不朽精神回归的故地；这里是伟大奉献者们最安适的家园，也是后世瞻仰者取之不尽的思想和丰富艺术的源泉。

车越往前行，路两边的地势越来越平，这意味着我们离井冈山区渐远，离市区的所在地茨坪更远。司机同志似解我意，他停下来，分明是让我再回头望一眼井冈山。我感谢他，深情地回首凝望，井冈群峰在下午的阳光下更显雍容。也不知怎么，这时我觉得整个井冈山就是一座史无前例的雕塑。难说是出自造物之巧手还是革命创业者的精心杰作，也许都有。这座特大雕塑无疑是自然美和革命创业精神最完美的结合。

闽西"风水"

我自小生长于山东省胶东半岛老革命根据地,因此,一提起"老区"便油然生出一种肃然而亲切之情。但因年龄的原因,对幼时经历过的抗日战争末期和解放战争时期的革命斗争生活相对比较熟悉,而对未曾经历过的红军时期的斗争了解则主要是来自书本。两年前因公去福建龙岩,在几天的盘桓中对闽西老区的革命斗争历史有了实地的了解和较深切的感受。而且,其中的一点使我更觉震撼,让我对当年坚持闽西革命斗争的先辈们备感敬佩。这就是:自党的组织在这里建立、红军在这里开始活动,尤其是自主力红军长征之后,留下坚持斗争的党的组织和游击队历经千辛万苦始终坚持下来,直至全国解放。可谓数十年间红旗不倒,他们要经历多么难以想象的困难,才能保存下革命的火种而且要发展壮大?在我看来,这比大部队转战南北斩将夺关,其艰苦卓绝的程度实在是可匹之而无不及。这当中,也肯定有许多可歌可泣的传奇故事和英烈人物!

由龙岩而整个闽西,由闽西而推及第二次国内革命战争时期的老区,对我来说可算是补上了生动而具体的一课。

在龙岩,当地文友向我指点讲述当年发生著名战斗的战场。我所熟悉的邓子恢同志出生的地方，特别是古田会议的会址，都使我深深感到这次来闽西真是不虚此行。

有关古田会议的伟大现实意义和历史意义在这以前我当然都是知晓的，但实地参观之后便有了更深切的感受。在故址的展览室，那个时期的毛泽东、朱德、陈毅等同志的照片与红四军历届领导人名单序列格外引人注目。就在这个上杭县绝不普通的村庄里，距今七十七年前在红军挥师行进中举行了这次历史性的会议——工农红军第四军第九次党代会，会上通过的由毛泽东起草的决议，确立了红军建军的正确路线和一系列基本原则。可以说，从那时到现在，关于从思想上建党，关于党对军队的绝对领导，关于军队的政治工作等，其思想的光辉一直熠熠不减，在新时期中得到继续传承和发扬。

于是，闽西的一个村庄成为自1927年八一建军以来，又一个里程碑式的标志。从这里出发，保证了多次反围剿斗争的胜利和铁流万里举世震惊的长征。有了正确的建党路线和建军思想，离开根据地的远征者拖不垮冲得出，留下来的扑不灭、压不死。太阳落山了，光明终要重现。如此南北东西遥相呼应，但千万双眼睛总是注视着希望的所在。在闽西，我不禁想起当年在胶东从报纸上看到：1948年春天以来，在浙江、福建、广东等省尤其是省与省的交界地带，到处都是反抗国民党反动统治的"民变"，他们纷纷拿起武器，巧妙地与国民党地方武装和警察机构周旋，并相机给他们以有力的打击。这实际上是那些地区党领导下的革命火种的复燃与蔓延。他们的斗争，肯定是极其有力地配合了我解放大军渡江后的南下作战。而闽西，则无疑是这些游击武装有力的一支。那种形势可以想见：廿年火种燎原势，一朝喜泪润青山。

在闽西，我永远难忘的是这样一个场景：那天，我从古田会址出来，在一个绿草如茵的缓坡上，俯视眼前的开阔地和稍远处错落的农舍，侧后是朴素而别致的会场屋宇。这葱翠而柔和的坡地，背后是长势良好却神态静穆的树株，开阔地上停留着的几辆中巴和摄影留念的人们，组合得是如此和谐。没有谁定位这是著名的风景区，但仅就风景而言，也足以使人感到一种自然的愉悦与满足。这时，我脑子里蓦地跳出一个词儿：风水！

真的，是风水！我这里所感受到的"风水"，不是那种被赋予迷信色彩的概念，而是一种心境与环境相匹配、相融洽的转意。"风"，风尚、风气；"水"，山水环境之谓也。具体到这里的"风"，当然是正风正气；这里的"水"，当然是活水的源头，不腐之水。古田会议旧址在此，看来是一种巧合，实质是一种真实的感觉。所谓"真实"，这里实在是一片好山好水；所谓"感觉"，伟大的精神象征居于秀水之间，正是相得益彰，是天意所在的理想选择。

因此，我在古田会址之外，不但经受了一番心灵的洗礼，也饱览了一处难得的风景。我不能不承认，似这样双重的收益同样是很难得的。

"红都"感怀

往往有些地方知名度很高,但过去因为交通不便等原因,较少有人光顾。赣南的红都瑞金,以及离它不远的将军县兴国、长征始发地于都这些有名的地方,我多年以前就想去的,可直到今年才有机会对它们进行采访,果然是百闻不如一见。可以这么说,如果对这些地方一一深加记叙,恐怕数以万言也不足以穷其面貌,所以我只能择其印象最深而又能悟其新意者精要记之。

"红都"瑞金无疑是我们最关注的所在。它是毛泽东、朱德等革命领导人由井冈山向赣南发展首先立足并得以扩展的根据地的中心地带。中央苏区领导机构先后在瑞金以东的叶坪和城西的沙洲坝进行根据地的建设,并指挥对国民党军队的反围剿斗争。

苏区领导机关在叶坪住的时间最长,随后因故又移至沙洲坝。两处在地理位置与设施格局上各有千秋。叶坪的旧址原是一富豪的庄园,至今古木参天,气象森然。这里有办公处、领导人居室,还有银行、邮局、司法机关等,一应俱全,是最引人注意也最有兴味的所在,至今令人观后感叹不已。当时毛泽东主席的住室最喜窗外有树,而且是树愈大愈多愈好。如按现在的观点,窗户靠近高树易遭雷电,不一定安全。可根据史载和传说,主席窗外的树木从未遭遇雷击;倒是有一次蒋军飞机轰炸,扔下的一颗炸弹正卡在大树杈上,被紧紧地夹住而未爆炸,至今炸弹还在。一种偶然使过去和现在都留下了许多带有传奇色彩的传说。

当时苏区的银行自然是很简陋的,只有内外两间屋子。毛主席的二弟毛泽民是银行行长。那些已然过了七八十年的装钱的铁皮箱,办公"平台"的木板,收付钱币的小窗孔,据说都是当年的原物。它们无言而质朴,尘封中的况味,使今天的我们宁可相信就是原件,而不愿认为是后来的复制品。

苏区邮局的规模却比较大,而且居于一个显眼的突出部位。据说由于一任局长的通敌叛变,使我方受到了一定损失,甚至就连苏区领导机构自叶坪迁至沙洲坝,都与这起事件有关。

沙洲坝的饮水思源井多年来就见诸报刊乃至课本。其中包含着十分温馨的传说和故事:关于那时领导人对群众疾苦的深切体恤,关于人民对领导的爱戴种种,都早已为人所熟悉。而今我最感了不起的是瑞金苏区的"大会堂"。如军帽状,呈八角形,高耸而空旷,轻灵的支架据说十分符合建筑力学的原理。而且基于当时的形势考虑,非常利于防空,从几个角门可以迅速疏散,进入半山腰的防空洞。因此,那里从未因敌机的袭扰而在会间遭受损失。我在"大会堂"里审视良久,尽管它很简朴,甚至还可以说是有点简陋,却不知怎么我总将它与北京的人民大会堂的形象联系在一起。

在瑞金,更使我感动的是红军烈士纪念塔。它就在红军广场检阅台的对面。纪念塔的造型是一颗炮弹模样,弹头向天。塔基四面都是当时苏区中央政府和红军领导人的亲笔题词,而这座纪念塔的设计者,正是我党的革命传奇人物：钱壮飞。这位红军革命的"夜行者"，曾被党中央派遣，机智地打入国民党情报机关做地下工作。他最辉煌的一笔，是在顾顺章叛变革命对上海党的领导机关构成严重威胁的紧要关头，他连夜奔赴上海向周恩来同志报告，采取果断措施，在很大程度上避免了致命的损失。可以说是从敌枪的扳机上抢回了革命的生机。此后，这位革命的"夜行者"从白区进入苏区，又成为多才多艺、无师自通的"设计师"，在重重封锁中打造生门的钥匙，在枪炮声中也不忘建筑工艺的美感，使天地间的正气相互衔接……后来，钱壮飞在长征途中过金沙江时，殒于枪声与激流声中。难道这也是出于命运的设计？——正如长夜未明时的流星。

这座昔日的"红都"，至今也还够不上举足轻重的四方通衢的大都会，游客却不顾路途遥远，车船辗转前来，以一睹其真颜。可见，地不在大小，有灵则圣；凡名实相符者，都不虚此行。

悠悠云石山

中国幅员辽阔,自然也多山,山名则更多,有的同一个山名,在各地迭有出现。常见者如凤凰山、牛头山、摩天岭等,多得不知凡几。甚至就连名山也有重名的,但并未见有为此发生"侵权"争执者。随便举例,如鼎鼎大名的安徽黄山,按说可以一山盖之,其实不然,在江苏省江阴市长江边上,也有一个叫黄山的,只不过是小黄山而已。连云港的名胜花果山(据说是明代吴承恩写《西游记》地域背景的原型),真正的学名叫云台山;而今日被叫得很响的旅游胜地河南焦作市修武县的另一个云台山则声名益隆。这也算是一种很有趣的地理现象。

我这里着重提到的是江西瑞金以西不远的云石山,肯定在我们中华大地上也不是唯一的山名。不过,如以其特定的人文经历而言,应该说是不能重复的"这一个"。

如果习惯将"山"的概念定型为雄伟高峻的话,看到眼前这座云石山也许会令人有些失望,因为它既不高峻也不雄伟,只在基本上是平地之上突出一坨完全由错杂的巨石垒成的山包。就连一条狭窄的上下山道也是硬在石缝间凿出来的。其实,山的综合价值,并不仅仅由其高度而决定。我稍改原句中一字,认为是"山不在高,有仙则灵"。

云石山自古就有寺庙设施，至今还存有正殿三间，偏殿一座，香火虽欠旺盛，也有上供者三三两两。当然，从建筑格局上说，相当简朴，比一般农家舍讲究不了多少。引我来参观的当地文友说：庙虽不大，资格不浅，始建于唐、宋，明代重修，后来大都毁于雷火。然而，纵有三灾八难，却也未曾灭绝。寺庙再简陋，也是一个顽强的存在。

另外，它的特点和优势还是一处不折不扣的天然植物园。具体说来，是百木的乐土。在这座方圆不大的石山上，石缝里挤裂了品种各异的树木，一说有百余种，还有的说几百种，主要是苦楝、槲树、楸树等，而且有不少品种的树木还兼有医病的功能。千百年来山上的出家人也是采药人和制药师，乐善好施为乡民治病。例如，苦楝树的花、叶、根均可入药，叶还可以做农药；楸树的种子可入药，主治热毒及各种疥疮，叶又可治猪疮。因此，楸树又称"行道树"，为利民而行道。另一个有趣的现象也令人费解。赣南一带的树木虽多，却很少有鸟雀在枝头做巢，但在小小的云石山上，树冠上竟有许多鸟巢。不知这种现象从科学道理上应做何解释，难道小小的鸟雀也会择"风水"而居？

如果说以上两种优势尚不足以令人称奇，那么还有点石成金的一笔。这就是当中央苏区第三次反围剿胜利之后，毛泽东因受到排挤而"赋闲"，他和张闻天一起来到这座小小的云石山养病。"病"也许是有的，但毫无疑问也有另外的无奈因素。设想假如处境有变，也很有可能一振而起，霍然大愈。总之在养病期间，毛泽东得以与张闻天交流、沟通，痛切感到李德等人错误路线和瞎指挥造成的巨大恶果，为了挽救革命，必须纠正这致命的错误。平时毛泽东有时还与山寺的出家人下棋，再就是坐在一株百年古树下的自然台座上读写。当时，毛泽东的确是手不释卷。当然，这里也并非绝对清净，蒋机时不时地也来"光顾",一个天然的山洞成为最保险的防空隧道。

据说在形势最危急阶段,毛泽东与一老僧谈话时,老僧语中说了"向西走"三字。也就是说,相对而言,向西走比较安全,是生机之路。这虽是流传至今的一个传说,却也未必不可信。因为那老僧是自外地来的,经历较多,比较熟谙地理。毛泽东与其相处时,对方深受感化,关键时做有益进言,印证了毛泽东的判断,也合乎情理。

从毛、张一度住进云石山,我又了解到当时中共和红军的重要人物其实不都住在瑞金沙洲坝,而从瑞金到于都之间,不少村镇都有分驻的领导成员。只是有一个情节未考得很细:不知当时红军自瑞金出发时,位居瑞金以西云石山上的毛泽东和张闻天是东去集合后再一起西行,还是直接西去于都再同时渡河开始了长征之行。至少我在云石山没有看到任何说明性的资料。

但无论如何,小小的云石山在中央苏区历史中,乃至整个长征史迹中,都是不可忽略的一笔。"赋闲"却并非闲笔,"养病"也在运筹帷幄之间。换句话说,云石山虽小,有奇则名。

不过,要说这云石山已为远近众人所知,恐也难说。我注意到,当我们在山上流连的过程中,只有两三拨少量的观客,也许不是旅游旺季的缘故。我们下山后,管理所的一位同志即关上了小栅栏门,回望山上蓝天,只有宁静的几朵白云,悠悠。

注:云石山,为瑞金时期毛泽东同志等的住处。

过长汀瞿秋白就义处

福建长汀，这个闽西本不算很大却地位相当重要的所在，除了它的森林资源丰富，盛产稻、薯、茶和"河田鸡"等一般特点之外，使人痛切难忘的是六十八年前中共历史上的一位重要人物瞿秋白在这里不失悲壮地终结了他人生的征程。

在历史与人生的征途中，并不都是昂首阔步，瞬可丈量；有时可能由于道路过于崎岖或伤病等缘由，步履也许有些蹒跚，但仍在浓雾和泥泞中艰难地跋涉。当党中央机关和红军主力部队离开中央苏区，病弱的瞿秋白和其他几个同志化装东行，欲去上海治病，而长汀是必经之路。长汀与当时的红都瑞金，虽在行政区划上分属福建和江西两省。其实是毗邻相近。由于红军主力的西撤，长汀地区又正握在敌手，那么，秋白等人无异于陷于夜幕撒下的弥天大网。

于是，一位叱咤风云的斗士，下笔万言的文豪，在历史的泥泞路上不幸崴脚，在他三十六岁的时候。他，曾做过中共主要领导人、唯一的见过列宁的中国夜行者，此际两颊潮红不时地干咳，落入了群狼的嗥叫声中。有时气节会与无奈相伴，不屈会与病体羸弱遭遇一身。

那些军校毕业、军服笔挺、戴白手套的"中央军"将校，有时也会发出赌徒赢钱般轻狂的笑。当时的电报穿梭于长汀师部与南昌行营之间，诱降、威迫、关押、处决……犹疑于电波之中。在表面带有几分客气、称呼"先生"的背后，刽子手们正在选择行刑的合适场地……

偶有几声枪响的静夜里，他在夜梦中不时闪回着种种情景：常州破落书香门第的寒窗，上海南京路上故人的踽踽独行，瑞金第五次反围剿蹙眉的红军将领，在匆促的雨夜里有人通知他不是随大部队而是潜行东去上海……这一切一切都发生在昨天，却已成为遥远的过去。人生有的时候虽只几日，却恍度经年；有时虽相距咫尺，却似万里长天。如今对他说来就是这样，哪怕只隔一座山，恨手臂太短，无法穿透无情的屏障；梦中只觉肋生双翅，飞出重围，醒时原来只揪着单薄的衣襟，难以挣脱阴森的缧绁。

本来，也不是没有侥幸脱险的可能；只是因为有了叛徒的指认，就改变为另一种命运。"叛徒"这个物件，是伴随忠烈而相生相克的现象。自古而来，但凡一种事业兴起，必有怀有不同动机的各色人等纷至沓来。当事业兴盛阶段，纵是投机者也会巧舌如簧，甜言高声，或双足如翼，轻捷先登；一旦形势逆转，阴暗心理如沥青蒸煮，浊泡翻滚，潜思转轴，窥测方向，再谋所归。似怪也不怪，凡大忠大烈者，几乎都有"叛徒"的阴影相随。如在秋白之前的方志敏，在秋白之后的杨靖宇，都与那个可恶的物件告密有关。作为叛徒品质之形成，有说是后天的熏养，有说是先天即注入相关的因素，也许二者都有。但究竟能否在事前即能认定一二？尚未可知。

有限时日里他偶做书法和刻印，也只是一种有谓无谓的插曲而已。南昌行营中独夫的那道指令才是真的。生死在很多情况下取决于病体的辗转反侧、阴晴变化，而有时取决于时间遽然间被冷冻。秋白属于后者。

"此地正好。"他最后的呼喊成就了应有的名节。当子弹从东洋进口的枪管里喷出,封闭了曾见过列宁的人的眼睛。然而,背后群山石隙的眼睛却大睁着,见证着这悲恸而肃穆的一幕。

一抹夕阳遗留下什么?遗留下一篇《多余的话》。这无疑是作为文人的他的最后著作。这篇著作从文字表面上看并不很艰涩,几十年间却颇费评猜。持宽和持严者、抱有这样或那样看法者结论往往大相径庭。只有殉难处近旁的一棵玉米,经历了从春到夏的成熟,玉米棒子迎风露齿时,笑得有点清寂而不失从容。

如今总算尘埃落定,人们对《多余的话》能做另一种读法,尽量做出理解烈士苦衷的评猜。其实,最通俗的读法莫过于粉碎"四人帮"后落实政策时最通行的一句话:"宜粗不宜细。"看人、论人,除看一般立场外,还要结合不同个人的出身、教养、文化背景、性格气质等加以考察:有的更刚烈,有的稍文弱,有的更直性,有的稍婉曲,但只要最终大行不亏,又何须作死严抠细琢的"心理分析"?敌人那血腥的子弹,烈士那响彻空谷的最后一呼,已为气节做了明确的注脚,焉有他哉!

我素喜游山逛水,但闽西之行不是,至少不全是。我来长汀,一是为寻瞻当年老区的遗迹,二是为感受秋白征程终点的氛围,即使只达到了后一点,就值。事后感受有时胜过亲历:空灵中有沉重,寂静中更具本质真实;斯人不见,而精魂处处都能感触到。当然,不同的人感触并不尽同,扪心自问便知。

长汀,顾名思义,长长的水中一小洲。地以人重,这韩江源头汀江上游的明清府城今更为人所注目。在那小洲上伫立着一戴眼镜的同志先生,手捧一部《赤都心史》,望着东北的上海方向,他抱憾没能再次到达那里,但心语:"人生得一知己足矣!"

回眸雪山

我曾攀过川西北的"雪山",也从那边的沼泽地边缘走过。只觉得远离我的故乡的那些地方,天和地的景观都有些异样。我不知哪座山头、哪片"草地"是当年红军长征中经过的。但我姑且认为我脚下的路线就是六十年前的勇士们探索出来的。

从我现时的观察和体验,并设想着他们当年的感觉和艰难行进的情状。也许我还揣摩不到其中之万一,但在我的感觉中今昔对接已足以惊心动魄的了!

我的眼前出现了一行行并不整齐而且疲惫至极的队伍,但他们的神情是执着的、坚定的,总的趋向是朝着北方,一步一步地跋涉……

从雪山坡上攀过时,天幕伸手可以触及。天地之间一片白色,没有一丝儿杂质。很纯很纯,但纯极了反有几分可怖。不管怎样,人却要从天和山之间的缝隙中挤过去。有缝要挤,没缝也要撕开一条缝。挤过去,撕开了,就可能活下来;人活下来,革命就活下来!

挤!撕!——一个过去了,又一个也过去了。

当他们从沼泽地走过时,整个大地仿佛都在深陷。沼泽是没底的,但人心有底。尽量不要陷下去,不仅是为我保存自己。前面漫长的道路需要我。一个甚至一些人陷下去尚不至于覆灭，假如人马整个儿沉落呢？那历史就会倒退几十年。

不能！绝不能！不相信命运就是一切注定，命运需要抗争！

雪山能冻坏人，也能净化人。正因其极冷，才使细菌不能任意滋生；正因其至白，才使杂尘难以藏身。因此，凡是登上雪山再走下来的，灵魂都经过一次非凡的净化。

沼泽地无语，但使人更难耐，对人更无情。但如半陷下去又能挣扎上来，就经受过一次大自然炼狱般的锻打。故而既攀过雪山又摆脱沼泽吞陷的人，备受后辈人尊敬。我少时参军时，如听谁告诉某位是爬过雪山踏过草地的，我就会觉得他是非常之人，仿佛他是从神天圣地来的，经过一番脱胎换骨的洗礼，是完全"得道"的真"人"。

不是吗？雪山是高耸的，沼泽地是深陷的。曾经历过攀高的无比艰辛和沉陷的至苦，那么在此后的生命历程中理应能上能下。就高而不自矜，就低而不自惭，一切都泰然对待，安之若素。纵然在"一把炒面一把雪"的凛困环境中仍能咀嚼着胜利，即使遭到不公正的待遇时仍能经受着落差的摔打，而不使既定的信念化为飞沫。

我曾听一位身经百战的老乡讲述过当年朝鲜战场风雪东线战斗的惨烈情景。他说他们所在部队有几位经历过雪山草地的老红军，其中有的在抗日战争、解放战争中都闯过来了，虽多次负伤但没有死，却在抗美援朝战争中捐躯于清川江畔、黄草岭上，伴着金达莱花长眠于鸭绿江彼岸的土地上。他们当时就是吞咽炒面和雪之后慷慨赴死的。他们起之于雪山，又终之于雪岭，也算死得其所吧。

曾亲历过雪山和沼泽地的将帅中，彭德怀在他此后的生命中多经跌宕，庐山会议后被下放，尤其是"文化大革命"的残酷迫害，都未失从雪山上走下来、从沼泽地里挺起来的真人硬汉品格。还有贺龙，也是这样经得起居高与深陷巨大落差的代表人物。

还有，还有那更多的当时就没从雪山下来的红军战士，被冻僵成一座座无字碑。我仿佛听到有人在反问我："我们只见过西安乾陵武则天的无字碑，没看到雪山上有什么无字碑。"我眼含热泪回答他："那些向阳坡上洁白晶莹的山体剖面，不就是一座座无字碑吗？"

还有，还有不少因陷进沼泽而终于没有挣扎上来的，但他们也以最后一息，托助着战友们从自己的肩上跨过，让他们代表希望继续北上，也代表牺牲者去赢得最后的胜利。无私，在这一瞬间，在这非常的条件下体现得最彻底也最辉煌。

我终于越过了雪山和沼泽地带，但我仍几次回头。那里也许没有卡拉 OK 舞厅，没有角逐名次的领奖台，但它是一座巨大而悲壮的生命舞台。悲壮永远是一种激进力，不论是活着的还是死去的，都要经历千辛万苦、百般磨砺去争取胜利。活着的是以他们的光荣业绩，死去的是以他们的不朽精神。精神绝不是空的，它永远如影随形，形成巨大的感召力和推动力。

如果没有这种精神，可能谁也过不了雪山和沼泽地。

过来了就是最好的答案。

杨家岭的感觉

延安杨家岭也有感觉吗？我觉得它有。我们在感觉它，它必然就同时在感觉我们。

我不想一一述说当年每个领导人居住过的窑洞的情景，因为有无数的文章都详细地描写过了。状貌和陈设是很少有变化的，但感觉却可能有多种多样。我进来的第一个感觉就是：好恬静。

领袖们住过的窑洞区，除了村和院的石桌，我没有看见一座岗楼，也没寻到警卫室的遗址。偶尔听到鸟雀在树上鸣叫，好像犹恐打扰了窑内人办公似的，立时又敛住了声音，一只素黄的小鸟好奇地探头探脑，向着窑洞的窗户，却不舍得飞去。这便使住区尽管恬静，却充满活力，疑是窑洞里当真有人在办公哩。

没有岗楼，没有警卫室，好像一进入这里，就用不着担心安全；领袖和羊倌们做邻居，无形的心相互沟通。从某种意义上说，每一个羊倌和他的全家老小都是警卫。警卫和伙伴在这里几乎是同义语。

没有流行歌曲播音，也没有小汽车的鸣笛声。也许因院里太恬静，流行歌曲在这里没有听众，小汽车也不能开进院里，有乘坐者也早就在远处下车，步行出入这里是当年的传统，也不好打扰了窑洞里的人办公。我问过不少同来的人内心感觉，他们中有人告诉我：来到院里，不知怎么幻觉中窑洞内就是有人在办公。

当然，真实的情况是窑洞里没有人，我只在毛泽东的房间墙壁上，看到一张他在这里接见农民的相片。一个老汉与领袖并排站立，前面是两个打腰鼓的姑娘。谁也没有居高临下，谁也没有谦卑不安；谁也没有恩赐于人，谁也没有受宠若惊。看领袖和平民脸上的表情都那么安详，就像春风掠过渠水后水面的波纹，那么自然；就像秋熟的玉米露出微笑，玉米棒和玉米皮之间的关系那么和谐，相互依存。

但杨家岭也不是一年四季绝对恬静的。譬如说，延河也有盛水期，降雨量不大的陕北高原有时也会下暴雨。据说是曾经帮助毛泽东主席种过菜的那位老羊倌的孙子就告诉我："前几年伏天发大水，杨家岭被水淹过，有的乡亲的窑洞被冲塌，受了不少损失……"看来，下小雨虽不失安详，但庄稼、花树不解渴；雨下得太大又过了，人们心里又不平静起来。

幸好，过了一年秋天凤凰山上下、延河两岸又下了一场"花雨"，这"花雨"汇成一条百果河。百果河里已经不只是传统的陕北红枣，而首先是良种苹果，从苹果园中不时送出爽朗的笑声。

杨家岭也是这样，笑声打破了固有的宁静，据说是上述打花鼓姑娘之一的外孙女——一个聪俊的、有文化技术知识的女孩子，充满自信地对我说："科学证明：从纬度上说我们这片地方栽植苹果是最合适的。比起国内有些地方，我们这里更不容易退化。您想证实一下吗？请尝一尝延安苹果的味道。"

我与其是品尝着苹果，不如说是咀嚼着她的语意，延安是一个老区，但这里的苹果却是新兴的。新兴的而又是遵循科学方法培植的东西当然是不会退化的。

现代生活的步伐在杨家岭的黄土村路上也印上了清晰的踪迹,却仍无悖于它传统的恬静。

我在感觉杨家岭的质朴浑厚,杨家岭在感觉我的真诚冷静。离开真诚便无从产生准确的感觉,而冷静中凝结起的印象是比较可靠的、隽永的。

本色大别山

在今年夏天之前,我还没有实地到过大别山,但大别山对于我,不仅是非常熟悉,而且早已充满感情,心仪已久。我在故乡上初中时,便能从地理课本中获知大别山的方位和概况:在鄂、豫、皖三省边境,西北——东南走向,为长江、淮河的分水岭。平均海拔1000米左右,主峰为海拔1700余米的天柱山。在战争年代,我知道这片区域乃鄂豫皖革命根据地。红军撤离后,革命传统绵延,后来其中部分地区为中原解放区;而中原突围之后的一年多,刘、邓大军又渡过黄河直插大别山,威胁国民党统治的心脏地带——武汉、南京。大别山革命根据地涌现与培育了大量的革命骨干与杰出人才。我参军后的老首长许世友、聂凤智等均出于这里,就连我所在的机要处处长刘良明同志也是红安县(当年的黄安县)人。

记得六十年前,在与刘处长的一次谈话中,他操着浓重的鄂东方言对我说:"大别山区是一片很大的区域,不是一座孤零零的高山。"他的这一番"点拨",在我的脑海里留下了极深的印象。事后我也在想:是啊,革命根据地离不开人;如果没有群众的掩护,纵然山再高、再挺拔,也只能是一峰独秀、曲高和寡。如果不是纵横数百里的山区,我们的子弟兵又岂能具有足够回旋的余地？然而尽管如此，还是百闻不如一见，真个是"相思六十载，垂髫变苍颜"。

　　直至我党九十华诞期间，我才得遂夙愿，真的来到这片红土地，感受它的非凡气韵与亲切质朴的本色。几天的考察和体验，主要是在当年黄麻起义的地面上行走。当1927年蒋介石背叛革命，对共产党人与革命人民挥起血腥的屠刀时，大别山的革命群众没有屈服，他们在党组织的领导下，奋起抗击，而且一度攻克了黄安县城。在这里，更深刻印证了一条真理：愈是在革命之火燃烧得最炽烈的中心，就愈是能够锻炼出最出色的钢铁战士。这就是为什么大量的红军以至人民解放军将领涌现于红安、麻城及其周围的一些县份的"奥秘"！当我们乘车一进入上述地界，扑面而来的便是醒目的大字标识——将军的家乡，不愧为将军的家乡，可谓目不暇接。哦，真是名副其实的将军县！但不是温馨舒适的摇篮，而是铁花迸溅的熔炉。但此时在高速公路两边，岭坡、田畴一片寂静，红壤上的矮松和庄稼略觉稀疏有欠蓊郁，但在我的感觉中，却淳朴自然，似乎在有意向人们展示出当年的原生地貌：这片革命的红壤，本就不那么丰足富庶，只有靠自己的奋发努力才能改变固有的命运。

　　我们终于来到昔日鄂豫皖苏区的"首府"——红安县城北的名镇七里坪。这个当年被命名为"列宁市"的镇子如今已进行过整修，按彼时原貌在各门面上标以鄂豫皖苏区政府及原财政、司法、银行、邮政等机构，应有尽有。这不仅使我联想到在江西瑞金看到的类似的情景。事实上，20世纪二三十年代的苏区在相对稳定了之后，都逐渐形成为一套执政与建设的雏形。虽然主要是为了反围剿战争之必需，却也注意到有序管理这一面。从当时图片的记录和讲解员口中，可以感受到当时苏区的党政领导既有现实的紧迫感,又具有面向未来的远大眼光。他们中除了少数叛变者之外,有的在惨烈的斗争中为革命捐躯,有的经受了血与火的考验而走到了全国解放。而七里坪——"列宁市",在革命烈火熔炼和作为施政管理演练这两方面都经受了严酷的考验,积累了比较丰富的经验。可见"农村包围城市",在当时的形势下总体上是这样的,但具体到某一块革命根据地中,也有相对的中心点,也有"城镇"在指挥广大乡村的斗争哩。

特别值得提及的是,当时大别山革命根据地的领导层,在保持勤恳、廉洁、克己奉公这方面给我们留下了最深刻的印象。在苏区,筹粮筹款绝非易事,他们尽量不加重人民群众的负担,"一个钱掰八瓣来花";为了节省开支,"精于算计",无异于"算破了天",都是为了苏区人民的利益。在"列宁市",无论什么部门,所用的器物在今天看来都简陋得难于想象;就连所使用的武器,也都相当原始。讲解员告诉我:从敌人那里缴获来的较好的武器,都用到了最前线。"每一粒子弹都还给敌人",让对方付出必要的代价,这就是我们所要的"收条"。至于较远一点的"后方"人员,使用的武器自然就落后多了。其实,就拿"后方"七里坪来说,距离火线也常常只有几十里,至多百里之遥。但在通常情况下,白军也只能对这个红色城镇徒叹奈何。

我们食宿的"宾馆"也是大别山本色的一个缩影。这里最"奢侈"的装饰就是在几层楼过道墙壁上悬挂着本地区涌现出的将军肖像。这应该说是大别山精神的一个品牌,也是这片土地最值得自豪的恒久象征,比任何华丽的装饰更壮美。我抓紧时间在整个三层楼上看了个遍,完全沉浸在大别山区人与历史的氛围中。而且,我还注意到一个非同寻常的现象:今天的陈列者是以历史的、客观的眼光来观照这数以百计的将军走过的道路。以光辉业绩终其一生者（如王树声大将等众多将领）自不必说，即使在漫长的跋涉道路上跌过跤甚至造成罪错者（如林彪集团的成员江腾蛟等人）也在同幅大小照片下面的文字中如实说明其不同阶段的生命历程，以警后人。

在这里，接待客人的饭菜也大都是山区的自产"土菜"和自酿的饮料，房间当然是与此风格相协调。清俭朴素却窗明几净，住着心境最舒适。时间跨越了几十个春秋，人自这片土地生而走向四面八方，物又自这里产而招待着各方来客。

在大别山区期间，我们还拜谒了中共第一次代表大会代表、无产阶级革命家董必武、陈潭秋的故居，李先念生平博物馆，以及徐向前、郑位三的革命事迹展示，等等。总的印象是：大气、实在、有厚重精神而无浮华之气。从人到物，都体现着真正的实事求是精神。譬如郑位三，他和他的父亲对于大别山革命根据地的创立做出了非凡的贡献。其父是一位开中药铺的中医，利用他的药店，掩护革命干部，支援革命战争。抗日战争胜利后，郑位三同志作为中原解放区的主要领导人之一，与李先念等同志一起成功地完成了著名的"中原突围"。朱老总有"中原又见李郑回"诗句即记此。新中国成立后，在"大跃进"运动中，虽然他提出了比较正确的意见而受到严重的不公正待遇，但在今天的图片展示中，都一一廓清了正误是非，进行了应有的历史追认。

所有这些，归结为一句话，还是大别山本色。本色是什么？红色，当然是的。还有绿色，纵深山野、满目青葱，过去和现在，都充满勃勃生机。眼前的7月天，本应是雨季，可这几天竟出奇的晴，天空湛蓝湛蓝，明净而少污染，这也是本色，此应视为大别山的底色吧！

中江行，爱中江

不久前来四川，主要内容之一是到德阳市属的中江县采风。

我早就知晓，中江是黄继光烈士的故乡，就连烈士的母亲邓芳芝也耳熟能详。

黄继光可以说是抗美援朝战争我方指战员中光荣的代表人物之一，也是著名的上甘岭血战中英烈的象征。在来中江之前，我就写了一首名曰《黄继光的名字》的诗作，其中有这样的句子："在机关枪疯狂的吼叫中，一个中国四川农民的儿子一跃而起，以他穿军装的身躯窒息了侵略者的咽喉"；"此刻，汉城、东京、华盛顿指挥部的时钟大惊而止，长时间不再转动……"

我作为一个老兵，与黄继光基本上是同代人。我比他小四五年，却正是解放战争中参军的"小鬼"。上甘岭战役进行时，我在国内驻军的机要部门工作，有关朝鲜战场的重大战事，中央军委也都通过密码电报通报全军。而且，就在上甘岭战役之后，我还经历了一次与机要工作相关的出差任务去过朝鲜。所以说，那时我仍能时刻感知朝鲜战场脉搏的跳动，似乎也能闻到那边硝烟的气息。

当时，继光烈士的英雄事迹可谓家喻户晓，尤其是全国青少年崇仰的楷模。但来他的故乡瞻仰黄继光烈士纪念馆,我还是第一次,几十年的夙愿至今才得以实现,那种非同寻常的激动心情可以想见。

黄继光烈士纪念馆简朴大气,庄严肃穆。虽落成于几十年前,但雕工极好的雕像浩气干云、神韵感人,与那场神圣的战争,与主人公伟大的献身精神非常谐和。我一时忘记了这是"作品",而是人世间虽死永生的精神象征。

最使我流连忘返的是那些充分展现的部分党和国家领导人、许多人民军队高级将领、各界著名人士的题词。他们中有的就是当时烈士所在部队的指挥员。创造世界战争史上辉煌战例的历史人物,令我与烈士本人一起由衷敬仰。

唯一使我感到遗憾的是:作为中国人民志愿军司令员,黄继光在朝鲜战场的最高首长,他最应该也最想为自己指挥下的英雄战士写下肺腑之言,表达他作为一位驰骋疆场几十年的老军人对年轻战友的敬意。然而,开始时他在那场"文革"浩劫中失去了自由,后来他那多难的心身又没有熬过劫难的摧残。他怀着无限的眷恋走了,所以这些碑碣中缺了他这位志愿军最高首长的题词。如果彭德怀司令员和继光烈士地下有知,都会与我们大家一样地感到无法追补的遗憾。

在纪念馆的一间厢房里,是上甘岭战役中黄继光所在部队与敌血拼夺取重要高地的模拟场景。敌方的地堡喷吐着火舌,黄继光和他的战友匍匐前进,打哑了一个又一个火力点,而在最后,他以自己的生命换来了胜利,红旗飘扬在标志着成功的高地上……

在参观的人群中,有年轻的母亲带着孩子,一个小男孩指着场景中的黄继光形象问妈妈:"他,牺牲了吗?"

"牺牲了……嗯,他没有死……"

人民群众都不愿意我们的英雄死去。也真是，千百万人都没有忘记英雄，没有忘记英雄的业绩，那英雄就仍然活在大家心里。

走出纪念馆，我长舒了一口气，觉得实现了一桩半个多世纪的夙愿。时过六十四年，在英雄的出生地，我如同真的见到了他。这里的土地、阳光和空气，都曾经哺育着英雄的成长，自然也非同寻常的宝贵——我深深地感受着。

中江，不仅有"武"，也有"文"。它最鲜明最突出的文化品类，就是历时很久，始终为中江人热爱的川剧。我们采风团到达中江的那天，正值川剧还在演出过程中，我们立即来到戏楼前的大院里就座观看，台上彩唱的演员演得非常投入，台侧挂着的节目牌上待演的剧目有好几出与我所熟悉的京剧完全重合。本来，川剧、汉剧等剧种与京剧就有某种姻亲关系。20世纪50年代初首都举行全国戏曲会演，川剧《秋江》就获得了殊荣，为首都观众所喜爱，后来京剧还移植了《秋江》作为常演的剧目。本场演出的最后，还由中江当地一位六十多岁的川剧老艺术家专演了黄继光舍身开拓胜利道路的一折。当地的同志告诉我，这位老艺术家就是在演黄继光的整出大戏中成长历练出来的。

看过演出，我们又十分仔细地参观了有关川剧的展厅，从中可以看出川剧在中江的发展脉络和受欢迎的程度。中江的历届领导和相关部门对川剧扶植有加，对老、中、青演员一向关怀备至，他们的肖像和演出剧照都被展示出来，还配以各自的简历，尤其是他们的艺术成就。在当前全国传统戏曲普遍不够景气的情势下，中江的川剧在领导、演职人员的极尽努力下，广大川剧爱好者和观众对其还是热心拥戴和支持的，使这株传统的艺术奇葩仍不失为中江人文化生活中的精神良剂。

在当天下午的座谈会上，我在发言中特别提到中江在保护传统文化设施与振兴传统文化遗产上所做的努力。我特别称道甚至是羡慕中江人的幸运，能够将戏楼等完整无损地保护至今。联想到我的故乡始建于明代中后期的大戏楼，在解放战争中的1947年被侵占县城的蒋军为修工事而夷为平地，我至今仍不胜痛惜而叹惋。过去时代的真东西破坏了是不可能真正"复原"的。将人民子弟兵的功绩、黄继光烈士与现今保存发展中的一切一切联系起来，倍觉先烈的可敬，以此精神砥砺我们前行。

中江行，所获良多：有激发、有感动、有汲取、有留恋。

中江行，爱中江。

秋雨中，拜谒马克思墓

我到英国伦敦后，即使哪儿都不去，也要先去瞻仰卡尔·马克思墓。

眼前就是了——坐落于伦敦边缘地带的一处公墓。它的意译为高门公墓。深秋时节，细雨时断时续，无尽无休。从前只听说雾都多雾，现在据说是雾少多了，雨却又时常前来光顾。但人们似乎已经习惯了，纵然带了雨伞也绝少撑举。

门票是导游买的，我没有问，但据说数额很可观。在这里，无论做什么和买什么，如以工资数量计也许是可以接受的，但如果从以人民币换算的角度看，贵得足以令人咋舌。

公墓也堪称是一座公园。到处是各色各样的野菊和覆盖得严严实实的鲜绿的草地，许多树枝上擎着类似中国山楂似的红珍珠，红得似血，却没有一片叶子，也不知能不能食用。

除了我们这个访问团的几个人和英国向导，暂时没有见到别的什么人，整个园中只有细雨在悄悄絮语，静得我们彼此都不好意思高声说话。

墓葬全是卧式的，看来不少死者都是豪门贵族，表面都是大理石结构，墓碑做工也很考究；显然也有平民百姓，墓葬简简单单，墓碑也不神气。据向导说,这处墓地已经挤满了,一般不再增加新坟。当然,生死规律仍在照常进行:死去的仍然死去,活着的还在活着。

卡尔·马克思墓在距大门不到一公里的通道左侧,按我的判断是坐西朝东,半身像与我过去在图片上见到的一样,没有变,那副微微的笑容没有变,眼前的天气与一百多年前他逝世时也不会有多大变化。只不过是由多雾而变成绵绵细雨罢了。他仍然望着前方,更确切地说是望着东方,身后是树丛和荆棘。眼前呢,这时上午的太阳从阴云中挣扎而出,他正对着它,它也正对着他。是熟悉还是陌生,抑或是有些隔世之感?

我没有多想这些,而专注于墓碑那大理石的基座。上面有一簇半开的小白菊。还有两串新鲜的一品红。献花的人谁也没有留下姓名。花簇并不繁多,未免有些清寂,但比起周围的墓丘来却不算冷落。那些墓丘尽管装修华丽,却没有一朵献花。我想也许是没有赶上忌日,亲人没有来;也许是出于经济上的考虑,因为此地的鲜花价格的确非常昂贵。

我们在墓前照了许多相,这时才有另一个中国访问团也走近这里。他们是河南郑州的一个工业参观团。我问向导:"别的国家有来的吗?"这位名叫大卫的银发老人答道:"有的国家以前一来了人,就到这里来。现在?当然,也还有来的。"他语意有些含糊,又耸耸肩膀笑起来。

然而,我们一行人却执意地来了。

我再一次凝视眼前这位伟人微笑的塑像,尽力破译着那笑容中蕴含的隐语,他似乎在说:我生前曾经来过这里,这里发生的一切一切我都不陌生。

我们出大门的时候,一位负责管理的、颇具风韵的中年女士递给我们一张说明书，好像含有买也得买、不买也得买的意思，每份一英镑，价格也不很低。我翻了翻，主要是对马克思墓有关情况及他的生平的介绍。我方才明白，不论如今来拜谒的人是多是少，也无论他们对马克思的评价如何，管理方面仍然主要是以他的墓葬招徕观客。看来，他们也是很讲求经济效益的。

秋雨仍在滴滴答答，没有停下来的意思，但太阳也没有完全隐住，有时在云隙里勉强地露出亮色。"东边日出西边雨，道是无晴却有晴"，我不禁想起刘禹锡的《竹枝词》来，在这远离华夏故乡一万公里的地方。我料自己不大可能再有机会来这里，这很可能是唯一的一次，但一次就意味着永远。

利州，利民之州

——扶贫采风摘记

最近，我有幸参加了在广元市利州区的扶贫采风活动。之所以说是"有幸"，是因为我很久没有机会深入山区农村进行脚踏实地的采访与学习，尤其是实地了解当前扶贫攻坚的过程，得以尽上自己的一份绵薄之力。这不能不说是时代赋予的幸运。

全心全意为人民服务，可以说是共产党人的天职。人民群众过得好不好，应该是每一个共产党员常系于心的大事。在这个问题上，不论是在哪个地方、南方北方，正如此次采风活动主办方的精准定位所言："脱贫攻坚，讴歌时代——散文作家利州行。"诚哉斯语！真正的作家，从来不应该是时代的旁观者，散文也不能只是小摆设。利州在脱贫攻坚的重要关头，散文理应亮出它所长的锋刃，无愧为精短劲峭的利器。

由于采风活动时间有限，为避免面面俱到着笔欠深，我仅就本人观察最细、体会最"亲"的几方面择"点"而行，借以倾注由衷的真情。

新村新居　青山绿水

我们一行人驱车而至的就是一个盘山的小山村，迎面看到的是错落有致、白墙灰瓦、整齐而不乏生动的山村新居。对于我国中南部的农舍，我并不陌生，过去几年也经常来过，深知不能以北方多是数百户乃至几千家聚居的村庄来测比。南方（尤其是西南的山区和半山区）的村庄常常比较分散，依山傍水而建，几家一簇、数户一"组"，甚至独门独屋孑然而处。我觉得脱贫攻坚后的新村也不会完全改变原来的格局和居民的习惯，但从根本上说已是今非昔比。且举一个可堪对比的例子，以往几年我偶至华中和西南的农村甚至小镇，见那农舍虽是瓦房，但屋瓦多欠整齐，而是有些草率摆放的模样。当时我内心很不理解，猜想是否是因遵循本地习惯，如此随意为图个吉利也未可知。而此次来利州郊野，见所有的脱贫重修（有的则是新建），不论屋脊大小，瓦披码放整齐一律、清俊美观，始知往日之堆砌，实在还是因为住户经济力量不足，不得不凑合一些，同时也说明主人的一种心情。如今在党和政府大力支持下，经济力有所提高，人们的精气神儿也足了。这是由外及里的焕然一新，整个发生了翻天覆地的变化。

新居外部如此，那内部怎样呢？我碰到几户家里有人的成员，见到客人都热诚欢迎，大方地请我们进屋内"坐坐"。我见每户人家的陈设都朴素而洁净、完备而实用，给我最突出的感觉是：室内空气清新，没有任何异味。这对同是出身农家的我来说，觉得这是相当了不起的进步与成就。它充分说明这不仅是一家一户努力的结果，而是整个环境的改变，卫生习惯与整个生活质量的提高带来的新"气息"。我还特别注意到：有一家后门通向石级迤逦而下的溪流，溪流潺潺激石，梳理着青青的水草,流向不远处的小河,悄然隐入绿荫覆盖的山脚,无声、无影却留有余味。什么味儿?嫩草味儿、露珠味儿、清风味儿……微风有时又回馈于敞着门窗的农家,不断置换着室内的空气——大自然也如此眷顾着大时代的新居。

通过参观采访,我更进一步了解到扶贫前一阶段的成果显示,不仅使农民在经济收入、衣食住行等方面有了长足的改善,而且初步实现了医疗、卫生、环境、治安、文化教育等一系列提升,从物质到精神领域正在推进着一场历史性的大变革。它绝不是短时期的修修补补,而是为实现中国梦的百年大计。正可谓:"千年利州顾昨日,脱贫利民看今朝。"

就在村前高地的一块平坝(也可以说是一个小广场)上,我们举行了一个简短的启动仪式,我觉得应该是坐东朝西,背后崖下是水,而面对着的是一扇植被茂密的山脊。这中间是蜿蜒在山谷中的公路,几乎呈银白色的飘带稳稳地缠绕着美丽的山村。这样的意境蓦然提示了我,脱贫后的利州郊野是一处多么好的旅游胜地,它也预示着这里还有巨大的发展潜能和攀升的余地。不必登鹳雀楼,即使立足于这个平台上,内心的一种感觉,亦油然而生:"欲穷千里目,更上一层楼。"

错落的农舍,白鸟相间的鲜明衬映,耄耋的银髯老农和放学回家的脱贫后的学童,一幅恬静而有动感的新的山居图……就在这时,我还特别注意到那位辛苦了大半生的老农俯下身子,爱惜地抚弄墙边屋角的一小块土地上生长着的玉米和辣椒。我觉得这不只是一种惜土如金的心情,也是为了这变革了的山村的细处点景……

这里的许多方面还在求变、出新,但从本质上不变的是俭朴之风、勤者之美,并仍在持续不断地传承。一时间,一些推进安居工作的举措——"一个统领""两个结合""三个措施""四个保障"等,我也耳熟能详了。

四通八达　路无止境

如果说部分的村居改建已告一段落,我来时未能目睹当时上梁铺瓦的现场,那么在向外延伸的修路工程基本上还是方兴未艾。在我们采风所经历地段,都可看到推土机等大型设备正在抖擞神威,向阻挡筑路前进脚步的顽石和硬土开战。每当碰上高坡或坎坷不平的土路地段,我们乘坐的汽车便十分吃力,为了减轻重量或利于司机绕行,我们无不十分自觉地下车徒步通过,有时攀登高坎,有的地段需步行里许,但心身仍较轻松,这时当地的同行文友好意地对我说:"真不好意思,您这么大年纪还要走这样艰难的路。"我听了只是笑笑说:"走这点路不算什么。"我说的是心里话,其实我还有一句话没说出来:"既然是扶贫采风,当然就不是来享福的嘛。"其实我自小生长于庄户农家,啥子活计没干过?虽说是上了些岁数,纵然不能执锨挥锹,为修路干上一把,多走些路应该说是小事一件。过去写文章常用"挥汗如雨"这样的形容词,"如雨"是夸张,但我确实想在扶贫采风活动中真的流点汗,如果能够"汗滴禾下土"就更幸运了,能将自己的汗水融入一种历史性的变革工程之中,那才叫称心如意、不虚此行。

这时我脑海里还在回想着昨日在扶贫汇报会上交通战线代表的话音:"2016年至2017年对贫困村路面宽度未达到四点五米的通村公路进行加宽改造,畅通'毛细血管',计划2017年6月全面完工,实现五十九个贫困村通路,通村公路硬化达标……"

可以想见，眼前工程正在争分夺秒，向着计划的指标迈进，而每分每秒都是用沙子和沥青铺成的，容不得半点落空与马虎。思想在召唤，责任在督催，对每位负责者和工作人员而言，是使命感和着心律的搏动。我能理解他们，深切地理解他们，尤其当我下车步行，看到他们在工地上研究工作时，我觉得我与他们的心应是相融的，这时我一点儿不觉得自己是远方的来者，至少在现场中，我的心思是在利州的郊野山谷间，关注着每一寸、每一尺路面向前延伸……

但在另一方面，我的思路有时又转到另一个时段和另一个地方，这就是我小时候胶东半岛半丘陵半平原的故乡。在那个年代，人们最盼望的是旱天下雨，但最"恼火"（借用四川的词语）的也是滂沱大雨的天气。应该说，在那个年月的乡村从严格意义上说是没有路的，暴雨冲刷了土路的路面，甚至完全淹没，脚下除了泥泞还是泥泞。"路在何方？"只有把裤子卷得高高蹚水走、摸着走。我十二岁那年的夏天，旱天里在自家地里的井上用辘轳浇玉米，中间突降暴雨，我扛起辘轳艰难地蹚水回家，在村头立足不稳，险些滑进一个水塘里……那时候，连最富于幻想的人也不会想到在农村还能有一条稳稳的、结实的水泥路和沥青路……直到我离家若干年以后回去也基本上没有改变。

这就是我目睹眼前"路路通"的场面，何以感到如此深切，根本原因是今昔对比的强烈。

我知道，按照脱贫的计划，这里的修路工程不久将告一段落，但路无尽头、永无止境，这样的说法，同样不仅是诗人的浪漫词语，从现实发展前景来说也是如此。路，未来还是要修，要提高质量，要更加便利。从某种意义上说，路，就是时间、就是活力、就是眼界，就是进一步开放的可靠保证。

田连阡陌　大棚连营

我从没有看到如此大片的甚至可以用"一望无际"来形容的经济作物园区，不论是辣椒还是药材，也不论是香菇还是石斛，露天生长的就是田连阡陌，需要大棚培育的则是相接连营，总之都是大规模、大气魄、大手笔。其本身就充分彰显了社会主义的宏图、国家的力量、科学的引导和脱贫中广大群众的自觉意识。

我对眼前如此有气势的种植和经营是最感兴趣的，可以说是"美到我心眼儿里去了"。因为少年时我在故乡对种植各种蔬菜就最有兴致，而且喜欢仔细琢磨它们各自的习性。当然不必说，那是小规模的，只是井旁地角上试种，还不能过多占用种粮食的土地，就是这样，我的"试验田"初露端倪就参军离开家乡，数十年间完全疏远了农桑，使我在这方面的爱好（也许还有一定的"天赋"）中断而未得以发挥。今天，在这里我至少又饱享了"眼福"，我知道，所有这些作物都是值钱的东西，而不是粗放式的；都是市场上需要的东西，而不是盲目地大手大脚的挥洒，都是有精准效应的非凡价值，对于脱贫不说是立竿见影，亦可收指日可待之功。

在下乡前，我就从脱贫材料中获知，我们利州区在大力推进绿色农场等种养结合，打造龙潭柏佛村微田园建设、利州精品蘑菇乡、青岭大米等产业结构示范基地，而且力争"一村一品"，发展特色产业。如荣山镇中口村养殖、水果产业示范园，白朝乡魏子村食用菌、石斛产业园，宝轮镇关山村中药材示范园，荣山镇花园村蔬菜产业示范园，大石镇青岭村优质粮油产业示范园等特色产业，尽管我在这里时间短促，却也能对我们利州区的拿手产业、出彩的产品如数家珍，"我们"——我不由自主也将利州当作心灵之乡了。不在于时间长短,只要是真情投入,便会如唐代诗人贾岛诗云:"无端更渡桑干水,却望并州是故乡。"而我则套用"有情更渡嘉陵水,却望利州似故乡。"

而且我同时还多少弥补了少年时未能充分培植菜果山珍之憾。

余音缠绕　意犹未尽

我觉得脱贫的方方面面还值得大书特书,还有说不尽的话。然而我确实又不想使文章拉得太长——应是报告文学完成的任务不是一篇散文所能承担的。不过我还想在日后就某一方面、某一个专题写自己不能不写的文章。如与本人本职工作更多更相接近的文化扶贫(利州区荣山镇中口村文化工作做得就有声有色),从精神层面上大大提高了昔日相当闭塞落后的文化素质。这一方面绝不亚于经济脱贫的重要性。

短期的学习和采访,我的感动乃至感慨是很深的,为此我想得很远很远,想到我有生以来当年中国特别是农村的积贫与总体不富。我少年时代生长于胶东解放区,根据当时的方针政策,先后有实行减租减息,为达到"耕者有其田"而进行的土改和此后为纠正"右倾"的"复查",这些从面上的"填平补齐",事实证明都不可能挖掘"穷根",自然也不能较全面地脱贫致富。新中国成立后,如众所周知的那样,又相继发动和进行了一系列的大规模的"运动"。历史证明,这些革命性的尝试有许多是不健全甚至还带来不小的负面效果(这一切都在20世纪80年代党中央的文件中做出了全面中肯的评价和结论,本文不多赘述)。我所看到的还有:20世纪80年代以来在部分农村及海岛,一些

"先富起来"的户主时兴盖起二三层小楼，家里的人口不多，而房间不少，我们参观时，女主人不无自豪地介绍："这是会客室、这是卧室、这是电视屋、这是娱乐屋、这是……"但当我们全面看过，便看出一个问题，即住室虽多，却不适合庄农之需，事前考虑得不周，不配套、不协调。人与家畜分离欠妥，卫生条件欠佳，遍地鸡屎、羊屎，室内异味浓郁，徒具层楼，却"华"而不实，以致兴了一阵，不久便偃旗息鼓。当然作为一个发展阶段的尝试，可为后来经验之提供，不无借鉴价值。

而当今之扶贫攻坚，是一场真正的伟大变革工程。我的感受是它处处都对准挖"贫根"下手，具有根本性、全面性和长远性，它一开始就想到了日后，想到了将来，所以一切都大气而实用、朴厚又具现代感，就连村街上的花圃都搞得那么整齐而别致，让我这样的外来者暗自称赞。

扶贫结果是大时代的一个成功例证，是国之善举、民之大幸，也是耄耋之年如我者生命历程中极具意义的补课。

纳溪，纳溪！

从地理位置上看，纳溪虽然地处川南一隅，但绝不闭塞，今日我在这里碰到的许多人都来自四面八方，他们或者公干；或者旅游；或者取道于此继续南下，去往川、黔、滇"鸡鸣三省"交界处考察当年红军长征的足迹；或者就在纳溪实地进行采风。这里有太多让人慕名而来的风景区，还有深具人文价值的胜迹有待进一步认识与开发。我这次作为作家采风团的一员，尽管以前也曾来过纳溪，但当我再次深层探访、仔细品味之后，方才真正觉得纳溪是一处名副其实的山水宝地、人文胜境。纳溪，纳溪，不仅最善于吸纳大地之清流玉液，也更喜爱将世间一切有价值的文化元素珍摄融合并加提升，升华为净化心灵、激人奋进的强大动力！

天仙硐与"中国民间文化艺术之乡"

峭壁奇石，俊木修篁，曲径通幽，别有洞天。中国固然不乏肖似陶渊明笔下之《桃花源记》的去处，据我所知，有非止一处自称那里即是"真正的"原型，但这里的天仙硐从未去凑热闹。其实，我仔细看过之后，深感它既有"桃花源"某种奇趣和韵味，然其丰富和亲切感又胜"桃源"远矣。它至少有三方面在奇境美景之外又有更为鲜明的特色。

　　走进硐门不远，迎接我们的就是原汁原味山歌的天然平台，歌手正在无拘无束地进行表演。这些七八十岁的老"演员"，其实都是种田的行家老把式，他们唱的都是劳动时的感受，倾吐的也是日常生活的心声。我虽然不能完全听懂他们的口音，但从表情和手势上，也能基本领略那种辛苦中的乐趣、"打"逗中的协作，以及迎接收获由衷的成就感。更使我感到难得的是：演唱者这么大的年纪，举手投足却如此灵动，底气还如此充足，想必是劳动和新的生活给他们带来的非凡动力，"正能量"的确能够增进人的生命力乃至延年益寿。还有，同样是民歌，出自极富抑扬顿挫天然乐感的川南歌手之口，更强化了它的吸引力与感染力！其本身就是纳溪民歌的一个突出优点。

　　非常的瑰丽、不俗的自然景观与古镇浓浓的意韵和谐调配，是这里的又一揽人之胜。才阅佳景，又闻古香，石径回曲，小巷深长，店铺、餐饮、民居，还有不同历史时期的楹联与口号都可以从墙壁和门楣上看到。历史从这里迤逦走过，而今天却没有忘记往昔；僻于一隅的村镇从来就和都会大邑息息相通，在改革开放继续深化的今天，它更凸显出前所未有的人文价值，与天然胜景相映生辉。

　　对我而言，天仙硐景区及其附近更使我感到异常亲切的是：农家的气息非同一般的浓郁，构成为综合而多彩的统一体。一幅集山水、古镇、庄农于整幅的静止而又灵动，古旧而又簇新，天造而又人设的风情画。这样的画幅，如从空中鸟瞰，将会觉得既与其他地区虽有相近之处却又是一种极其独特的组合。

此际在我眼前，那喷吐着红缨的秸秆粗壮的苞谷，每一棵几乎都有两穗即将成熟的玉米棒。作为自小在庄稼地里劳作的我，深知如没有充足的水和肥料，是绝对不会"蹿"出成双成对而又长势良好的玉米穗；还有油绿舒展的水稻、长于攀爬的豆科作物，在田间两侧无语地竞技、含情地招迎，竟使我这个阔别庄农已久、昔日的"泥腿子"不忍离去，实在是留恋我曾经的绿色生命伙伴。我不知这些作物是有意点景，还是农家房前屋后的"自留地"，但这都不关重要，最重要的是它们自觉或不自觉地成了天仙硐景区的有机组成部分。

"天仙"，不仅来自天，植被、作物、民歌，乃至极为出彩的文字，都可能蕴含着仙质、仙气。不是常听人言——形容诗文中的不同凡俗极其动人之处为"神来之笔"吗？

花海与酒庄，俨若波中仙岛

超过百亩面积的花海，是纳溪大渡口镇的胜景奇观。至于都包括哪些花种，因我还未达到孔夫子所云之"多识于鸟兽草木之名"，可谓知之甚少。但满目花色，多彩多姿，由炫目、瞠目，继而是醒目、悦目，最后是目不暇接，一发而受用不尽。昔日有成语曰"花花世界"，极状浮华奢靡之境。而今我目浴花的海洋，此心正接受花的恩泽。我鼻息间的花香，清气淡雅、沁而不醉。今日在花的海洋中心浴，当知拒污拂尘志在一生，因而有感，心底不禁涌出两句："一波一朵万千色，皆有巧女慧心来。"真的，在大渡口镇的花工巧匠中，确有不少是女性同胞，她们将川南妇女素有的审美与巧艺所长发挥得淋漓尽致，才使我们得享这悦目的洗礼。

那天，我看见一位年轻的妈妈两手领着双胞胎儿女在欣赏花海。小女儿以诗意的口吻问道："这花海的浪花都叫什么？"妈妈如数家珍，不无谐趣地回答："这个叫紫罗兰，那个金盏菊，哦，还有虞美人……"

然而，只有"海"没有"岛"，显得单调，客来无酒也显礼仪不周。于是，龙洄酒庄应运而生，应约而至。它是中国酒镇、酒庄项目打造的第一个标准化的示范酒庄，集原粮种植、酿造、储存、文化展示及观光旅游于一体，是以国际酒庄标准建成的白酒庄园。

这是我第二次参观龙洄酒庄。从整体上看，我总觉得它是花海中的一座奇特的岛。它接待各方来客，让他们阅尽酿酒的全过程，而且亲口品尝比较不同的白酒，并由专门人员讲述相关的知识（这也许是很多人从未听过的专业课程）。酒庄的总主持者不仅是本行业的专家，而且是酒文化的热心传播者。他喜爱书法艺术，诚挚地欢迎书法爱好者留下他们的墨宝。他对书法的浓烈兴趣绝不逊于对酒的丰厚内涵的不懈探求。我觉得，在他的心目中，酒与书法作为中华民族历史上传统的物质和精神瑰宝，酷似一双难解难分的孪生弟兄。

从这个"岛"的窗口，温雅而不强烈的酒香向外抒散，与外面沁人心脾的花香相互礼赞而共融，汇成一种也许只在此地才能闻到的特具的香气。

从护国战争纪念馆看战争与人

坐落于纳溪陶家大院的护国战争纪念馆是我所参观的唯一同类内容的纪念馆。它的纪念意义非凡，也使纳溪由于那场具有非常重要的历史事件灿然生辉。因为，1915年，年仅三十三岁的蔡锷率领讨袁护国军由云南入川，最激烈的一次战役就是在纳溪进行的，并且取得了重大胜利。历史给了纳溪以标志性的荣誉。而时任护国军团长（随后晋升为旅长）、年仅二十九岁的朱德在这场战役中身先士卒，以压倒敌军的气势拔得头筹，也使得他在这场居于进步时代潮流的决战中为中华民族立下了不可磨灭的功勋。然而，这位出身贫寒农家、志在救国的青年将领并没有贪恋高官的地位和享受，而是矢志求正确的人生道路，终于投入党的怀抱，开始了几十年"朱毛不分家"的新的伟大征程。

而不论是蔡锷还是朱德，泸州和纳溪都是他们光荣建树和生命历程中的一个重要节点。我在这座大院参观时深深地感到：当年这些前辈历史人物，何以在如此年轻的时段便能创下彪炳史册的业绩，固然是时代大潮、社会环境的开启与推动所致，但也是个人非凡的理想、志在勇攀人生高度的应有体现。

我在胶东解放区上小学四年级时，语文课本上就有一篇课文讲的是朱总司令幼年和青年时期的故事。始终铭记其中的几个关键词语：四川仪陇县，护国军旅长，还有云南讲武堂……

走出纪念馆大院，我心中还在涌动着两句话：壮丽的纳溪与先进的历史人物结缘，正义的战争托举有价值的积极人生。

选择，并非完全出于偶然，也是时代和热土的召唤。

一所高高在上的小学

这所小学建在高坡上，需要攀登一级又一级的高台阶。我有幸两次来到这里。有幸也"有兴"，浓厚的兴趣由于它是名副其实的"抗战小学"。顾名思义，"抗战小学"正是诞生于抗日战争烽火中的一所小学。它高踞于一座平台之上,以我的感觉判断是:南北各有一排平房,井然有序地标明哪是教室、哪是教导室、哪是教职员工的工作室。今天自然成为对外陈列和展览的所在,使人回想起在国难当头的年月爱国重教的同胞不仅没有放弃教育事业,而且将文化课与进行救国图存的教育、培养对民族战争有用的人才结合起来。许多学生乃至教师直接投身于抗战的前沿,有的还成了为国捐躯的烈士。

那些年,来自华北和华东等地的沦陷区师生大批拥入西南各省。著名的西南联大作为内迁的高校成为在危难环境中铸造英才的典范。这所抗战小学除了来自本地的生源、抗战官兵的子女、烈士遗孤外,也有来自外省各界人士的子女,可谓集各方、各界、各业血脉之大成,涓涓细流汇成河,滋润着祖国饱经苦难的大地,成长为利国利民的有用人才。

我对"抗战小学"有一种感同身受的亲切:我少年时代在故乡,解放战争烽火正炽烈时上初中,每天都是在极其简陋的条件下上课(经常是席地盘腿而坐,在一块木板上记笔记、做作业、答考卷等);几乎天天都要躲飞机,几次还经历过美蒋飞机扫射的风险。从这样的环境学习成长过来,我特别能够理解"抗战小学"的艰辛。我觉得凡事"太容易",过于顺利未必一切都好;"不容易"甚至历尽艰辛,也许更能历练出无畏的勇者与真才。

我还特别注意到:抗战小学被茂林修竹环抱,有受用不尽的绿色和新鲜空气。抗战小学"高高在上",但高处既能祛热亦能胜寒。我的诠释是:既然起点就高,何虑不能到达希望的终点?!

塞罕坝的气味

我曾到过很多草原,如内蒙古呼伦贝尔草原、新疆赛里木湖畔草原、河北省张家口市的张北草原等,但围场满族蒙古族自治县属的塞罕坝,是有别于许多草原和森林地区的天然公园。它在地貌和植被分布上,既有山地,又有草原;既有丘陵,又有曼甸;既有森林,又有草地;既有河流,又有湖泊。有识者赞誉为"河的源头,云的故乡,花的世界,林的海洋,珍禽异兽的天堂"。

我在这里且不言它绮丽迷人的风光,也不细述它在避暑游乐方面的种种佳处,更不着重于它曾作为原清朝皇家猎苑——著名的木兰围场辉煌风光的历史;我这里单道在塞罕坝所享受到的一种无形盛宴——森林和草原的气息。

我觉得这是它既能代表所有森林和草原的典型气息而又有别于其他的特征。它可以说是塞罕坝的独特气质,你不亲临此地是无法想象,更无法尽情领略的。

整个塞罕坝都散发着一种清冽、芳香、甜润而又略含酸爽的使人清醒促人向上的气息。你简直不能指出这种气味是由哪里、哪片植被散发出来的,只能认知是整个儿塞罕坝,整个儿的!

当然，走在不同的地方，这种气味又会略有区别，不细品是分辨不出来的。譬如，在森林深处，你闻到的是带有松油香的浓烈气息；而在傍近蒙古包的灌木丛，便有一种更加柔和的清新；在没人踏过的草地上漫步，仿佛觉得露水的清冽正悄然叩向你的鼻息；而当你走近人马游憩过的原野，醉人的清风中又混合着牛羊身上溢出的气味，却并无多少膻腥，而是奶味的清醇……尤其是早晨——绝大多数人尚未出门的傍亮天，你走出蒙古包，四野那落地的氤氲飘飘忽忽，能见度极低，但并不妨碍塞罕坝将它一夜间提炼出的精华气韵供你赏享。这气韵是一种综合的感觉，其中也包括气味，不知怎么，在甜爽中又含有一些酸味儿，这酸不是辛酸，更非苦涩，而是酸枣和山楂那样的味道，这比一味的香甜更耐人品咂、富有韵味。在那个时刻，我不仅是鼻息中的感觉，更有心中的体味，只觉身着云雾的纱披，走向一时忘记具体所在的地方……这就是塞罕坝的魅力，是它也许在不自觉中产生出的非常魅力。一切真正的魅力也往往是在不经意中展现出来的。那当然是日精月华、条件与修养相互作用的必然结果。

塞罕坝是宁静的，它极少喧嚣，但我觉得它能够感知一切：它最希望人们深切理解它、善于保护它；它更愿意向所有善待它的人奉献一切，其中当然也包括有益人生、娱乐启智的最佳的气味。

将军的秘密

他从这里起步

——邓恩铭故乡荔波一瞥

　　一位与山东革命史有着不解之缘的人物,却是从黔南一个偏僻的小县城迈出他不寻常的第一步,从这里辗转至青岛、济南、山东各地,走过他一生短促而光辉的遐路。

　　我有幸来到这个交通不便的贵州小县城,在十字路口东街路南的一个门前驻足。当地的同行指点说:"这就是邓恩铭的故宅,他短促一生的后半段是在你们山东度过的。"

　　"你们山东"四个字,一下子拉近了空间上的距离,使我顿然增加了亲切感,以至在这个陌生的地方也感受到浓郁的乡情。

　　恩铭烈士的父亲以开中药店为生,恩铭幼年即从乡下来到县城帮父亲抓药、算账。就在这故宅的一楼,仍保持着当年中药店的原貌:那简朴的药柜、抽屉上贴的中药品名,还有陈旧变色的柜台和捣药的铜臼,都使我联想起少时在山东故乡所见,也恍惚看见一个幼时即知忧国的少年在孤灯下打着算盘及在谋生间隙中苦读的情景……

　　他十几岁即离开故土,投奔山东青岛工作的亲属那里求学。怀着对双亲和家乡佳山秀水的眷恋离开了。真的,生养恩铭烈士的这方山水不仅在贵州,就是在全国以至在全世界,也是独具特色的绝美风光。其中大小七孔一带,今已被联合国有关机构列为全球少有的地貌。在九十多年前,作为这方山川的儿子——恩铭同志当然还难知其详,纵然知道,我想他首先关心的当是备受煎熬的家乡百姓的困苦,恐怕还没有多少闲情逸致去品览这大自然的慷慨赐予吧?

他离开了,旋即投入了20世纪二三十年代那如火如荼的大时代斗争生活。他每一月、每一年的履历表都被俇偬惊险的真实情景所填满,生命在无比艰辛的快节奏中灿然生辉。他在1921年与王尽美一起代表当时的山东党小组出席了在上海召开的中国共产党第一次代表大会;他在青岛领导了1925年的纱厂工人大罢工;他在济南的公开身份是中学职员,实际上是山东党的主要领导人之一;他不幸被捕,但绝不束手待毙,曾领导越狱斗争,而他本人没有脱险,终在1931年殉难于敌人血腥的枪声里……

他死得很早,不可能参与更不可能看到后来中国现代革命史上几个阶段的辉煌演出和斗争成果,但他毕竟以自己无畏的生命力奏鸣了最初的乐章。用当今的一句时新说法:"他选择了自己的活法。"他无愧于养育他的故乡荔波奇秀的山水,也无愧于他的第二故乡山东父老的殷殷之情。

而今,他的故宅也成为烈士生平事迹的展室。展室的陈设极为朴素,楼下面貌如旧,二楼是他仅有的遗物和当时有关他的活动的报刊、文件,并有陈云等老同志的题词,等等。虽很简朴,我并不觉其少。因我想:当真正的革命志士一踏入通向明天的死亡地带时,本身并未准备享受殊荣;而牺牲不过是征途中的一种归属,同样也并未想到享受隆盛的纪念。

我往返两次从恩铭烈士故宅门前经过，那种特殊眷恋的深情也是少有的。我仿佛是作为一个他的第二故乡的后辈，到他出生地探亲来的。当我在小七孔风景区接受瀑布喷水的沐浴时，笑声中也像有他在。他当年不知曾否来过这风光旖旎的所在，而我们来了。我们除了尽享这风光之宴而外，还应多想些什么，多做些什么呢？

烈士不要求我们做出有声的回答，但我们不应回避答复。

注：邓恩铭同志为中共"一大"代表。

将军在秘密战线(两篇)

生命的质量

作为黄埔军校第一期毕业生,他脱颖而出于中华民族灾难深重而又充满希望的年月,在东征陈逆炯明的战役中崭露头角。那时国民革命军中从上到下很少有人不知其名——陈赓。

北伐途中惊变,他在蒋酋血腥的刀丛中毅然卓立,成为红军中的无畏英杰,当他在誓师征伐中驳壳枪一举,便昭示着一位革命军人和职业革命家的生命从此即与万里烟云、无际的青纱帐融为一体。

他是湖南人吗?是的;但又是中国人,只要神州大地任何一处需要他,他都义无反顾,慨然勇赴。20世纪30年代初的一日,他又乔装出现在上海滩的十里洋场,堪称是神出鬼没的地下英雄。今天,在百老汇手刃叛徒;明日,又在小百乐门严惩怙恶不悛的凶魔。在周公麾下,无愧是一柄令敌人胆寒的灼灼利剑。更具有传奇色彩和盎然诗意的是,他悄然走进鲁迅居宅,与一代文豪、不朽的战士彻夜纵谈苏区反围剿的斗争。鲁迅所获得的第一手苏区的真实情况,无疑这是第一次也是仅有的一次——难道不是一种绝妙的历史遇合和杰出人物之间难得的缘分吗?

夜里，警笛在大街上啸过，将军身上的多处伤痛暗摇灯火。但志士相互间的精神支持与热血的交流，化为一种神圣的乐观药剂，也有助于伤痛的康复。

从一定意义上说，将军是幸运的：在白区周旋的时日中，虽落敌手而气节凛然，濒临死亡终又脱险。以一种旧的说法是：活该他命不该绝，党和人民还需要这位忠勇的干才在未来的风雨中建树新的业绩。

对于许多人说来，大都知道陈赓将军在烽火中率军穿梭于敌阵，解危难于万钧之际，却绝少知道，在30年代的沪上，有一人曾为当时的秘密战线增色，主持执行过非常任务的行动队——特科！

当然也不会忘记：1947年他率太岳兵团自晋南奇出豫陕，一夜间渡过黄河，与刘邓、陈粟大军转战中原。后又追奔逐北进袭川滇，直逼边境。星夜兼程，立解卢汉的昆明之围，迫使蒋军李弥等残部流窜境外。

无论是在十万军中，还是在秘密战线，他都是一派大将风度；无论是辉煌勋业，还是早逝的遗憾，都统化为将军特有的豪放与幽默。

他是二万五千里长征中重要的一员，但还不止于此。他充满传奇色彩的一生，整个儿就是一部长征史，途中所经历的，尚不只是金沙江、大渡河、雪山、草地和六盘山，且有他独闯的关隘与独具的神奇色彩。然而，这都是在不长的五十八年的时间里完成的啊！

如此看来，作为人，最重要的还是生命的质量。

风声云影亦不朽

还在我作为一名"小鬼"刚参军做机要工作时，就熟悉了这位将军的名字。他对我来说，神秘而又亲切，很远而又很近。他出面似乎并不太多，但我时时感到他的存在；他的身姿似乎不在叱咤风云之中，却同样是运筹帷幄间不可或缺的一员。从延安时期以至更早些，更不必说是新中国成立以后，秘密战线上与敌较量、捍卫党和国家利益的多少惊心动魄的事件，常与这位将军有关，多少奇谋将略皆出自将军衣袖锦囊。

在影片《永不消逝的电波》主人公李侠潜身进入上海前夕，我仿佛听到了这位将军谆谆叮嘱的画外音。

在周总理参加万隆会议前后，我依稀看到将军无限忠诚、异常警觉的眼睛……

其功不在当众展示，而天知、地知、党知——对于他来说，这就够了。他的生命就是一条战线，每一次心脏搏动都在书写历史——这部历史绝不仅仅属于他个人，无不与国家和人民的安危紧紧相连。

上海、瑞金、延安，长江、黄河、延水，最后来到永定河畔、燕山之麓的北京，他都是始终如一地干他的老本行。这既是他的爱好，又是党和国家的绝对需要——很少有他这样能二者如此和谐地融而为一。他从无二心，据料任何时候"上边"也无使他改行之意。这除了因为他的无比热忱、绝对可靠之外，肯定还有他对业务的精熟、达到了须臾不能易位的地步。如果说他是一盘机器上的重要部件的话，那就是一个严丝合缝永不松动的关键之关键。难怪在我的记忆里，他从开国不久之后就是中共中央和中央军委负责一个重要方面的部长，还是中华人民共和国外交部副部长。

抗美援朝期间，由于和平谈判的需要，他又驰骋在三八线上。板门店谈判处门外的金达莱花几度开落，北侧我方坑道工事里的渗水有声无声，它们都曾见到过他，却始终不知他姓甚名谁。他的身姿，常常是山岭般巍然的存在，而对外却总如风声云影。

风声有时萧萧瑟瑟，有时只见树叶微动却不闻其声。云影有时见它浮浮悠悠，有时又如丝如烟，瞬息间乃不知所终。

他太累了，五十多年前的一天，他不得不离开他呕心沥血营造了一生的岗位。他走了，走得忒急！当时我就在想：他留有多少遗憾？甚至我还曾担心过：会不会还有什么只他一个知情的秘密临时来不及传递，而被永远地带走了？这种担心可能是过于天真了些，但也未必全无道理。

他走时，窗外的梧桐摇着霏霏的细雨，仿佛在轻声呼唤：李克农、李将军……然而，远行人依然无语，无语。

那时好像还未时兴抛撒骨灰；如有，他死后仍似风声云影，从不显形，却始终不离神州天空和大地。

风声云影也同样是不朽的。

邂逅粟司令

我在童少年时期，见过许多将军和文化名人。其原因一是处于战争环境，二是地处胶东半岛经济、文化均较繁盛之域，又是山东和南方的海路去往东北的必经之路，与大连、旅顺往来十分便利。日本投降后，烟台、威海乃至龙口（这在毛选四卷上被称为解放区重要城市的地方）均有本地和外地来此的文化名人创办报刊成立文协，称一时之盛。那时见到将军也好，名人也好，既崇慕，又平等，是双重的感觉，绝不像现在听名人大腕讲话后，众人蜂拥而上，争求签名与合影。当然，那时既没有这样的想法，也没有这样的条件。譬如，1946年间，我所在的北海军分区政委刘坦特喜欢我这个"小鬼"，主动请我到他办公屋内，在炕桌两边对坐，他批他的文件，我看我的报纸，各怀平常心，互不相扰。军分区司令员孙端夫在县城召开的抗议美军暴行的万人大会上，听我代表小学生讲话，讲完后他托我从大桌子上跳下，并赠言"少年立志"等三句话，其感人之情至今不忘。

还有印象极深刻的一件事是1947年春夏之交与华东野战军副司令员粟裕的不期而遇——这是我在解放战争期间见到过的最大的"官"。

那时我还没有正式参军，而是作为少年儿童宣传队的一员，随我县支前大军离开家乡转战胶济线和沂蒙山区。孟良崮战役之后，我县支前大队在王县长的带领下回返休整，这一天的午饭时分，抵达胶济铁路以南的一处丘陵地带，人和车辆骡马都隐蔽在一片树林内，简单地吃过饭后就地休息。

突然，总领队王县长兴冲冲地回来告诉说：他通过地方领导将从此经过的粟裕副司令员"拦"了下来，首长竟答应与大伙见见面、讲讲话。其实，就连我这十几岁的孩子也懂得：下一个战役肯定又在运筹中，对于野战军的首长来说，每个间隙、每分每秒都压在心里很沉。但首长还是答应来了，来到普通老百姓面前。

我真的是专注到目不转睛，粟司令的身材并不魁梧，却很精干，很利落。他只带了几位参谋和警卫员，一副行色匆匆的样子。他先看看表，打了个手势："这样吧，只讲十分钟。"我使劲盯着这只灵动有力的手，从上劈了下去！我当时想的是：当这只手攥紧时，说明决心已下，又将报销敌军几个师，不，几个军。

"谢谢同志们，胜利不光是靠正规军，还是民兵和广大的解放区人民用生命用小车推用担架抬出来的……"

他讲话的大意与后来听到的陈毅司令员讲的相似，事过多年我忘了许多，但这几句我记得很准。

除了我以外，我还特别注意其他人听得都很严肃，谁也不理会树上聒噪的蝉鸣。他离去时，恍似晴天里一道闪电划过，真的是来也匆匆去也匆匆！当人们还没怎么注意时，他们已经走远了。我似乎听谁说过，粟裕未曾上过军校，却在熊熊战火中百炼而成为一位难得的指挥天才。

新中国成立后别人问过我，我说我见过粟司令一面，没有对过话，但始终觉得他给了我许多——在我的成长期这种精神的给予尤其宝贵。何况，任何真正的给予，并不在于个人之间有否"交情"。

  当然，那时的我并不可能知晓：他的脑颅内还有未取出的弹片，多年来以超凡的精神力量支撑着百战的身躯，常使全副美械化的敌人胆寒。直到去世后，弹片从骨灰中显现，人们才得悉过去的多少年，将军是在何种难以想象的情况下创立了杰出的功勋。这最后的展现，可谓是他在生命的终极时刻，又完成了一次精神的淬炼。

我所感受的"许司令"

刚刚看完了中央电视台播出的电视连续剧《上将许世友》，感慨殊深，引发了我对半个多世纪前一些难忘片段的回忆。且不说当年我在山东军区作为一个小机要员所接触到的许世友同志的种种记忆，单说更早些时我还是一个小孩时所听到的许司令的许多传奇故事，也足够使我激情难抑的了。为此，我不能不提笔写一篇短文，是追忆也是对我本人和凡有感者的一种激励。

我自小生长于山东半岛的胶东老区，可能很多人都知道，许世友同志在他一生的戎马生涯中，最使他刻骨铭心的是在胶东工作的那些艰苦也是黄金的岁月。从我刚记事儿时起，就听大人们提到"许司令"的大名。那是一个传奇英雄的典型，也是使敌人胆寒的战神，当然也是一个个性鲜明的具体的人物。记得1944年我上初小三年级时，我们的班主任战老师在上课中间有点神秘地小声问我们知道不知道许世友许司令。（因为那时县城尚未解放，敌伪有时还来乡下"扫荡"）我们回答说"知道"。他紧接着又问："许司令是什么地方人？"我们却回答不上来。最后战老师告诉我们是"河南人"。河南人是不错的，但我们的"大饱学"班主任却弄混了许司令的县籍，说他是"河南扶沟人"；

若干年后我写吉鸿昌烈士的文学传说时,才恍然明白老师将两位著名将领的县籍"合二而一"了。

不过,就从这时起,有关许司令的传说——在我脑子里生根。如他在少林寺当过和尚,拳脚好生了得,一跺脚就能"飞"过墙头,等等。再以后,发生在胶东乃至整个山东对日伪、对国民党军的重要战役,无不与"战神"许司令有关。作为胶东军区司令员,他指挥过对顽军的讨逆战役、1946年间的胶济线破袭战、攻克胶县击毙汉奸司令赵保原,等等;作为华东野战军九纵司令员,1947年间他率部参加了莱芜战役、孟良崮战役和此后的胶东保卫战;作为东线兵团(又称山东兵团)司令员,他与谭震林政委一起,组织和指挥了1948年间的攻克潍县战役、胶济路西段的张(店)周(村)战役,尤其是解放山东省省会济南的战役,创造了攻克敌军坚固设防的大城市攻坚战的范例。甚至就连1949年间的渡海解放长山列岛的战斗,也是许司令登临蓬莱阁上亲自指挥的。没有任何一位将领与胶东乃至整个山东的战事关系如此紧密,转战时间如此长久!

而在我与许司令有所接触,还是1950年我在山东军区和中共中央山东分局机要处做机要员以后,更确切地说,是在抗美援朝战争爆发之后。当时我们机要处和许司令的住处都在济南经八路军区大院内(估计新中国成立前也是一所军营所在地)。中间是一条南北通道,我们机要处在东侧把角处;许司令在西侧的一所独院里,因为朝鲜战争爆发,我们加紧备战,军区大院里也修建了地下掩蔽部,守门的卫兵一般不阻挡我们机要员,因此我们这些十几岁的小机要员也曾进去"玩"过。在那期间,就我所看到的,许司令曾经陪同朱总司令视察过这些地下工事；还有一位野战军的司令员在养病期间途经济南，许司令也陪同他参观。同样地，那时首长们也不回避我们这些机要员。

我第一次更近距离地接触许世友司令员是1951年年初，当时我在机要处担任一个台的台务组长，有一次译了一份指定领导同志译的电报，当我译了个开头，便报告了张文潮科长。只因为我们的科、处领导久已不做译报工作，所以张科长就按规定授权我译出。我记得是一份有关部队调动的电报，而且是特急。张科长便立即责成我直接送至许司令处（在一般情况下办报科有专门的送报人）。我去后，虽是一份译出的电报，手续也很细致繁杂。我虽看到司令员在办公，但他并没有直接签收，而是由田秘书（田普同志）签收的。随后又让我带回一份特急电报稿。电文不长，字儿比较大，记得拟草人是军区作战处长陈凤来，许司令签批了一个大大的"许"字。字体刚劲奋张，当时我的直觉就是字如其人（在那几年，我最熟悉的就是这个"许"字了）。电报稿带回后，又向科长做了汇报，科长责成我交由办报科签收。这是我（当时名为石恒基）唯一的一次给许司令送电报。

我与许司令同处一室的时光是在"三反""五反"运动期间。而且是好几天都在一起。那是因为我们机要处好些日子运动的局面都打不开。正、副处长一位是1931年参加革命的老红军，一位是三八式老同志（其实一人三十多岁，一人二十九岁），下面的同志有些不好意思提意见。可能许司令得知这一情况，为了鼓励大家，他突然来到我们处，就在饭堂里（临时会场）靠门处放了一张小桌，他就在那里办公、批文件。一开头，他干脆利落地讲了几句话，可着大嗓门给大家敲劲，打消顾虑，他做同志们的坚强后盾。司令员的个头虽然不高，但很结实，说话时浓眉耸动着，时不时地打着手势。讲完了，便又坐下若无其事地阅看文件……

许司令的亲临坐镇，果然打开了局面。第一天就有三四个同志发言，我也有点初生犊儿不怕虎的劲头，给两位处长提了意见。主要是我听到和感受到的不团结的问题。许司令表面上对大家的发言似不在意，实际上他在"一心二用"，都听着哩。因为他间或地也有插话，对他认为发言好的当即表示肯定。事后同志们反映说："许司令一坐镇，就是不说话也真'管'。"——"管"，特起作用。

"三反""五反"运动中，许司令本人也以身作则。有一天在八一礼堂召开了军区机关排以上干部大会，他带头做了检查。其内容我至今记得的有：他说他也有"铺张浪费"的问题，一个是好打猎；一个是上次陈毅司令员从华东到北京，经过济南时军区在八一礼堂为之组织了舞会，他应该负责；另一个是林浩同志从南京来，他为这位多年共事的老战友摆了一桌相当讲究的酒席；等等。林浩是当年许司令在胶东工作时的胶东军区政治委员、区党委书记。电视剧中有所表现，只不过我觉得剧中对这位当地土生土长的领导干部处理得很不经意，至少是形象太苍白了。

又过了一个时期，也就是抗美援朝后期，许司令赴朝参与组织和指挥了停战前的最后一个重要战役——金城反击战。去时据说只带了极少数得力的参谋人员，如作战处长陈凤来等。从朝鲜回来后不久，新的大军区成立，他调任南京军区司令员。此后我再未见过许司令。

至于电视剧本身,这里不做全面评价,可能因为连续剧的篇幅所限,对于战争年代的胶东风土人情乃至战争本身多有表现不到位之处。不过,还是引发了我的许多感慨,使多年沉淀的旧事又浮上心头。这可能是因为当年的印痕太深了,也是因为许司令本人的风貌和性格太突出、太鲜明吧。

忆一位农村老党员

说起来或许有人会觉得不可思议:一个从外地逃荒来到我村的外来户,一个看起来普普通通话语不多的庄稼汉,却是我自少年时代走上革命道路的领路者之一。当我也步入老年,回溯当年对我有着良性影响的人们,他——老梁那纯朴而亲切的面影立即映现在我面前。

我当然不会否认文化的重要性。不过我不能不说,由于时代的局限,我所说的这位老梁真的没多点文化水儿。他虽曾上过抗日识字班,却还是不识多少字,也不认得更不会写"腐败"二字(直到他八十九岁去世)。当年他作为自六百里外逃荒来此的光腚娃,来我乡几年后,无师自通,水旱兼做……后来不知啥时候,他那漏风的茅屋里,夜晚不时接待南山根据地的来客。当然都是神神秘秘地悄然迎送,谁也不知这家主人的另一种身份。他从来嘴严心细,如苞谷籽粒密细;誓言无声,似山泉穿过岩隙……

在这片敌我交错的边缘区,他面上是"顺民",常常支应"太君",手推送粮小车往来据点相当殷勤。却不料一天凌晨,炮楼突然坐上"土造飞机",龟坂少佐至死也不知是谁的"杰作"。县大队趁机端掉了据点,老梁这时好像是个局外人,倒背双手望着南山的"云帽":"瞧,这场雨会下得大河翻滚。"可当真雨来,外面大下老梁茅屋里小下,漏雨滴满了水桶和饭锅。他觉得:也值——小草房换了个大炮楼,天晴了再修补不一样会客?

直到日寇投降,本县解放,老梁明面上还是没有官衔,更不是什么指挥员,而作为仍是秘密状态的老党员,全村的积极分子都爱听他调遣。1947年深秋,蒋军大举进攻解放区,侵占了我县。以老梁为主,挑起了全村人的安危重担,作为枢纽,接受上级的指令。当时我作为秘密试建时期的新民主主义青年团团员,见到了临时撤至南山根据地的县团委书记李敬同志。有一天晚上他冒险来到老梁家里,当着老梁向我交代说:在敌占期间要与老梁保持联系,协助老梁做些力所能及的工作。他走前,交给老梁一大卷传单样的东西。

也就在一两天后,老梁把我叫到他家里,这是一个农村老党员向一个小学生第一次交代任务。有一个印象真是太深刻了:在荧荧的油灯下,照见那满是皱纹的脸,还有那撒满了霜花似的额上的白发(其实他那时的年龄尚不足半百)。他的话从来很简短:"你的目标小,敢不敢进县城去撒传单?""敢。"也许正因为小,才不太觉得害怕。他选中了我,我选中了自己的"胆"。这天晚上我回到家里,母亲已经睡下,我在外间的油灯下,草草地翻看了这些传单,部分是油印的,部分是手写的毛笔字,主要内容是瓦解敌人军心的。如"寒风刺骨似钢刀,军装单薄扛不了""北风劲吹大雪下,家人饥寒妻改嫁""蒋军弟兄们,不要为四大家族卖命""解放军欢迎蒋军弟兄携械来归"等。按老梁的吩咐,我要将这些传单分三次撒完。我想了个办法,将传单绑在小腿上,外面有棉裤遮盖着。十天里进了三次县城,前两次干得还不错,第三次,因敌军监视严密我未敢出手,回村立即向老梁检讨。他听着只顾抽烟,烟锅上的火光一闪一闪,最后在鞋底上一磕:"没啥,明天夜里跟我去将功补过。"原来是上级同志送来了胜利捷报(报纸号外),要他张贴出去。后天是附近九里镇的集,他决定明天夜里带我一块儿去贴。我一听,可高兴了,一定要先睹为快。他从最隐秘的地方把报纸拿出来。我一看大致是两种,一种的字样是"华东我军挺进豫皖苏,破袭陇海路,连克兰封、考城、马牧集等城镇"(兰封、考城解放后并为一个兰考县);另一种字样是"华北我军清风店大捷,歼敌一万数千人,生擒敌整编师师长罗历戎,震动华北重镇石家庄"。

第二天一早,这些红绿号外强烈吸引了赶集的乡亲,大大鼓舞了敌占期间压抑着的人心。群众纷纷惊喜耳语:"夜里武工队从山上下来了。"这时,我瞅着老梁,他瞅着我——这一老一小,秘密谁能解破?三个月后,猖狂一时的"国军",为收缩战线从县城撤至港口,老梁露出久未展现的笑容,一大清早在南街上对我说:"跑啦!"轻描淡写两个字,晨风般的润爽,秋云般的轻淡。一年多以后我参军与他告别,他,这回送了我三个字:"好好干!"

我与老梁之间,没有任何血缘,论街坊辈我叫他"二叔",然而我离乡多年间却一直将他深深思念(他和曰润二舅是父母之外我最为牵挂的两位长辈)。我每逢回乡探亲,他也是我必去看望的一位。记得"大跃进"之后的一次回乡,他的心情很不好,从邻居那里得知他在"大放卫星"时,反对不实事求是搞浮夸,尤其不同意把十几亩地的麦捆都搬到一亩地里,假冒一亩地的产量,结果受到了批判,还受到党纪处分。"文革"中又被翻出老账,受到更大折磨,落下一身病。好在他坚忍,哩哩啦啦地又活了很多年。但生前还是没有赶上享受农村解放前老党员补贴,只带走了七十年泥土中的传奇,满面皱纹里都是来不及破译的文字,但其中肯定没有"腐败"二字,因为他连想都没想过……

因为老梁我又在想:有的人从表面看可能普通得不能再普通,但生命经历中也许隐含着一般人所没有的传奇。这些传奇故事有的为后人所知晓,有的始终不为人所知,其本人也不觉得有什么"冤"。因为他做的时候很自然,尽心如愿了。这也许就是他要的全部"回报"。

她,那时不叫明星

在抗日战争后期和解放战争时期,在我们这个三面环海的半岛,军区政治部下辖的胜利文工团,在各个分区乃至各个县份都赫赫有名。有幸看过他们演出的不必说是终生有幸,没看过的那种企望的心情不亚于小孩盼过年。在我少年的记忆中,这个千万人心中的名牌文工团只来过我们县两次,我能看过一次还是高小毕业会考成绩优异作为奖励才获得这个难得的机会。

那时的文工团团员也不叫演员,尽管这个团里有一位军民共知的女团员叫兰娟,也不兴叫著名演员。如果有人冒失地戏称她为明星,不说她本人高兴不高兴,就是打心眼里热爱她的观众反会认为这是对兰娟的伤损。兰娟最擅长演女英雄,结局大多是"壮烈"了,而且与叛徒出卖有关。但尽管都是女英雄,给观众的感觉却不一样,她最绝的本事就是把她们演得各有各的样,各有各的风采,从里到外都能让观众记住那最出彩最鲜明的一点。也许因为她演得太真太活,演叛徒的角色往往当场为千人所指。有一位叛徒"专家"每当与兰娟配戏,心里总有几分"嘀咕"。他说心里话:"不是我演得多好,而是女英雄演得太可敬可爱,衬托得我太可恨,有的观众忘了是看剧,要跳上台来揍我,甚至……"

我唯一看兰娟演的是《八女投江》中的女队长。满台的女英雄,但她并没有淹没在群像中,每一个眼神,每一个动作,每一句台词,全都不一般。当时是1946年,抗日战争已经过去,台下的许多观众大部分没有亲历过抗日战争。由于这个剧目和兰娟的出色表演,又使观众浸润在抗战的氛围中:没见过日本鬼子的人又见到了"鬼子",没有亲身领教过鬼子凶残的又看到了他们的狰狞面目。

就这样,从抗战后期到解放战争期间,六年来兰娟与她的战友转徙演出于半岛烽火之中,热评在军民口中流传,许多人都渴望见到这位具有传奇色彩的文工团团员。在县城里,在乡镇集市上,乃至在熙来攘往的村路上,人们凡见一位身穿灰军装,腰扎皮带,鹅蛋脸,中高个,腰身好看,步态轻盈的女同志,仅凭背影,许多人也会喊出声来:兰娟!兰娟!

真的,那时在我的故乡一带,兰娟扮演的妇女英雄形象启发和感染着人们,而一种深具美感的形象气质也在影响着人们,尤其是解放区的男女青年。

稍后才知道:兰娟出生在我县文风甚盛、咀华含英的碧水村,从辛亥革命以来这里就出过多名革命家、教育家和金石学家。兰娟的父亲就是远近闻名的"饱学先生"。兰娟本人在县城私立女中(初中)毕业后即投入抗日斗争,在根据地被特选至胜利文工团,很快便成为主演。据1947年春我上初中时的孙校长告诉我:他曾在胜利文工团做过编导,一次敌机轰炸他左腿负伤便改来后方任教。在文工团时与兰娟甚熟。他说这位兰娟平时看来清秀温柔，其实内怀壮烈。她自写一幅字，四字曰"壮怀激烈"，还专门请人装裱，每在一地驻防时间较长时，便挂在自己床铺的靠墙处，足见她的内心世界。也许正因如此，她每演一位大义凛然、视死如归的妇女英雄时，往往能使观众感动得泪流满面。另一方面，说来也颇有意思：如剧中有叛徒内奸出卖之情节，常使饰演这类角色的文工团团员遭到她钻心的痛斥时，也忘记了是在演戏。

就这样，几年来，兰娟塑造的女英雄在半岛军民口碑中挺立；而她在部队和乡村的土台及临时搭建的舞台上继续塑造，影响不断扩大、加深……

然而，后来（多么令人焦灼牵挂的后来！）在胜利文工团演出的舞台上许久不见兰娟出场。军民人等关切探问她的近况。有人说她南下了，有人又说她负伤住院。但似乎谁都不愿面对真相，而宁可选择一种模糊与虚幻。终于有一天，在县城西门外不远的一片野枣林内，出现了十几座"八路坟"（当时在我的家乡，直到解放战争期间，许多群众还是习惯地称人民军队为"八路"），而且有人指认第二排第三座坟就是兰娟的长眠之处。后来，颇知当时内情的人士又传出：就在侵占本县的蒋军和还乡团在自县城逃窜的头一天晚上，也就是在胜利前夕的演出中，垂死挣扎的敌人竟出人意料地长途奔袭三十里，突然向剧团和警卫人员发起了疯狂的攻击，我方十多人不幸壮烈牺牲。据被我警卫人员击伤的还乡团匪徒被俘后供说：他们的行动目标之一就是冲着"女共匪"兰娟来的。只是不知这一事件的发生有无叛徒和内奸通风报信。

不过，许多乡亲还是执拗地不肯相信；宁愿认定兰娟她永远南下了，哪怕是不再回来。

事情又过了很多年，在我家乡这一带，老一代的人们说起她当年塑造的女英雄，都不称剧中人名，而统统叫"兰娟"。

沟通心灵的使者

——记一位战地女翻译

这是一个实实在在的故事,它发生在近六十年前。当事人后来与我的一位同乡和老战友结为终身伴侣。她知道我是"写东西的",所以总是嘱咐我:"你写我的事儿可以,但无论如何不要露我的名字。"因为我写的是一篇散文,而不是纪实文章,所以我毫不含糊地答应她:"可以,你放心。"

这位后来在朝鲜战场做了战俘营翻译的女同志生于黄浦江畔,外语学校毕业生。刚参军时,难免有人猜测,甚至在背后议论:"准有上海小姐脾气。"谁知她第一次越过敌机"绞杀战"清川江封锁线时就表现非凡,机警利落,连滚带爬地到达了相对安全的地带。同志们看她,一身崭新的军装被"咬"成了开花棉袄,还好并没有伤及皮肉。只这一次"考试","上海小姐"的帽子,便在人们心目中无声地摘掉了。

虽然如此,开始工作时还有不少障碍,战俘营刚刚归置就绪,她就遇到了"联合国军"中的一名美军少校的挑衅:"你们中国人打仗爱搞突然袭击。"她在黑板上用英文写下《孙子兵法》中的一句话"兵者,诡道也",然后才开讲,最后她说:"你们呢?你们在朝鲜半岛的蜂腰部搞仁川登陆战,事先告诉过对方没有?"战俘们瞠目而不作答。她接着反问:"那么,这不叫突然袭击又是什么?"于是,她有理有据,心平气和地赢得了重要的一分。

每次美机轰炸,她总是最后一个进防空洞。有一次,别的战俘都进去了,只有一个大个子上士,傻愣愣地望着天上的飞机。她火了,问他:"你还看什么?"他说:"我看是F86佩刀式还是F84雷电式。"她使劲儿推了他一把,把傻大个儿推了进去,才随后进洞。也就是几秒钟光景,美机一个俯冲,扫下了一梭子致命弹。飞贼走后,她向战俘们指着炸毁的食堂说:"看,这就是他们对你们的人道!"

她入朝鲜那年二十四岁,两年过去,正是二十六岁的"大女",却将婚期一再付与了战俘营外山坡上的草芽,开花、枯黄,而再次返青。尽管处于烽火连天的战地,远在上海的父母在来信中还是时不时地询问她:有对象了没有?她在有限的回信中,巧妙地躲闪着父母来信中的探询。使父母的感觉似有又似没有,却始终存在一种想象中的希望。其实也就在这一过程中,一位曾经读过四年小学的山东大汉闯入了她的心扉。那是源起于一次战俘营的搬迁转移途中,遭遇到美机几乎无时不在的骚扰与袭击。教导员为掩护一名黑人战俘而被弹片挫伤了后背,而在他身下的被俘人员则安然无损。在紧急的情况下,女翻译以自己曾受过包扎训练的业余卫生员身份,尽心尽力地对教导员进行了救护,并亲自将他送至后方医院……他在日后就成为她挚情不渝的丈夫。

她本业学的是英语,在校的三年中又兼修了法语;在朝鲜战场上又"捎带"向异国老乡们学了朝鲜话;而在战俘营工作期间又"进修"了土耳其语。一个人兼通四种(确切地说是五种)语言。因此,在战争的最后岁月里，被她和她的同志们的心地和行为感动了的多国被俘人员，私下里称她是"沟通心灵的天使"。也许与她有一定关系，在停战后，遣返战俘中，有的被俘人员流着眼泪表示要留在中国，理由之一是：从没见过像接触过的中国人这样的好人。

在战俘营工作的岁月，日渐熟悉的被俘人员（尤其是那些文化较高的）说她具有双重性格：庄严又温和。其实他们不知道：庄严，是因为在她的身后，站着伟大祖国的自信；而温和，在她平时喜欢凝视的窗前，常常启示着3月雨后的阳光。

不久前，在她夫妻俩晚年居住的干休所，我又与他们见了面。他们住的房子非常普通，因为都还够不上高干。她老伴是离休，她是1949年10月1日之后入伍的，所以是退休。老两口都是满头银霜，她的身体尚健，老伴因有旧伤新疾，身体羸弱，刚刚出院回家，所以话语不多。但有一点是共同的，形貌谈吐绝对朴实低调。这使我不禁想到了一个成语——"人淡如菊"。真的是两株经霜的老菊。当我又提起六十年前的旧事时，当年的女翻译平静地一笑，说："还不就是那点事吗。你是都知道的，不再说了。只有一桩心愿——"她指指老伴，"等他身体好些时，我们想再过鸭绿江到当年战俘营旧地看看。"

一个女报务员的日记

嘀嘀嗒,嘀嘀嗒……发报机的电键声上报下达。我,就是这中间的一个小小的枢纽。而指法,就是我的心跳。我们干报务员的都知道,每个人都有他(她)习惯的指法,相互通报的报务员,尽管距离遥远,从指法上也能判断出此刻值班的是谁。

有我在,我们这个师的神经就不会中断。亲爱的发报机——我的孪生姐妹,我们同生(它从东北军工厂运到战地那一天,就由我来使用),同长(我的手法越来越熟练,它就像有灵性似的那么配合),但我却不敢说同……

发报机比我更重要,这不是,本组的发报机只有一台,而我还有"机灵鬼"小邱。虽然她比我只小十个月零一天,但发报手法已经熟练,基本上也可以独立工作,万一我……她顶上去绝没问题。

嘀嘀嗒,嘀嘀嗒……每组电码都是胜利的种子,种子都从我指尖上撒播。我不知道电码中隐藏的内容,那是机要译电员的任务。有时看电影,涉及我党我军电报方面的情节时,往往将机要译电和收发电报的报务员工作合二为一。其实他们完全是分隔的,有时还相距很远,彼此根本不着面,之间由机要通信员进行联络。作为我,虽然对电报内容毫不知情,但丝毫也不介意,革命分工不同嘛。我却能感知军情的急迫:无论是胜利在望,还是代价的沉重,我手指上承担的分量,都增大着一个十九岁生命的价值。我的"花季",是在坑道里度过的——意义非常,但我从来不过生日。

听,战斗又已打响,远方,炮声已延伸射击。这时,通信员又将电码稿送来,除了机械式地照常签收,没有只言片语;即便必要时开口,也绝对不说废话。熟悉的通信员才刚刚二十岁,面部表情却像初秋的枫叶,带着一种与年龄极不相称的凝重。至于这时我是啥模样,已有三天没照镜子了,谁知道呢?

"机灵鬼,你抽空整理一下内务。战斗再紧张,也要保持内务整齐。今天由我来发报,明天……"作为组长我分派着小邱。

"你若是太累了,告诉我一声,我来。""机灵鬼"总是这样"抢任务"。

我听见,坑道上方正轰轰地炸响,完全分不出点儿,有炮弹,也有炸弹,还有机声穿梭,不绝于耳。

尘土簌簌地落上报稿,我轻轻拂去。习惯了,手法纹丝未乱。

前方炮声,坑道上方爆炸声,敌我双方火力交叉轰鸣。我听得见炮声,大炮听不见我的心音。

嘀嘀嗒,嘀嘀嗒……我总觉得,这声音不仅在朝鲜战场,就连全世界的任何角落,都应该听得到。

第一次目睹烈士

1945年春天,我在县里的九里镇完小上学。九里镇离我村约一公里,每月有六天逢集,是当时周围十疃八村的商贸土产集散地。

这天正是集日,我一进教室,便感到气氛与往日有些不同。一些先到的同学交头接耳,好像发生了什么大事情。又过了一会儿,一位年龄大些的同学拿来一张油印的传单,大家都抢上去看。我也看了几眼,知道了大概的意思。原来是前天晚上,驻龙口港的伪军小队队长李吉田因为忍受不了日军的欺侮,终于实施了"反正"行动,机智勇敢地亲手击毙了日军中队长及其老婆,又刀劈了中队副(名字现在忘记了),然后率领整个小队的弟兄,毅然开赴山区根据地,参加了爱国抗战的队伍。

这一大快人心的事件,使我们这些孩子个个欢呼雀跃,尽管近在几公里外的县城还为日伪军所盘踞,同学们也禁不住高喊起来:"痛快!痛快!""李队长是好样的,真解气!"

这时,我们的语文课老师、班主任王中戍走进教室。他显然也得到了这一消息,显得很激动,那原本白皙的面庞变得红彤彤的。他本是北平某高中的毕业生,春节回乡探亲,由于交通中断而一时回不了北平,便应聘来学校教书。王老师有一腔强烈的爱国热忱,平时常挑选课本上具有比较积极内容的课文来讲,而且加了一些课本上没有的内容。他今天一见同学们这情势,并没有马上制止,只是提醒大家:"你们小点声儿,好不好?"

正说话间,九里镇大街上传来几声枪响。又过了一会儿,枪声密集起来。那位年龄大些的同学平时就喜欢枪械,他分辨着枪声,说:"嗯,有匣子(驳壳枪),有快条(步枪),还有歪把子(日军使用的轻机枪)。看来是八路和鬼子打起来了!"

王老师想安抚同学们骚动的情绪,但已经安抚不住了。只沉寂了一会儿,那位大同学带头,十几个同学跟随着跑出教室,奔向九里镇东西大街。因为平时王老师对我比较器重,我也比较守规矩,便向老师打了个招呼:"王老师,我也去看看。"他犹豫了一下,点了点头说:"去把他们劝回来吧。"他显然也很矛盾,一方面理解同学们的心情,另一方面又担心学生的安全,但不知为什么,他没有采取断然阻止的措施。

我紧追前面的同学径直跑到大街中心,来到原是"三官庙",现是镇公所的门前。这也是通向南山根据地的一条南北向的街。这时,由于枪战,赶集的人们大部分已散去,还有一些胆大的人在那里议论纷纷。从他们的话语中,我听出了事情的经过:今天开集不大一会儿,县武工队就从南山下来,在镇公所前的高台阶上向群众宣讲前两天龙口港李吉田小队长反正、严惩日寇军官获得胜利的事。武工队还对大家说,日本鬼子离完蛋的日子已经不远了,一切汉奸走狗,除了罪大恶极的以外,从现在起,如能认清形势,反戈一击,还是可以立功赎罪的;至于一般干"伪事儿"的人,赶快洗手,回到人民这边来,抗日民主政府一定既往不咎……

谁也没想到,大家听得正来神儿之际,从县城暗暗包抄上来的鬼子和便衣"狗子",已堵住东西大街的两头,更将通向南山出口的栅栏门紧闭。到底是谁送去的情报?众说不一。当敌人的枪声一响,人们四处逃散,五六个武工队队员,一面还击,一面向南街撤退,但他们只有"匣子"和"撸子"等短兵器,对射中显然处于劣势。其中一位同志的腿被打伤,倒在地上,但他还是坚持还击,掩护同志们南撤。武工队队员们情急之中,攀上南栅栏门,有的还被尖钉扎伤。所幸敌人担心时间长了会有援兵前来,因此也没敢恋战。但一个鬼子还是赶上去,在已经身负重伤的武工队队员头上连开两枪,然后才窜回县城……

当我和同学们赶到南街的一个拐角处时,看到了这位已经牺牲的武工队队员,他的头部流出来的鲜血在地面上拖出了很长的一条印迹,他身子半蜷着,脸部侧向里面,手中的枪显然已被敌人抢去……这是我生平第一次看到真正的烈士,第一次目睹什么是为国牺牲,第一次为血缘近亲以外的死者流出了伤痛的眼泪。

这时,胖胖的伪镇长带着两名乡丁过来,用草席卷起牺牲了的武工队队员,两个乡丁抬着,据说是送到"义地"里安葬。

不久后的一天,我叔伯二舅曰润带我到县城去赶集,在大道旁边的"义地"里看到一拉溜十几个坟头,倒数第三座的新坟上,压着一簇新的烧纸。二舅舅告诉我,这就是在九里镇集上被打死的那个武工队队员的坟茔。而这一拉溜坟茔,统称为"八路坟"。后来,又听班里的同学说,牺牲的同志姓赵,还曾在我们完小六年级上过学。因为他家里特穷,他上学时年龄比一般同学长五六岁,常受班里同学的嘲弄。忽然有一天,他消失了,跑到南山当了八路。

只可惜,他牺牲在日本投降的前半年,没有听到抗战胜利的锣鼓声。

第一次看到"讲话"

今年是毛泽东同志发表《在延安文艺座谈会上的讲话》七十周年。七十年前我还是一个孩子,又没有生活在延安,而是在离那里几千里之遥的山东半岛。但在一个机缘中,在当地县城解放的前几个月,有幸看到了这个讲话的单行本,距今已是六十七年。

那是1945年春天,在我的家乡,县城虽尚未攻克,但四乡里我武工队和抗日政府的工作干部已在活动,而城里最顽固、战斗力较强的伪八中队也不时出城进行小规模的扫荡。在这之前的一个月,我和田守仁同学因暗带根据地宣传品由小学所在地九里镇回我村的一公里途中,险些被八中队搜出而"遭事儿",幸而我俩机警而脱险。这次又是受小学孙校长指派,带根据地出版的革命读物回我村交给音乐教师田老师。当时并不知道所带读物的内容,只知用牛皮纸裹紧然后扎在腰带里用衣服遮护。不过这次在傍晚放学后顺利回村,没有遭遇敌人。

去田老师家,他当时没在家。为了谨慎起见,我没有将东西交给他的家人,而是当晚先带回自家,转天一早再送去,一定要亲手妥交收件人。

当晚夜深时分,我出于好奇,悄悄打开牛皮纸,看到了一本薄薄的小书，是解放区印刷厂印的，所用纸张是灰白色的草纸，星星点点的草屑和线头之类的杂质隐约可见，而且边角切得也很不整齐，总之是很糙的。小书的封面上是"在延安文艺座谈会上的讲话"一行大字，署名为"毛泽东"，落款是"胶东区党委翻印"。

在这之前，我从未听校长和老师提及过这篇文章。虽然有位战老师在教我们唱《渔光曲》的中间，突然插进来问我们全班同学知不知道毛泽东是哪省人。当时我们七嘴八舌地猜了一通，在"乱枪"中，有人撞对了是"湖南省"。这时战老师才告诉我们：是湖南湘潭县韶山村（其实应为"冲"）人。但也没有涉及这个"讲话"。

这次的单行本，显然是孙校长刚刚从根据地获得的。因田老师教音乐，与文艺沾边儿，所以才让他先睹为快，没承想被我先拆开看了。

那晚我在油灯下，读完了"讲话"的全文。母亲不识字，当然也不知我看的是什么书。毕竟才上四年级，幼稚的我不可能理解得很透。不过，有些字句的大意还是大体懂得的。如立场问题、服务对象问题。特别是文章提到文艺要为工农兵服务，作品要尽量"大众化"，我心里觉得说得很对。这对我启蒙时期的思想认识，还是有不小影响的。所以说，一个偶然的机遇，使孩童时期的我，无意中上了无声的一课。

日本投降后，我的家乡成了解放区。有件事我觉得是一次很有趣的写作实践。那是1946年暑假，班主任，也是我们的语文老师王中戊给我们布置了暑假作业，只有一篇作文，题目是《努力增产节约，巩固解放区》。但当领受任务后，我心里却觉得不满足，一种什么动力我现在记不太清了，反正是胃口很大，不仅是要完成老师布置的任务，而且要写好几篇，还要多品种，最后编成一小本，像杂志那样的。

于是，我用当时胶东解放区通行的"一面光"白纸折叠成两面。

开头写了一篇像"前言"类的短文,随后除了完成老师布置的作业之外,还有类似特写的文字,记得是"俺村劳动模范纪××",还有快板诗《反内战,保和平》,故事小说类的作品《廉洁正派的农会长》,以及类似现在的杂文、小品式的文章。都是用毛笔抄的。至于皮面上的总名,现在忘记了。开学后交给王老师,作为暑假作业。老师最后没说对也没说不好,只无声地批了两个字:"很好。"

  不过,我自己觉得称心的有两点。一是我确是受了毛泽东同志"讲话"中要义的影响。无论是以当时我努力追求思想进步,还是对文学的热爱方面讲,自然是都愿意按照"讲话"精神去实践的,不论当时理解得是多么肤浅,做法上是多么幼稚,但态度是真诚而执着的。二是它成了我文学启蒙期没有谁授意编辑的第一本"刊物"。当我成年后真正踏上文学编辑之路后,回想起童年时那种幼稚的做法,曾不止一次写道:我后来的生命历程中,曾先后编了几种刊物,也许是注定命该如此。

全场肃静，突然爆起掌声

1945年5月，我在故乡山东黄县（今龙口市）九里镇完小上学，大约是5月14日这天，我们的孙校长紧急召集全校同学，让大家都到四年级的教室去，因为全校的教室以四年级的最大。就是这样，也还是容纳不了，不少同学只好站着。

尽管这时县城还没解放，尽管九里镇离县城才九里地，尽管城里的日伪军偶尔还出城袭扰，但校长严肃的面孔仍带着难以掩饰的喜悦。当他扫视全场后，见同学们已安静下来，便提高嗓门向大家宣布——

"同学们，现在让我告诉大家，就在5月8日那天，苏联红军已经攻克柏林，德国法西斯正式宣告灭亡。据初步证实，法西斯魔王希特勒已经自杀身亡。苏德战争取得了最后胜利，世界反法西斯战争取得了伟大胜利！"

校长宣布过后，他停顿了一下，全场异样的肃静，我左右看看，又向后看了一眼，同学们都眼望前方，有的张大了嘴巴，却不出声。当我回头再次面对前方，心里不知从哪里借来那么一股子勇气，下意识地鼓起掌来。谁知这掌声如爆竹被点燃引信，引动全场爆发出雷鸣般的掌声，久久不能平静。回到教室，上午没有课，我脑海里涌出四句话，是五言四句，打油诗式的，具体字句现在忘记了，也算是我平生的第一首诗吧。

记得当时我一口气写完后，悄悄去教导处。孙校长正在跟一个陌生人谈话，一见我进来，他便问我有什么事。我腼腆地说："有点事儿。"那陌生人见此情景，便告辞离去。我这才小声地告诉校长："我写了这么四句，不知算不算是……诗？"说着就递给了他。校长看过后马上点头："写得不错，不过不要随便给人看，你背下来记在心里，这张纸不要留，因为现在还不到时候。"

我点头答应，明白了他的意思。正要转身出去，校长又把我叫住了，从抽屉里拿出他平时用来吸烟的火柴，不容分说，将我抄"诗"的那张纸点着烧了，还细心地将纸灰收进纸篓里。

正在这时，忽听校门外人声喧嚷，校务主任匆忙进来，在校长耳边嘀咕了几句，校长的脸骤然一变，打个手势要我回教室去。我刚回教室，就从窗户上看到一队便衣伪军闯进校院，有几十人之多，分明是来找校长的。这些人手中有"家伙"，不是步枪就是"匣子"，还有一个扛着一挺轻机枪，有一位年龄大些的同学认得出，说这是驻在县城西圩子里的伪七区区中队。

这些人打头的几个抓住校长不放，厉声吆喝："有人报告了，你们刚开过大会，给八路搞宣传，通匪！"孙校长支支吾吾，还在周旋着。我们这些孩子在教室里，心都紧缩着。

就在这紧要关头，九里镇镇公所的胖镇长和几个乡丁带着香烟和酒前来解围，一个劲地解释："我们这里是模范治安区，哪里有什么八路九路的。他们上午开的是例行周会，可能有人误传了。"七说八说，伪区中队队长见了好烟好酒，也变了态度，要孙校长当场保证"日后不给八路做宣传"。孙校长总算逃过了这一劫。

只是这个谜,多少年以后一直也没解开:到底是谁跑到县城去通报消息的?肯定不是镇长,那又是谁?

李姓的胖镇长,在日寇投降后,到新中国成立,并未被当作汉奸加以惩治,多半是因为有折罪的表现。而孙校长恰恰是另一种情况:不知出于何因,仅仅在一两年后,他就跑到敌占区青岛,当了还乡团团员,走上了与最初截然相反的道路。对此,我也一直没弄清楚。

遭遇"小老隋"

我高小毕业后的1947年,5月初我秘密加入了试建时期的中国新民主主义青年团。比我大三岁的二姐在十五岁读高小时就入了党。既然成了组织里的人,就要承担组织上分派的任务,所以当年秋天在国民党军占领我县的七十二天里,组织上通过我村的老党员梁本给了我几次任务,其中有两次是以"修工事"为掩护,撒传单和去北教场探看敌军的炮兵阵地。还有一次进县城没有背负任何任务,而是母亲叫我拿十斤黄豆到城东河集市去换花生油。

就在我换过花生油,由东向西准备回村途经西关大街时,突然有一个公鸭嗓拦住了我的去路:"哦,是你?!"

我大吃一惊,定睛一看,原来是伪装"荣誉军人"(对残废军人的一般称呼),潜居我村,无恶不作的"小老隋"。此人经上级查实,他原来是一个罪行累累的惯匪,与其内弟相勾结,仅在1943年至1944年间,就在我村夜间结伙抢劫十余家。但他在监押时伺机逃脱,怎么竟在这里出现了?

"你来干吗啦?"他接着问我。

"赶集。我妈叫我来换花生油。"我硬撑着胆子把袋子里的花生油瓶冲他一亮。

"你妈？"他竟也怔了一下，"你妈不是跳井了吗？还有你姐姐。我都听说了。"

"是吗？"我瞥了一下他的眼睛，不像是装的，莫非他认错了人？这时一股子酒气向我喷来，他肯定是有些醉了，张冠李戴是有可能的，我紧张的心不由得放松了几分。

"咳，都是那些穷棒子闹的。""小老隋"叹着气，又问我，"你爹这回随国军回来了吗？"

爹？国军？回来？这一系列的情况都越发不对了，我进一步印证他是认错了人，但这种迟疑不容我多费思索，我立马随口答道："没有，他没回来。"

"唉，他怎么不回来报仇呢？我春天在青岛见过他呀！嗯，也许是挎上了新的娘儿们，顾不上原来的妻室儿女了，哼！"这样一来，他好像把刚才"妈叫我来换花生油"的事儿忘记了。不，有了一个短暂的缓冲时间，再问我也有话对答。几十年过去，连我自己也觉奇怪，少年时期竟有那样的应变能力，很可能绝不亚于成年以后。

这时，大街上人来人往的，有赶集的，还有蒋军的官兵，"小老隋"突然一扳我的肩头："你还没吃饭吧？"不等我回答，便又说，"走，咱们吃饺子去，我请客。"我没有说话，但跟着他走去，只走了一小段路就到了。坐南朝北的门脸儿，是县城里最有名的饺子馆，字号现在我忘记了。进门，落座，"小老隋"要了两大盘饺子，拿筷子指点着："吃！吃！"

开始我还有点迟疑，随后也就从容地吃起来。一个个肉蛋蛋的饺子，吃着很香。说实话，那时一般的小户人家只有在逢年过节时，偶尔才能吃上一顿饺子,而且没这般好吃。

正吃到半截时,他又一句话印证了他的所指为谁:"你哥哥随你爹去青岛了,我记得你还有个弟弟,他叫……"

我不能犹豫了,只能蒙一下:"他叫李××。"

"哦,对了。"他高兴地扬起缺了两根指头的右手。过去,这是他伪装"荣誉军人"的证明。后来县公安局的同志到我村后,我们才知道他说的全是谎话。实际上,他的手是在两伙匪徒"黑吃黑"时,被对手剁去了两个指头,他后来又与他内弟——我村的小混混冯三合谋,弄了一份假证明信,就落户在我村,享受了"荣军"待遇。

我蒙的这个名字是本村李××家最小的儿子。李××是本村的富户,在我的印象中,他们一家人对人很刻薄,因此人缘差些。所以,在上次复查中被"扫地出门",但当时李××和他大儿子都早已逃至青岛,家中由其妻、女主事。她们被扫地出门后,又支开了李家的两个小儿子,在村外投井而死。"小老隋"多半将我误认成李家的二儿子,因为他二儿子只比我大一岁,但个头长相非常相像,在小学上学时别人就有这样的评论,而且两人的名字中有一字相同(我当时叫石恒基),所幸我这一蒙竟蒙对了。

可这时"小老隋"又问我:"你妈和你姐没了以后,你和你弟弟靠什么生活?"

这时我回答就很自如了:"靠本家长辈接济一些,总还不至于饿死。"

"嗯……"他一只眼睛上头就像有根松紧带似的,总在不停地耸动(是哪只眼,我现在也忘记了),忽然那只眼停止了耸动,直逼着问我:"那你说,你妈叫你换油是怎么回事儿?"他好像冷不丁意识到了什么。

"是我干妈，现在比亲妈还亲。"叫情况逼的，我也只能搪过这一阵。

"我们家原来的老妈子，铁匠他家的。"我的对答是有一定根据的，因为我知道李××确实有这样一个干妈。

他又一次"嗯"了一声，没再就这个话题说下去。本来，我还在心里打鼓，想问他为什么到县城里来、现在干什么。因为他除了一身青衣、小帽，短打扮外，看不出任何其他特征。

但好在他自己说了："村里的那些土八路死活跟我过不去，他们想治死我，连一些八路崽子也揭发我。幸亏我姓隋的命大，在往县里押我的路上，我脚底下抹油——溜了，一猛子跑到青岛，干上了。这次随国军杀回来，瞅机会还是要报仇的。"

这一下我明白了，原来他也是还乡团的。他说的揭发会，春天的时候的确在我村召开过，是县公安局的同志主持的，我母亲还上台控诉过他，因为我家也是遭抢的十几家农户之一。

"你也是半大小子了，也得给你妈和姐姐报仇呀！"

他不住地撺掇我，我也只好点头答应。他眼睛上的"松紧带"也不住地耸动。多少年了，这种印象深极了，过去我看电影、电视剧，有不少汉奸、特务、狗腿子也是眼邪心不正，我也认为是脸谱化、简单化，可细想起来，类似"小老隋"这样的一类人，还就是这样一副德行，我半点也没有故意丑化他。

当我的一盘饺子吃完，他的一盘还剩了一小半时，他从夹袄上兜里掏出怀表，一声"哟！集合的时间到了"。于是他付了钱，急匆匆地离座而去，一脚跨出门口还回头甩了句："过几天我回村再找你。"

我有点晕头晕脑地随口答应，心里却在忐忑，回去得先告诉妈妈和姐姐,最主要的是找老梁商量,请他拿拿主意。回村的路上,我一直在想着这件事——这顿饺子吃得可不轻松。

也就是在几天以后,有两名还乡团来我家抓我,但不是"小老隋"本人。幸亏我有准备,及时躲藏而幸免。此事是否与跟"小老隋"遭遇有关?是不是当他"醒过味儿"来,或经查证当时认错人了?以后一直都没有得以证实。

当蒋军逃窜后,"小老隋"自然也跟着主子跑了。据说在后来的淮海战场被我军击毙,他那为非作歹的生命史算是画上了个句号。

母亲以乡音送我参军

《谁不说俺家乡好》《家乡的山歌最动听》，仅从这些歌曲的名字亦不难看出家乡在一个人心目中占有何种位置，说是"敝帚自珍"也好，"子不嫌母丑"也罢，反正人们对于生养他的那片土地大都怀有一种特殊的感情，这谅是没有多大争议的。说起来也许有点可笑，我在大学读书时正赶上"向党交心"和"拔白旗"运动，就连别人平时听到你不大对味的只言片语也要拿出来批判一番，"曝晒在太阳光下"。譬如，我当时流露出的对故乡的偏爱，也被同学写成打油诗式的大字报："天下啥好事，都是家乡的。"

至今回想起来，我不但不怨贴大字报的同学，反而要感谢他对我的好意纠偏。上纲上线固然过分了，但我当时对故乡的偏爱的确是非科学的，后来在许多方面我都认识到了。

就拿我对故乡山水的评价就是不准确的。小时候由于坐井观天、目光狭小，误以为家乡的山是最美的，参加革命后尤其是近二十年走南闯北，领略了祖国名山大川的真颜，特别是华中和西南地区那些佳山秀峰，不能不承认我们故乡的山形相对不够奇崛，植被更不够葱郁，大都是土石裸露、林木稀落，甚至有的干脆是光秃的峰头。在这些方面,比之于一些兄弟省份的山水,其观赏价值和资源价值确实不在一个层次上。认识到此点,不是自惭形秽,而是实事求是应有的态度。

不过,在相当长的时间里,我对家乡的语音还是情有独钟。小时候在老家,有一位叔伯二舅舅见多识广,我对他的话很服气。他说咱们这旮旯的话最好听,我也深以为然。他家里有一个"戏匣子"(留声机),农闲的时候常常招呼熟人去听。有的名角道白时不是韵白就是京白,同我一起听的表兄弟说这道白还不如我们的乡音悦耳,我也觉得好像是这样的。后来在外面闯了几十年,渐渐觉得并不是那么回事,"乡音最好听"的防线无形中被冲破,再后来,我不仅觉得家乡话不如以北京话为基础的普通话悦耳,甚至也不及人家四川话和新疆的汉话受听(四川话的抑扬顿挫富于乐感、新疆汉话略带中亚腔的不俗都挺顺耳)。近几年,每当我从电视中听到家乡的人士用纯乡音说话竟有点不懂了,如果再加上不规则的撇腔就更听着别扭(不管别人指责我如何忘本,我也得实话实说,因为我确实这样感觉了)。每当这时候,我也强烈地感到:得改说普通话,而且要花大力气!

自父母相继去世后,我十多年没有回故乡。今年因去家乡附近一个地方出差,顺路回到久别的家乡。既然回乡,所听到的当然大都是乡音或者是"普通化"的家乡话。说来也怪,一旦沐浴在乡风中,听着乡音也没有多少不习惯,至少并不似在北京偶听家乡话造成听觉上乃至心理上那么大的反差。尤其是当我走近我家小南门,眼前便自然浮现出当年母亲在这里送我参军时的情景。那是一个雪天,一场猛烈的大雪就像要把人埋起来,天和地都被雪针缝连到了一起,母亲倒着小脚,不时地用手抹着被眯蒙了的眼睛。她大声嘱咐我:"到了部队,早点捎封信回来!啊!"

这一个"啊"字,仿佛也被冰雪冻住了,变成一种恒久的天籁,谁又能分出是什么地方的口音?

多少年来,我只有一种认定:这就是母亲的乡音——天地间最深切的期待与嘱托!

母亲就是以纯粹的乡音送我参军的。纯粹的。

过期的"机密"

长征途中的非常春节

我到四川叙永,很想听到三省交界的鸡鸣。遗憾的是中午,司晨鸡这时可能都在午休。没有听到川、滇、黔交界处难得一听的鸡鸣,却碰上了淅沥的秋雨,在古镇的屋檐上晶莹闪烁——串串水珠连缀着深沉的今昔。

眼前这个古镇就是石坝彝族乡所在地,原名石厢子,因石坝场头直立的三块巨石形如箱子而得名。它位于叙永县城以南,赤水河北岸,与贵州省毕节市、云南省威信县接壤。当雄鸡报晓时,三省边界地区均可同时听到,古石厢子过去有"鸡鸣三省"的美称。因此,当年长征路过此地的周恩来等老一辈革命家,在日后回忆中对这个村镇印象极深,干脆就直接称之为"鸡鸣三省"。

如今这个古镇仍很繁荣。当年几位党中央和中革军委领导人曾经住过的房屋、"石厢子会议"的会址及一些重要机构的办公处所,都集中在大街的两旁。毛泽东住过的一所木质结构的瓦房,如今虽然十分陈旧,但基本完好。这家的户主名叫肖有恩,现已过世,但后代亲属尚在,他们从先辈口中得知当年红军驻此的一些重要细节。在这户木板门的左边,一处厅式大屋摆有简陋的桌椅,据说这里就是由毛泽东、周恩来、朱德、张闻天、博古等人参加的"鸡鸣三省会议"(又名"石厢子会议")所在地。这次会议的内容是：博古正式交权，中央政治局委员分工，中央红军制定下一步的行动方针等。

在这期间，中央红军还在石厢子召开庆祝大会，将从当地两大土豪恶霸彭正楷、周世成家没收来的粮食、食物分给汉、彝、苗各族贫苦群众，并宰杀了国民党团总吴联山家里的大肥猪分给大家，共同欢度了一个扬眉吐气的"开心年"。

历史永远记得这非同寻常的日子——1935年2月初，也就是农历春节前后。当时红军从赤水那边过来，2月3日（甲戌年腊月三十）来到石厢子，在此稍做停留后，开赴云南威信县水田寨，踏上新的征途。1935年春节对于红军而言，是一个稍事休整而信心倍增的非凡节段的象征。

我在这里听到的传说则更富有诗意：就在房东肖有恩的家里，一位红军首长，一位普通村民，心却在同一节律上跳动。首长还端来一碗年夜的猪肉，是对主人的酬谢，也是共度年关。次日房东起得很早，他问客人：听到雄鸡报晓了没有？客人答称：是在梦中听到的。至于他做的什么梦，没有细说。又一日，雄鸡鸣得很准时，主人起身，发现客人已悄然离去，他赶到村外，晨曦中泅出一列队伍，几位身材伟岸的首长步履矫健，仿佛一步就跨过了三省……

六十年后，由四川省叙永县和石坝乡人民政府在石厢子会议旧址，立起了"中央红军长征石厢子会议纪念碑"。石厢子，原意即石箱子。当年中央红军的领导人率领他们的队伍，匆匆来此，又匆匆走了。他们什么都没有带走，即留下了一个"石箱子"。当年走了的多数没有再回来，却从未忘记这里，如同没有忘记命运转折的路标。当"石箱子"

开启的时候，历史正翻至全新的一页，后来人在"箱子"里感觉到强劲的呼吸，后继的智者破译这气息的密码，提炼成两个字——奉献。

　　现在，我凝视着这石厢子会议纪念碑，石质简朴，粗粝，却很厚重。它俯视着山下没有污染的河水，浴着被新培育的甜橙熏过的清风。四周，青春的树株挥动绿色的旗帜，在海拔1900米的高处与先辈对话。

　　哦，春节，整整八十年前那个春节。不错，这是一个传统时令的春节，又是一个走出危境的人们迎接命运之春的非常的春节。

红楼春秋

——吉鸿昌烈士在津革命活动点滴

在天津中心花园一侧,斜对渤海大楼有一座红色的小楼。这就是1932年到1934年间,著名的抗日英雄、优秀的共产党员吉鸿昌烈士生活和战斗过的地方。

作为任过西北军高级将领和宁夏省主席的吉鸿昌,几经曲折,逐步看清了蒋介石的狰狞面目与罪恶本质。1931年他出国做了一次环球考察,大大开阔了眼界和思路,回国后在上海加入了中国共产党。在党的指派下,他毅然亲赴鄂、豫、陕联络旧部反蒋,受阻后又积极转赴天津为抗日军进行组织筹划,途经山东泰山时,对暂隐山林的冯玉祥做了极有成效的思想动员工作。1932年下半年吉鸿昌同志来到天津。从此,他就成了小红楼的主人。

一个三十七岁的中年人在党的队伍中属于不算太年轻的新兵,他生命中正经历着严峻而光荣的时刻,每分每秒他都考虑着如何对党的事业做出贡献,是否对得起养育自己的人民百姓。他变卖家私,暗暗购置武器;他利用各种关系,获取对党有价值的情报;他千方百计加以联络,筹划由旧部、东北义勇军、平津流亡学生组成的抗日军队……

准备一旦时机成熟，党组织一声令下，立即开赴杀敌救亡前线。

1932年冬天，寒风抽打着红楼门前的枯枝，雪霰在对面渤海大楼上窸窸窣窣地撒落下来。鸿昌同志外出奔忙了一天，带回所能收集到的各种报纸，在红楼上的一个小圆桌上铺展开来。他特别留心日寇得寸进尺的、新的入侵行动和蒋介石媚敌卖国的丑恶行径。他禁不住拍案出声："可恶！"又用红蓝铅笔在报纸白边上加了批语："是可忍孰不可忍"，"敢视中华民族无志士耶"……在这种情况下，他的夫人胡红霞最理解他的心情，往往蹑步给他送来茶水，不使任何声息打扰他的思路。但只有一种情况是例外的，这就是当党的地下工作同志和他的旧部官兵来访时，他总是马上起立，热情迎接，表现出难以按捺的激动。他向组织上汇报自己工作的进展，领受着新的任务，在小本上记录着只有他自己才明白的秘密代号："二日晨买豆芽菜二斤""四日再购花生米五斤八两……""近日天气骤冷，极需御寒衣物，增加食品热量……"

旧部和朋友来访，他深表欢迎，但又有一条人所共知的"禁令"：他从来不收受任何礼物馈赠，除了枪支弹药可以得到特别欢迎。当他过去的一个主力团被蒋军打散后，有一位亲随军官终于打听到他在津的住处，冒着危险前来拜访，因数月匿居山林，身无别物，知道将军爱枪，便带了两支德国造大镜面盒子枪以做纪念。将军对此爱不释手，使来客大为惊讶。这位军官本来觉得物轻礼薄，多少有点寒碜之意。鸿昌将军却认为是给革命家业又添了两件珍宝。他毫不犹豫地将出国穿的一件大衣回赠了这位军官，还嘱咐他们千万不能颓丧，更不可劫掠良民，并表示说：一旦打起抗日救亡大旗，立即电召他们同赴前线。像这样接待来客，在1932年秋冬至1933年春天之间不是个别的。小小的红楼，在熟悉他的爱国者心目中，占据了越来越重要的地位。

在小楼的一方底板下面，是武器储藏处。从国产"汉阳造"到英国"老套筒"，从俄造"水连珠"到日造"手提式"，中外杂色枪械，应有尽有。还有，那壁炉式夹壁里，也是他小小的秘密弹药库。鸿昌同志平时的乐趣之一，就是悉心地检看这些武器弹药，不厌其烦、如数家珍。家业，这是革命的家业啊。鸿昌同志经常督促他的夫人：不要吝惜自己的家产，能变卖的就变卖，该添置的武器就尽一切可能添置。"小家业要越过越小，大家业可是要越过越大啊！"

1933年5月，当察北抗战的枪声即将打响时，红楼里储藏的这些枪支弹药被悄悄地装上马车和地排车，先运往杨村、廊坊等中途小站，然后装火车转运察绥抗日前线。鸿昌同志在红楼里接待过的那些"客人"，有许多当时成为"察绥抗日同盟军"的指挥员和骨干分子。鸿昌同志在红楼里所给予他们的思想力量，很快就感染了十多万抗日健儿，滋润着春夏之交返青的草原，体现在震慑敌胆的连克沽源、宝昌、康保和多伦的大捷之中……而冲在最前头的，就是赤裸上身、挥刀跃入敌阵的前敌总指挥——"吉大胆"！这柄锋利无比的战刀，平日安卧在红楼一角的箱箧里，但它日夜熠熠闪光，就像它的主人，时刻准备严惩邪恶，杀出革命志士的正气和威风！

正当抗日同盟军节节胜利、鸿昌将军挥师逐敌收复失地的关键时刻，蒋介石却勾结日伪对忠勇的抗日健儿下了毒手，他们以优势兵力合围堵截吉将军统领的部队，使"抗日讨贼军"受到了严重损失。为了保存革命的有生力量，鸿昌同志妥善安置了余部，同爱国将领方振武一起亲去谈判，与国民党军政当局进行了针锋相对的斗争。敌人设下圈套，假借须去北平协商之名，阴谋监禁他们，但鸿昌同志和振武将军识破了他们的毒计,在乘车赴北平的中途,机警地脱险。1933年秋,面皮晒得黢黑、庄稼人打扮的他又回到了那座小小的红楼。这时,金风萧瑟,门前花园的树枝上裹满了霜沙,而鸿昌将军却还深深缅怀这时已是风呼雪吼的察北,对破坏抗日事业的蒋介石怀着不共戴天的仇恨。

重返红楼后,他开始了另外一种方式的生活。从表面上看来,清闲恬静,实际上是更加紧张而严峻了。他审慎而广泛地结交"朋友",这些"朋友"神不知鬼不觉地在他的寓所出入。他在这三层楼上接待着"来客",有时直至深夜。白天他便扎到惠中饭店去打牌。说来也怪,在这以前,将军对于打牌本没有特别的兴趣,而现在有时却一打就是一天,晚上还要"加班加点"。

"真是一种奇怪的生活方式啊。"对于一般不明底细的人来说,可能会发出这样略带惋惜的慨叹。

但是哪里知道,就是这幢有点神秘的红楼,却成了党的地下组织联络站。南汉宸等同志就在这里工作过,并经常与鸿昌同志同床而寝,有时纵谈革命大事深夜不能成眠。在三层楼的一角,还设有一个小小的秘密印刷所,同时也是《民族战旗》的编辑室。鸿昌和同志们积极进行抗日民族统一战线的工作,建立了"中国人民反法西斯大同盟"的组织。惠中饭店成了将军进行秘密工作的场所;牌桌成了与地下工作同志秘密传递情报的掩护物;甚至每张牌子儿,也成了他的得力助手。他的打牌,可算是古往今来最严峻最崇高的游戏了。

在这个时期里,他曾秘密去上海一次,向党的组织汇报了察北抗敌活动及抗日同盟军中的工作,同时又领受了在现有条件下的新任务。从上海回来,他的劲头更高了,他意味深长地说过:"从一个爱国者到一个共产主义者,这中间需要走多长一段艰辛曲折的路程,可是每一步走过来又是多么的愉快啊!"

但是,将军潜回天津的消息,还是被法租界巡捕房知道了。最初他们还抱有一种"苟安"的希望,错以为他经过重重挫折,也许就此会心灰意冷、"洗手不干",过起寓公生活来了。后来他们才知道自己是错打了算盘。再加上蒋、日两方对将军来津十分注意,便和法租界当局勾结起来,加紧了对他的跟踪、监视及暗算活动。

1934年春天的到来,鸿昌同志几乎没有觉察。将军注意的是红楼门口那乔装"卖冰糖葫芦的"蓝衣社特务,关切的是送信的"邮差"是否已把新印好的《民族战旗》带到散发地点……将军的英名加上他卓有成效的感化工作,使许多有担当的中国巡捕暗地里保护他,几番在紧急关头下转危为安。

这年11月9日下午三点多,鸿昌同志自国民饭店回到家里,向夫人要去他们多年积蓄的一万元存款,准备交给组织上作为活动经费。这是他最后一次跨过红楼的门槛。晚上八点光景,吉夫人从电话上得知:鸿昌将军在国民饭店38号房间遇刺负伤……从此,红楼再没有迎见它可敬的主人。

将军被送往医院并失去自由,随后由法国工部局引渡给国民党反动当局,由天津而转解至北平陆军监狱。在面对何应钦的"审讯"时,鸿昌同志以在察北抗战中所表现出来的凛然无畏,以在红楼秘密工作期间的坚定沉毅,宣告了一个真正的共产党人是不能被一切淫威征服的态度。敌人看到不可能从他身上得到丝毫东西,便凶残地做出"立即就地处决"的决定。

当鸿昌同志踏上刑场的时候,他随手以树枝做笔,以大地为纸,写下那首著名的浩然正气的五绝：

恨不抗日死　留作今日羞
国破尚如此　我何惜此头

然后，他喝令行刑的特务们："快搬张椅子给我！"椅子搬来了，将军昂然落座，又向特务们一挥手说："到前面开枪去，我的一切行为光明正大，我决不能在背后挨枪，我要亲眼看着你们怎样打死我！"说着，他大睁着眼睛怒视着刽子手们……这一天，是1934年11月24日。

这时，在天津，洁白的、鹅绒般的雪片纷纷扬扬地落在那幢红楼上，但白雪没能遮住红楼的本色。红楼主人对祖国和人民无比挚热的深情是永远不会冷却的，它理所当然地要融化给人间散布严寒的冰雪，迎接着真正春天的到来。

抗战岁月(九章)

首战平型关

东渡黄河,向同胞和敌人亮相。愤怒的黄河在血管里流淌,中国的土地不是无人之境。七七事变,全面抗战爆发,我八路军在1937年9月即开赴华北前线,与友军一起痛击向山西窜犯的日寇板垣师团等部。

我115师于24日冒雨在平型关东北山地两侧设伏,等待敌军进入伏击圈。这真是一个紧张而严酷的时刻,设伏的战士将时间咬在牙缝,稀落的植被恨不能霎时冒长,好将胜利消息暂时埋藏⋯⋯

那时,日寇华北派遣军司令东条英机在张家口、师团长板垣征四郎在蔚县,正得意地拭着指挥刀的血沟,骄横堵塞了他们的耳朵,哪里听得见就在百里开外,那代表四万万五千万同胞的心声,正从十五岁小号手的胸中呼出!

历史性的时刻终于来到了!25日一早,敌寇进入伏击圈,就在我军的冲锋号声中,灰色的山洪压向敌阵,何止是设伏等待了一天,而是压抑了近百年;冲锋的战士也许没有想到,此时注视着他们的有邓世昌,还有佟麟阁和赵登禹,看他们能否将百年的屈辱,第一次痛快淋漓地洗刷。

就这样,以意志对武士道,以正气对邪恶,以血刃对血刃,以火舌对火舌,以迸溅的血花烧毁了泪水浸泡的岁月,在中国晋东北的山沟里创出震撼世界的壮举。那天夕晖惊望着,惊望着"皇军"军旗在余烬中蜷缩。次日天明,东山上升起的还是中国的太阳,那是一轮自甲午以来空前鲜亮的太阳!

台儿庄街树上的弹孔

台儿庄,鲁南运河岸边的一个不大不小的市镇,但战略地位极其重要。抗战初期,中国军队在此重创寇犯的日寇精锐部队,板垣师团和矶谷师团死伤惨重,我方获得震动中外的一次大捷,台儿庄也从此名声大振。

直到现在,在台儿庄一些留下来的旧墙壁上,尤其是临街的一些老树上,还清晰可见当年激烈鏖战时的遗痕——斑斑驳驳的弹孔。这些弹孔,与太阳对视了七十多年,子弹头至今也没有抠出。在一棵据说是百年的老槐树上,弹孔最为密集,但枝叶依然非常茂盛。

我凝视着这些弹孔,想得很多:弹孔虽小,却装得下七十多年难忘的历史,谁都知道人受了伤,创疤在阴雨天里还会有隐痛;那么树呢,受伤的树是否也会有感觉?不是说树也是有灵性、有神经的吗?

如是,究竟还这样繁茂而无半点衰容,是不是在立志气:不畏强暴,不为所辱;可伤皮血,无损其心;伤痕累累反能时刻自警:只有自强,方能从容。

这弹孔虽小,却能一目千里。向南,望着南京大屠杀遇难同胞纪念地,并遥相呼应。既然那边秀英大妈死不瞑目,始终清醒地注视着大海那边军国主义幽魂的动静,那么,这边的累累弹孔也将永远睁大眼睛。

有隐痛的眼睛是最清晰、最灵敏的眼睛。

狼牙山五壮士的身影

那一跃而下的悲壮的身影,永远也不会从我心目中删去。因为时间久了就会忘却,永远也不是真正的理由。该忘却的只能是历史的沉渣,而那五个身影已成为动感的丰碑,只会越来越清晰。

不错,躯体已跌进深山谷底,却挂在山腰老树,但整个民气却因此而随之升华。空谷回音终不会绝响:人死了,中国不死;枪折了,气节不折!

当时,人们通常的说法是全国人口四万万五千万。由于地域分割,情况复杂,估计人口当不止此数。就说是五万万吧,那么,五个人在五万万中当然是最小数;然而,在五万万中有了这非同寻常的五个才更堪称是真正的大数。设想,在强敌入侵、国难当头的境况中,假如没有狼牙山五壮士这样的英烈,我们看到的将会全是被几个日本兵几支三八大盖枪押送着群体就戮的惨象。如此,有志的后来者将做何想?

死关在战时,信念在任何的危难关头最能得到验证。同是死字,有人死得憋气,有人死得连后人也扬眉吐气。有一句民间谚语由此得到进一步诠释:"人活一口气。"那死呢?引申开来,有的死也死得凛然正气。

今年 5 月，我专程去河北易县狼牙山，时当下午，正凭吊间，觉得淡抹的夕晖如山坡上的野花一般清寂。回顾之中，一个放羊娃自山上下来，挥鞭驱赶着边走边啄食野花的羊群。我不无诧异地注意到，野花野草本就是供它们吃的，而在这当儿，放羊娃却不肯放纵羊群去伤食。那样子，明显地有些不忍。

直到夕阳即将西下时，那五个悲壮的身影仍恍然从悬崖上一跃而下。我忽而觉得，这山壁就是一面巨幅的书页，那悲壮的身影是永远不会也不应被删去的！

鲜血浸透了的地名

事件过去七八十年了，但有些地名永远刻骨铭心。其实从心里说是不忍提起，却又不能不面对。南京、潘家峪、抚顺平顶山……当时鲜血浸透大地，仅有的幸存者也惊魂难定。时间还可以卷起一领领殷红的席子，但怎么也抹不掉当日的刀痕和枪声。

有的是占领了还要无端杀戮。抚顺的平顶山就是这样：日寇诡称集体照相，诱驱无辜平民在广场上。其实刽子手经过伪装的重机枪早已窃窃狞笑，当火舌舔着妇孺的惊叫，整个大地都痛得紧缩。

任何的城与地一旦落入魔掌，人们的命运便像长江的漩流随鲜血东流。如南京，长时间疯狂虐杀，无休止地凌辱，以"惨绝人寰"这类成语形容当时的情景已显得苍白无力，可以想见当时的人们：猝然的无助、个体的反抗、集群式的威逼、昏天黑地的生死场……然而，无人性的人样机器从不饶过善良。

日寇与它的欧洲法西斯伙伴一样，战场上是"闪击战"，屠戮无辜也是。河北丰润潘家峪大屠杀就是这样猝不及防的方式。过去说是出于报复，毋宁说是已达到随心所欲、无所不用其极的地步！

过了这么多年，潘家峪幸存者的伤痕在阴雨天里仍会隐隐作痛，抚顺平顶山①惨案的万人坑周边，草枯了又长，南京大屠杀幸存者老大妈临终前还在愤慨地质问："死不认账，活着的总不该赖账吧！"

"万人坑"之类的惨剧不只是激发仇恨，也常能促使有志者警醒奋进：所有的来此参观者应知"强大"意味着什么——无论在什么时刻，都有充足的自信应对全天候的风云变幻。

冀西黄土坡的"礼花"

抗战中期，是抗日根据地最艰难的日子，日伪军疯狂进行"扫荡"，实行杀光、抢光、烧光的"三光政策"。在晋察冀，八路军由冀中平原转移至冀西山区，日伪扫荡部队尾随而至。在涞源、内长城一线，日本侵略者集结了相当数量的精锐部队，其高级指挥官也亲临督战，其中就有日本天皇的爱将——阿部规秀中将。当时他正耀武扬威地与一班下级将佐登上山崖，视察眼前正在"进剿"的态势。

一所农家的小院，一座石砌的小屋，做了阿部规秀的临时指挥所。他的指挥刀槽内还干结着中国孩子的血，虽然手上还戴着手套。也许是由于得意忘形，也许是由于千虑一失，他从小屋到小院，又从小院到小屋，不时地进进出出，躁动不安。这一切，都被另一座山头上我军分区司令员的望远镜看得清清楚楚，当即下令："开炮，以血还血！"

---

① 此"平顶山"与河南的平顶山同名而非同地。

迫击炮弹像长了眼睛,凝聚着沦陷区人民仇恨的目光、东北抚顺万人坑的亡灵、南京大屠杀受难者的呼喊……炮弹的啸音可以做证。

真如探囊取物般精确,百万军中单取"中将"之首,一发命中!其实,我方司令员十分清楚:我们的炮手只有三发炮弹。本来嘛,对刽子手还啰唆什么,就得这么干脆!

当时太行山上的百花怒放,唯一凋落的就是这位"名将之花"。

让炮弹在死敌的头上开花——这是我们接待入侵者最好的方式。礼仪之邦,讲的就是"来而不往,非礼也"。

抗战时期中国的天空

国难当头的年月,中国的天空也布满了阴霾,星星有时也睁大了惊恐的眼睛,注视着黎明时刻前来偷袭的零式敌机。双翼打着血红戳记的飞贼,将灾难撒向大半个中国。

弱小的中国空军却也没有示弱。尤其是抗战初期,在长江和淞沪会战中与日机拼死搏击。飞行员高志航在负伤跳伞后为不使自己落入敌手,在敌军包围圈中饮弹自尽,向全世界为中国人辩诬:所谓"东亚病夫"中绝不缺少顶天立地、视死如归的浩然正气。

在最需要的日子里,苏联的援华空军大队雪里送炭。武汉上空的雷声和机关炮弹的炸裂声交鸣,撒传单的日寇飞机转瞬间自身也化为碎片。痛哉!库里申科大队长在击落数架贼机后本机也中弹坠落江心,江流滔滔东下寄托着对国际战友的哀思。

20世纪三四十年代之交,作为扬子江和嘉陵江交汇的"陪都"重庆,时刻冲荡着血与火的浪头。日机旷日持久的轰炸,无异于制造了又一个"空中南京大屠杀"。那时候，连朝霞也不忍直射江水，深恐因此而将本已血红的江面染得更红。

幸而稍后有美国飞虎队前来助战，在日机横行的中国天空时不时斩劈开一条条通道，驱散了一片片阴霾。在这当中，也产生过不止一起我抗日军民援救美国遇险飞行员的充满友情的故事。其中有的就发生在我新四军控制的地区，我指挥员有的还在拯救行动中献身。尤其在大西南，地面上有滇缅公路，空中有飞虎队开辟的驼峰航线，从此不少的日军零式战机便由凶鹫跌落为"烤鸭"。

抗战时期的中国天空，交织着侵略者的罪恶与反侵略的壮烈。星星如有记忆，将会在眨眼中寻找到未完全沉淀的惊恐。为了这"玉宇澄清"的一天，中国的天空经历过我方、友方、敌方持续的激烈搏杀，在某种意义上，也是抗战的另一片战场。

沿着滇缅公路　寻觅

从中国云南昆明到缅甸密支那、曼德勒的滇缅公路是由中国人的血汗铺成的。尽管食不果腹，仍然日夜轮番拉动沉重的石碾，将"二战"中南亚战场的生命线背负在肩上。

十万火急，中国远征军夜奔为被困的盟军解围。此时美国陈纳德飞虎队的战机在驼峰起伏，运送战略物资；中国战区司令长官史迪威将军的雪茄烟屑落地，绽开一朵朵战争中的友谊之花，至今仍可辨识。

当时，自然环境和军需都是艰难的。蚂蟥、牛虻和日军的机枪子弹，交织飞舞在缅甸的热带雨林，但战斗却极激烈。中弹的戴安澜将军临终前手扶大树，鲜血哺育着民族的丰碑和参天的树干一同生长！

这是一场现代史上少有的出国作战,而且是与盟军一起的对日作战。战争态势犬牙交错,胜负跌宕。但无论是胜是负,都堪称壮烈。作战地图尽管标示得再详细,总还是在纸面上的,而在这并不熟悉的地域作战,每一寸进展都是刺刀抠出来的。

那时候,共同面临危难的特殊时刻是很难分清国界的。而如今,兀立的界碑在静静地沉思。它在想些什么呢?谁也推测不出。能看到的是:在界碑旁边的荒草中,两副分明是七十年前被时光遗落的骨架相互扭结在一起,可见当时战斗之惨烈——死敌最后关头的搏杀竟如此密不可分!

滇缅公路就在附近蜿蜒着,一直通向迷蒙的远方,多少年来,仍然承载着亲人的祝福和同胞的挂念。

杨靖宇:身躯直薄云霄

当时,在一种特定情境下,他成为最孤单的人——仗打得只剩下一人一枪,只有白雪和红松相伴;但这只能是时空的错觉。其实,东三省三千万同胞,还有全中国四亿五千万同胞,都和他在一起。只不过在此时此地,他作为他们意志的代表,一个人宁愿将漫天风雪披在肩上,一个人将整个白山黑水的苦难都嚼在口里。应该说,他是20世纪40年代初最充实的人之一——拥有一切不屈人民的心声!

在他生命最后的日子里,他也可称是最饥饿的人。当时,草根和树皮都已吃光,肚里,只有棉袄里的烂棉絮。逼迫他创造超极限纪录的是万恶的敌人,他们将全东北的大豆、玉米和高粱都搜刮到日本,去加速法西斯军事机器的运转。他其实是用一个人的绝对饥饿,以减轻相识和不相识的战友饥饿的痛楚,更是为了将来永远不再饥饿;他以干净的空腹向历史证明:一个真正的共产党员除了党和人民的利益,自己甘愿一无所有——空身而来空身而去,死而无憾!

他身材不算太高,如果走在哈尔滨或沈阳的闹市里,除了敌人的密探,一般人不会认出——他就是日寇悬赏抓捕的杨司令。可是,他身躯的光影足以直薄云霄,连星月都会因之而增辉。虽然,真正的共产党人不会自我扩张,更不会为自己打造虚饰的光环,但正义与真理的光辉本来就是孪生兄弟,往往会对历史进行隆重追认。也许当事人闻不到鲜花的香味,但人间正气最喜与他合影。此时,谁又能测量出他的真正身高?

仰视杨靖宇的塑像,我看见,四面八方的新鲜空气都向他涌来。周围的气氛静谧而庄重、浓郁而清爽,每个有心人都感受得很多,彼此极少说话,多在心里共语。

关东军的覆灭

1945年8月9日,毛泽东主席写了一篇简短却重要的文章——《对日的最后一战》。那是苏联对日宣战的第二天。

这对日寇的最后一战,也可谓20世纪前半叶的休止符。

尽管战局对最后一个法西斯军国主义国家十分不利,但也不能等待它自行缴械(尤其是对精锐的关东军来说更是这样),而是需要喀秋莎排炮齐鸣与压敌的气势。这时,密山、虎林、海拉尔等地的永久性工事,修筑多年的地下交通网如毒蛇被活活揪出。"皇军精锐之花"一朝凋零,决堤般的士气靠少数武士道的剖腹"手术"也难以疗救。

对日的最后一战，为沦陷十四年之久的白山黑水洗雪屈辱，将倾倒的参天大树扶正。本来嘛，完整的太阳岂可阉割，一轮皎月不容污染。"我的家在东北松花江上"——同是这支歌，却从此不再忧伤，使重合的手臂自由伸展，头颅高昂！

神圣的抗战，神圣的反法西斯联盟，最后的一战同样是相互援之以手。苏联红军和中国人民武装力量一起摧毁日寇的抵抗。杨靖宇、赵尚志和赵一曼他们，如能看到这最后的一战，便足以笑慰。今日的战果是以往艰难历程灿烂的延续。无论是鲜血还是头颅，都没有空抛。此际，松辽平原的豆荚爆裂开来，如闻当年密集的抗联枪声。

一个具有历史意义的休止符。

1945年秋天是个成熟的季节，镰刀与冲锋枪同时热烈收割。

忆解放区中小学课本及其他

八九年前,有一次我去东北开会,说起我小时候在胶东解放区读书的一些事,有一位副教授突然问我:"听说那时因为战争和土改,解放区的语文课就是教学生怎样写信,数学课就是教学生收公粮记账,是吧?"我按照我们那里的实际情况回答他:"怎样写信在三年级的《尺牍》课就解决了;数学课有记账的内容,但绝对不是只教记账,代数、几何、三角课都有,哦,专门学记账应该是会计专科学校的重点,但在我们那里当时还没有会计学校。"

从那时起,我萌生出一个想写写战争年代解放区中小学教学和读书真实情况的想法,有助于今天的人们了解一些特定时期和地域与教育相关的情况。当时间过了近七十年,单说我就读的胶东解放区中小学课本的内容,便觉别有一番情感自心底涌出……

我说的主要是文史课本方面。也许我县那片地方尚不能概括解放区全部,但我相信还是具有代表性的。我县自古以来文风甚盛,民国以来新学更为勃兴。尤其是文、史方面,师资力量相当雄厚,日本投降后至新中国成立,由于战争阻滞了水陆交通,使为数不少的在大城市尤其是在北平上学的大中学生假期回乡探亲而无法回返。他们在家不善农耕却又不能坐吃山空，华山一条路就是当教师挣口粮。以我在本县九里镇完小上学为例，五年级时的班主任是北平名牌中学的高中毕业生，历史课老师是北大三年级学生，音乐和美术课老师是省城艺专的毕业生，而地理课和自然课是在上海和天津教书多年回乡赋闲的融古今于一体的"大饱学"先生。他们教我们这些小学生，可谓"小菜一碟"，课本拢不住他们知识丰富的头脑，讲课时像河水忙不迭地往外倾倒，我们这些孩子只有竖起耳朵，瞪大眼睛唯恐遗漏地应接不暇。有时下一课时的铃声响过，他们好像也忘记退出讲台。应该说，我们那时是幸运的——师资太优裕了，拥有外来的高才生和本地"大饱学"双料的知识滋养。

教师们尽管常常突破课本的知识范围，但我们总还是离不了课本。时过多年回头来看，我们课本的选材内容很可能远超局外人的估计，它绝不褊狭，编纂者的眼光相当开阔；它绝不走极端，而是很有兼容性。以我读过的初小四年级语文课本为例，我记得有本地的《抗日战斗英雄任常伦》，也有《大发明家爱迪生》，还有控诉鸦片之害的《害人的"大烟"》。再以五年级语文课本为例，有《抗倭英雄戚继光》，也有《瓦特发明蒸汽机》，还有《放牛娃画家——王冕》，六年级语文课本中，有《詹天佑和京张铁路》《八女投江》，但也有《火车发明家司蒂芬荪》。后者在课文里提到了其人的家乡是英国的纽卡斯尔。若干年后我去英国访问，当列车在这座城市的火车站停靠时，播音员长声播放"纽卡索——"我顿时悟到已身临数十年前读过的那篇课文主人公的故乡，不禁心生感慨。

今天看来，当年课本的编纂者除了弘扬革命者和民族英雄之外，也很重视对中外科学家和发明家的推介，我想很可能是他们的眼光已展望至战争结束之后，企望祖国有一个科学发展、走向富强的明天吧。为此他们并不"排外"，那么早就为莘莘学子"引进"了域外的科学信息。

1947年至1948年间，我在故乡读了一年半多时间的初中，中间还经历过蒋军侵占我县的七十二天。但就在这一年半中，我也感受到当时解放区两年制初中学业知识"压缩饼干"式的丰实。记得初中一年级（是哪个学期分不清了）语文课本中，有《八路军梁山伏击战》，也有鲁迅的《社戏》，还有五岳之首《泰山》，从这几篇课文中，我第一次知道鲁迅的名字叫周树人，知道了登泰山人工抬送的工具叫"兜子"。六年级课文中有陈毅的《赣南游击词》（当时我们都称陈军长），有朱总司令赴太行抗日前线的一首七言绝句，记得最后一句叫"此行当可慰同仇"。还有游记散文《大明湖》和朱自清的代表作《背影》。从课文中我记住了历下亭的楹联为湖南道州书法家何绍基所书，记住了《背影》一文后面的注：朱自清，字佩弦，江苏扬州人。

初中语文课本已很注意古典文学的渗入。记得有：唐李绅的《悯农诗》，孟浩然的《春晓》，韩愈的《早春》，柳宗元的《小石潭记》，苏轼的《记承天寺夜游》，刘基的《卖柑者言》，还有摘录《老残游记》中的"白妞说书"一折，等等。至于与新中国成立后课本相比孰深孰浅，因后者我参军后无缘读过，不敢妄做比较。

历史课本采用的不是完全按时间的顺序分章，而是大致根据朝代更迭的"点"式课文，如周朝的"普天之下，莫非王土"、春秋战国的《诸子百家》，汉初题为《泗上亭长与楚国贵族》（指刘邦与项羽），晋朝的《八王之乱》，南北朝时期曰《五胡乱华》，唐代有两课：一是《尽入吾彀中》（大致如此），说的是唐太宗李世民为振兴科举，与魏征于长安城头观看天下举子纷至沓来的自得心情；另一课文是《安史之乱》。宋代有一篇是《杯酒释兵权》，明朝的一篇是《于谦保卫北京》，明清之间有《吴三桂献关》和《扬州十日，嘉定三屠》，清朝中后期有《太平天国和义和团》《甲午战争与〈马关条约〉》。综合感觉是：重心不在颂扬帝王功业，反而对他们的统治术与腐败现象有所批判；颂扬民族英雄和仁人志士；对农民起义有所肯定，但对他们的致命局限并不隐讳；对汉奸卖国贼和侵略者的暴行毫无保留予以揭露并且深恶痛绝……

地理课本可能是由于容量有限，采用的是"压缩捆绑式"，如《北平和天津》《成都与重庆》等，以及《长江三角洲》《珠江三角洲》《山东半岛和辽东半岛》，等等。

对于光复后的东三省，采用的是国民党政府重新划分的东北九省体制，由于觉得新鲜，我对九省的名称记得很熟，如松江省省会哈尔滨、合江省省会佳木斯、辽北省省会四平街、辽西省省会锦州等。还有，尽管课文篇幅较短，但重要所在并不乏点睛之笔，如北平说"前门外大街乃全市商业精华所萃"（当时未提王府井），好像也不排除细节，如涉及大西南的课文说"川马小而劲，能负重登山"云云。

这些课本皆由胶东行政公署（简称"行署"）文教部门编纂。在战争时期的艰苦条件下，解放区的学者和工作人员能够以相当开阔的眼光和学识水平，满足了数以百万计的中小学生之所需，尽管课本看起来比较简陋，亦难能可贵。如今，不论他们是否在世，我都心存感激，对前辈老师永怀敬意。

最后，有几句并非与此无关的题外话：在战争年代，解放区为了利于斗争又便于领导，在省和大的解放区之下又建立了若干区党委、行署和军区（又称三级军区）。如山东解放战争时期分胶东、鲁中南、渤海三块,晋察冀有冀中、冀东、冀南等。而在它们之下,又辖若干分区,为地委、专署和军分区。这种建制一般在20世纪50年代中期才予撤销。几十年过去,后来人由于不熟悉,在写当时的机构时,有时将区党委弄成"区委"(其实这个"党"字是不能省略的),有时又将那个军区(军一级)写成军分区(师一级),极易造成混乱。

仅就编课本而言,地级的分区是不能编的(亦缺乏条件),至少在当时胶东解放区是这样的。

时代的语汇

语言在时代发展中会有某些变化。有的出现了，有的又消失了；有的虽然是同一个词儿，但含义指向并不那么一样。所以语汇的变化，也可以成为某个时代的遗存。我少年时期生活在胶东解放区，当时正处在抗战末期和解放战争过程中。那时是我一生的黄金阶段，当时流行的语汇，至今回想起来还是觉得很有意思。仅以下几方面的常用语为例。

有表述人的状态的。如"进步"，并非一般的前进和提高，而是升职与提拔之意。如电影《南征北战》中解放区老大娘对高营长的夸赞"又进步啦"（以前是连长而现在已成营长）。又如"积极"，在诸多情况下可以单独使用。"××积极"，即涵盖了该人革命性、工作作风等多方面，而不必细述。"质量"，专指某人的水平和能力。"资格"，即今天所说的"资历"。"堡垒户"，指我方所依靠的革命群众或革命家庭。如当时演得很火的一出话剧，还乡团头目抓捕了"堡垒户"老大爷，以挖苦的口吻说："还是个老资格哩。""光荣了"，一般指牺牲于战场上的烈士；"壮烈了"，一般指被捕后坚贞不屈而被杀害的烈士。"变天思想"，即具有动摇叛变倾向的人。

在战争年月,即使是许多群众(包括儿童),对军事语汇也耳熟能详,如"增援""破袭""据点",甚至"围点打援"等。不少人还是业余枪械"专家",能识别如"匣子"(驳壳枪)、"撸子"(手枪)、"大镜面"(一种德国造的驳壳枪)、"鳖盖匣子"(一种日造的驳壳枪)、"汤姆生"(一种美造的冲锋枪)、"手提式"(一种质量未过关的日式冲锋枪)等武器。对"升级"(专指我地方部队升格编入主力野战军)、"转移"(我部队撤离之婉称)、"出动"(专指敌军自据点或驻地向我进攻和偷袭)等术语,也很清楚。

战争年代党组织即使在解放区也不公开,因此地委书记、县委书记对外一般称"政委";区委书记一般称"指导员";而村支部书记对外一般亦称指导员(村指导员)。如原为教师、村干部的人参加了党政机构工作,叫"参政";凡离开原来生活的农村而成为军政干部者,统称为"脱离生产",即不再是农民或工人身份。

在我们那一大片地区,平时多称日军为"真鬼子"。"二鬼子"一般指保安大队以上编制的伪军,而对伪中队之类则多称为"汉奸队"。到了解放战争时期,对国民党中央军多俗称"遭殃军",对随正规军窜犯解放区者称"还乡团"或"还乡队"。对依靠日伪或蒋军,祸害百姓的地痞流氓,一般统称为"顽伪游杂"。在胶东,军民对蒋系李弥之第8军称为"顽八军"(因其作战以死缠烂打著称)。对肆虐于胶县、高密、即墨、潍县之伪顽土匪部队赵保原、蔡晋康、张步云、厉文礼等部称为"三姓癞狗军"。三姓,即日、伪、蒋之谓也。

"土改",单指早期以较温和的方式和平献分地富多余的土地,当时有口号曰:"开明地主献田地,农民翻身不费力。""复查",是后期为了"纠偏"而采取的更为激烈的斗争方式。"浮财",指将地富家的生活用品和珍贵物品等"分果实",即按等级分给"贫下中农"。此外还有"反蒋保田",用于土改后号召解放区青年参军。"派饭",指出差过路之军政人员由农户管饭,而后再由村公所支付公粮作为补偿。

今天,在整理史料和文艺作品中较准确地运用彼时的常用语汇,至少可以更真实地反映该时段的社会面貌,体察其人文况味。

战争环境中的洋词土调

有一个现象在乡村中也许本来就是很少见的,而在战争环境中就更让人觉得奇特,这种现象就是——在我的故乡解放区,战争环境中不仅篮球比较盛行,而且在篮球赛中的一切专业语汇都一律用英语表达。只不过在发音上免不了都带当地口音的土味,所以我称之为洋词土调。

篮球之所以在我乡盛行,是因为那里地处海滨,北、西两面临海(北临渤海湾,西邻莱州湾),县境内有龙口港,一百公里外有烟台港。清末光绪年间,"洋人"即深入本地开办教会,建医院和教会中学,在城东门外占地数百亩。加之本地海上交通发达,有文化者或南下上海,或北上天津,甚至出国留洋,至少赴省内城市青岛、济南上学或从商,学会些英语,引进了某些运动项目,因此篮球是最先传入也是最早普及者。

而我所上的小学——九里镇中心小学又是全县篮球推行最盛的几个点之一,主要原因是校长和多位教师都是从外面回来的篮球爱好者。孙校长原是青岛外国洋行的职员,副职张校长曾在天津上学。我的班主任、语文老师王中戌是北平名校的高中毕业生,因暑假回乡探亲,碰上战争环境水陆交通断绝而无法回北平升大学,只好在本乡小学应聘任教,他本来也是学校篮球队的一名尖子。有他们几位为基干,篮球运动也就不难在学校开展起来,而且成立了全县鼎鼎有名的篮球队,经常在本校比赛,也与外校举行篮球赛。

  我记忆最深的是1946年初冬雪后,适逢周末的一次特殊篮球赛。由我校的几位"著名"球员与自县城移驻九里镇的军分区机关干部的友谊赛。军分区政治部主任是一位学历较高的知识分子,由他带头组织的军分区球队也有一定水平。这边的球赛由我校孙校长任裁判,王老师为中锋,张副校长担任后卫。无论是裁判还是球员一上场就全用英语表达。对方除政治部主任以外均不会说英语,但都能听懂篮球术语的意思。饶有兴趣的是:场上哨音、喊声不时响起。洋词儿与带本地方音的土腔汇成一片。观者开始有点奇怪,后来也就适应了——

    你担任——森特尔!(中锋)

    我担任——佛卧特!(前锋)

    他担任——嘎得!(后卫)

    这位提醒那位——帕斯,鲍尔!(传球)

    那位又催促这位——寿!寿!(投球)

    裁判一声哨音,打着手势喊着——否尔!否尔!(犯规)

    一方提出请求"暂停",裁判又示意——泰姆,傲特!

  当时,我作为一名少年观者,心里只觉得好玩,但有时也想过:这样用洋词儿表达,不知是打篮球的正宗要求,还是好事的校长老师故意炫耀?不过也就是想想而已,从未向他们打问过。

这种状态一直持续到 1947 年夏秋深度土改运动（名曰"复查"）开始的山雨欲来之际，篮球赛自动地偃旗息鼓。接着是蒋军的大举进攻，侵占了我县，一些有关的活跃人物状况发生了剧变，有的被捕遭难，有的变节投敌，有的则趁机远遁……洋词土调都听不到了。

一年后学校复学，又是一番风景。还有球赛，尤其是在中学里，开展得仍很活跃，但都是以本国话表达篮球术语。不知是相关方面的规定，还是自觉如此，我同样是没有向谁询问。但有些时候，还是免不了想起那些颇觉有趣的洋词土调，以及操这些话语的当事人那种煞有介事的表情。

忆解放区新华书店

自我懂事时起,"新华书店"这几个字就与我的成长联系在一起,革命意识的启蒙、文化知识的积累都与其息息相关。那是抗战胜利后,我正上小学,我进县城主要有三件事儿:一是到新华书店看书;二是偶尔进戏院听戏;三是在蒋军侵占县城期间,受命进县城去完成撒传单等任务。

在我的记忆中,印象最深的是胶东新华书店和华东新华书店。延安新华书店离我的家乡黄县太远,那里出版的书运过来太困难;而山东新华书店一般在鲁中南的临沂一带,战争年代各解放区遭敌分割,联系相当困难。所以不难理解,我小时候对"山东省"这一概念并不深,而对半岛部分的"胶东"则十分亲切,悉如家乡。

那么,为什么范围更大的华东新华书店也让我觉得亲近呢?这是因为,抗日战争胜利后蒋介石发动内战,苏中、苏北的新四军逐步北撤,有一个时期,就连华东局机关也撤至形势相对稳定的胶东解放区(如海阳一带),直接在党的领导下的新华书店自然要随领导机构活动。而胶东新华书店大致依然。据我所知,解放战争期间,它主要是在半岛腹心地带的莱阳、招远南部一带活动。在我的老家,还能够较大量地接触到东北新华书店出版的书籍,因为我们那里与辽东半岛只一水之隔,龙口、栾家口等大小港口都与那里来往方便,即使在形势最困难的时段,也能用帆船悄然运送各种物资。所以,我少时之所以能够得到较多的书报的哺育,其中一个重要条件是"地利"。

战争时期的新华书店不只是管发行和"卖书",而且是出版、印制、发行、销售"一条龙"。在我的记忆中,华东新华书店曾出版《蒋党真相》《新人生观》《中国革命烈士传》,胶东新华书店出版(或翻印)了《毛泽东印象》(美国记者爱泼斯坦等著)、《论青年修养》(收集洛甫、张如心等人的文章)、《李有才板话》等,东北新华书店出版了《东北革命烈士传》、萧红的《呼兰河传》《生死场》等。尽管我家经济状况拮据,但我还是一点一滴地凑钱,先后将以上这些书都买了下来。

我们黄县的新华书店最为稳定,自抗战胜利后,它一直在县城最繁华的中心街道"大十字口"坐东面西,门脸很大,厅内非常开阔,似乎本来就不只为卖书,而是为了供热心读者看书。那时我的大多数星期天,除了干农活,就跑到距村数公里的县城去看书。久而久之,我对书店的工作人员熟了,他们也认识了我。那时店里的工作人员并不多,相熟的有一位胖胖的眼镜经理,两位年轻的同志男的叫"小杨",女的叫"小傅"。他们穿的是解放区自产的灰粗布干部服。那时不论经理和售货员,一律都是供给制干部。

不过,他们都没有"干部"架子,态度和蔼,对读者啥时候都很耐心,书"百拿不厌"。有一次我鼓起勇气问那位圆脸短发的小傅:"为啥咱们这儿没有鲁迅、茅盾、巴金的书?"她有点惊讶的样子,大概没想到我这么点儿的孩子会问这样的问题,她没有不耐烦,回答我:"可能是因为从国统区那边运来交通不方便,也可能是反动派拦着不让运到解放区,至于还有什么原因,俺就说不好了。"

最热闹的是赶上县里举办物资交流大会,书店也忙得不亦乐乎。工作人员在大门口搭起面积很大的木板,将有代表性的存书都显眼地亮在上面,并且加以简要的介绍和说明,以引起读者的注意。在这期间,肯定是书店销售最红火的日子。不过,最担心的是下雨,一旦出现非常天气,只靠书店的几个工作人员当然不行,就近的县公安局和县工会的同志都来帮助搬进搬出。

最难忘的是1946年至1947年间蒋军两度进攻胶东,这对于县书店而言是极不平常的,因为书籍是全县人民的精神财富,也是书店工作人员的命根子,敌人的进攻将造成非常的震荡与破坏。第一次是1946年秋天,蒋军第八军李弥部自潍县(今潍坊市)出动侵占了昌邑、掖县(今莱州市),直逼龙口。我军在掖县粉子山一带与敌展开激战。那里距我县仅八十余公里,炮声清晰可闻。这期间,我进县城还是先来到书店,但见一切泰然,与平时无异。我低声问前台的小杨同志:"你们也在备战吧?"话既出口,便觉得有点冒失,但他并未在意,仿佛悟到了我问话的意思,只回了句:"我们没接到上级转移的指示。"我听后便放心了。不久,因鲁中我军莱芜大捷,敌军自掖县又收缩回去。第二次是1947年秋,蒋军大举进攻胶东解放区,中秋节前后已侵占龙口,离县城仅二十公里。我最后一次去县城"赶集",刚走到"大十字口",就见到书店门外有一辆日式的破旧汽车和两辆骡子拉的大车,已装满书籍,分明是运往南山根据地的。眼镜经理看见了我,有些依依地说:"我们啥也不会丢下的。"他说着,从大车上随手抽出一本小书,递给我。我一看,是《抗日根据地的孩子们》,很薄,"骑马式"的简单装订,记得定价是一角多钱"北海币"。我刚要掏钱给他,他按住了我的手说:"这是送你的。"

腥风血雨的敌占时日终于艰难地扛了过去,这年冬天,劫后的胶东解放区厉行节约度荒,医治战争创伤,县城新华书店没有恢复。过年后一段时间,听说书店重新开张了,我专程前去,一看都是生面孔,眼镜经理、小杨、小傅都不在。我想打听,却又不好意思。不久,我参军离开故乡,也永远辞别了故乡的新华书店。

几十年间,我未忘记那个县书店,清清楚楚地记得我当年去看书、买书的一切情景;当然也没有忘记那里的眼镜经理和小杨、小傅,他们如果尚在,都已是耄耋之年,显然不太可能再见了。

那个书店和书店里的那些人,都如相交极深的故人,每每想起,留下的只有无限感慨。

战争文学的"力"与"味儿"

说起外国文学,除了从课本上读到的单篇作品外,成本的著作我在少年时代都没读过。可能是解放区印刷和交通条件所限之故,那时的课外读物几乎全是古典文学和剑侠公案小说。较大量地阅读外国文学作品还是在我参军之后。尤其是20世纪50年代初,因抗美援朝战争期间机要电报往来频繁,工作量激增,我在长达一年的时间中几乎没有睡过囫囵觉,最后终于累倒,被医生勒令病休半年。在这段空闲时间里,我阅读了大量外国文学作品,尤其是俄罗斯和苏联的战争文学,包括奥斯特洛夫斯基的《钢铁是怎样炼成的》、西蒙诺夫的《日日夜夜》、法捷耶夫的《青年近卫军》、尼古拉耶娃的《收获》等,当然,还有屠格涅夫、托尔斯泰、契诃夫、蒲宁及法、德等国家的文学作品。

在养病期间,作品中的情境与现实生活之间的相互感应是强烈的。在独自的活动与静思中,生活和心思都比较单纯,很容易与客观物象及某些人物的处境和感受互应对接。我曾去远郊医院复查,在途经一片白杨树林时,索性解开棉大衣的扣子,就像张开翅膀的大鸟,迎风劲飞,那一刻我仿佛卸掉了病体的精神负担,尽情沐浴在大自然的自由空间里,白杨林仿佛变成了白桦林。我心境超然,将真实的场景与阅读中的俄罗斯作家屠格涅夫和苏联作家常常描写的广袤原野、无际的白桦林叠印在一起，忘却了身体的不适而充分接受洗礼。这样一来二去，促使了病灶的收缩和钙化，大自然中的良性能量与精神抗体真的产生了神奇作用。

带来这种相互感应和激励的书籍还有《钢铁是怎样炼成的》。主人公保尔·柯察金与命运搏斗，以无比坚忍的精神扛住病残的折磨，在写作中重获更有价值的生命。这促使和激发我在养病中开始练笔式的写作，其中一篇根据自己先后两次打破机要译电新纪录的工作体会写成的文稿在《中国青年报》发表，使我惊喜得当夜不能入眠。

印象更深的是《日日夜夜》和《青年近卫军》等描写"二战"中苏德战争的"实战"之作。我在大学时课余曾研究过苏联作家西蒙诺夫。这位作家在苏联卫国战争开始时就写下了当时流传甚广的诗文，有的传入了中国。我在上小学时就读过他的少量诗作。解放战争后期，他率新闻代表团访问中国，我也读过他较多的"文艺通讯"。因是记者出身，他的作品中有"新闻味儿"，现场感很强，拉近了与读者的距离。其描写斯大林格勒战役的《日日夜夜》，正是作者得于现场、感于现场、草于现场，可谓小说亦可谓纪实文学。我读此书至今已过六十余年，许多情节已渐模糊，但有一些震撼人心的场景仍历历在目，如在巷战达到白热化的阶段，暂居地下室的妇女和孩子以极大的坚忍与耐力度过炮声隆隆的日日夜夜，母亲一刀一刀切着土豆片，孩子眼巴巴地看着却不哭不闹……这样的细节，无声地宣示不屈的人民是不可征服的。这不禁使人联想到列宁格勒围城近三年而未破，如此难以想象的意志力和抗击力是从何而来？应是信仰的坚定与民族的性格，构建了一个又一个传奇的精神堡垒。

俄苏作家笔下的一切，不仅有"力"，更有浓烈的"味儿"。写坚定与强韧并不总是豪言壮语而常常借助典型场景中的人们的眼神、动作和寥寥数语，便释放出一种"现场味儿"。这是生命的原汁原味，最朴素却又最精纯，最真挚的情感与凝定的理性高度融合。

　　有时作品的人物就是直接以"味儿"来表达他的内心感觉。大学期间，我曾看了影片《烽火的里程》，表现一位苏军政工人员带领数位各种职业和身份的人士穿过敌人的火网，乘一辆马车去往安全地带的故事。其中一名伪装为退役军人的敌方特务被经验丰富、嗅觉锐敏的老车夫看出了破绽。中途休息时，老车夫借为牲口饮水的空当，对政工人员悄声说了一句："我怎么老觉着那家伙味儿不对。"老车夫的这个"味儿"，几十年间一直使我思索不已，它很可能是人与人之间的本质感觉，也是一件文学艺术作品给人最直观而又最深层的感觉。也许由于这种启示，我在创作实践中也很注意这种相似而本质的"味儿"。为了纪念抗战胜利七十周年，我写了一些纪实作品和诗歌，描述了少年时在故乡胶东亲历的种种，其中一首名为《战争中没有小孩》的短诗中有这样几句：

> 那天下课后，
> 校长给我一卷传单，
> 其实很平常，
> 现在说
> 那是战争年代。也是命——
> 一个小孩生在战火里，
> 但说实话，

战争中没有"小孩",
小孩有时比大人更有用,
目标小,还可以跟"二鬼子"逗着玩,
传单塞进兜里,他还以为是钞票。
不过,小孩也没有天生免死证,
同样有大惊、好险、死里逃生,
最危险的任务也不告诉娘,
完成后也不能向娘领赏,
至多要块红瓤地瓜,
没别的,只求个原汁的真味儿。

《青年近卫军》是苏联作家法捷耶夫在"二战"后根据卫国战争中真实发生的故事创作成的长篇小说,作品中的主要人物各有原型,成功地塑造了这些英勇机智地战斗在德寇占领区的青年英烈的群像。读过此书至今已六十余年,但全书贯穿的悲壮的震撼力仍未完全消退。这气,当然是人间正气,也许包含着沉重、壮烈、视死如归,还有伤痛,却就是没有消沉、丧气,没有对自身事业的怀疑。犹记得我当时就联想到故乡战争年代牺牲的青年团员,他们都是在同一个信仰支撑下做出义无反顾的抉择。真正的英雄之气、壮烈之气,是可以深入人心、长久留存的。

这些就是我对"二战"作品及现代战争题材作品积淀已久的思考,是在中国人民抗日战争暨世界反法西斯战争胜利七十周年时引发的"燃点"。衷心感谢正义战争的参与者和付出血肉代价的可敬的人民,是他们历史性的非凡业绩为后世创作与思考提供了契机。

想起当年"爬山头"

最近,我经常想起在故乡山东解放区那烽火连天的岁月。对我来说记忆尤为深刻的是1947年。我觉得,那一年在我个人的生命中乃至中国革命历程中,都是一个分量最重、生死攸关的年头。那一年,我作为一个还没穿上军装的"小鬼",参加了在那个小小年纪难以想象的革命运动,秘密地加入了试建时期的中国新民主主义青年团,度过了蒋军侵占本县七十二天的九死一生的血腥日子。

1947年,的确是决定中国革命命运的最关键年头。

我不知道当时在别的解放区和部队中有否这种提法,但我所熟悉的山东胶东解放区和子弟兵部队中,那一年最流行的口号是"爬山头",意思是两军相搏,谁最先爬上山头,占领制高点,就能将敌人打下去而稳操胜券;它的另一方面含意是:爬山头是最最难的,要有无比的勇气和耐力,反之如果爬不上去……其后果是不堪设想的。当时报纸上和各种各样的会议,都离不开这个话题。那时还有一首名为"爬山头"的歌曲,至今我还能唱:"爬过高山就是平原,争取胜利还要克服重重困难……"足见当时的形势是多么严峻,对于我党政军民来说,面临的是一个多么紧要的关头!

那一年，可能不像今天许多人想象的那么轻松。我永远忘不了我县县委书记的一次讲话。他脸颊瘦削，咳嗽不止，但语调沉重而坚毅："……敌人的目的很明显，就是要把我们挤到黄河以北，或者把我们赶下大海。我们的任务就是要粉碎他们的阴谋，使蒋介石和他的'遭殃军'永远也不能得逞……"

不错，在这年春节至初夏，我华东人民解放军连续组织了莱芜战役、泰安战役、孟良崮战役。尤其是孟良崮战役，一举全歼了蒋军王牌中的王牌、全副美械装备的整编74师，击毙其骄横不可一世的中将师长张灵甫，使蒋介石的"重点进攻"计划严重受挫，在相当程度上扭转了山东战场的形势。

1947年夏秋时节，山东内线的战场态势仍然相当复杂，说是"犬牙交错"亦不为过。在莱芜战役、孟良崮战役之后，敌人的触角曾一度收拢，但随后我军趁机收复的县城和重要据点（有一二十个）仍在"拉锯"之中，许多仍为敌人侵占。这说明当时敌我力量的对比和我军出于运动中的需要，还不容许我们去固守这些点、线。再者，我军主力在1947年夏季的南麻（今沂源）、临朐战役中，由于天候不利，连降暴雨，加之敌军抵抗相当顽强，打得并不顺利，"南""临"等点至少在当时并没"啃"下来。更主要的是，当年秋天，蒋介石命其爱将范汉杰在青岛坐镇指挥，纠合起六个整编师（军），自青岛和潍县向我胶东解放区发动了空前的疯狂进攻。

为什么说是"空前"呢？是因为敌人这次以优势兵力的大举进攻侵占了我老解放区胶东半岛腹地的几乎所有城市；而这些地方，是日寇投降前后我从敌伪手中解放、蒋军几度觊觎而未能得手的。言其疯狂，是说不论是蒋家正规军还是还乡团，都对他们占领的"匪区"民众大肆烧杀、抢掠、奸淫,无所不用其极,可谓令人发指。事过数十年,人们或不知当时情况或年老淡忘,我也不忍重提,提则心头仍深感创痛。

今偶见记载当年之事的一些文字材料,多称之为"胶东战役",也有称"胶东保卫战"的。至少从最初阶段而言,以"保卫战"更加符合当时情况,因为它完全是蒋军发起的。我军内线部队最初也进行了阻击,但敌军在数量和装备上处于优势,我军被挤压到狭小地带,还是夜间穿插过敌军接合部而悄然突出,才与华东野战军其他部队会合,重新掌握了主动权,揪住敌军后尾,展开了战役行动。至于后来完全打破敌人对胶东解放区的进攻,原因也是多方面的——我陈、粟大军以八个纵队挺进豫皖苏外线作战,刘、邓大军逐鹿中原,我东北野战军又向敌军发起主动攻势,蒋介石首鼠两端,捉襟见肘,不得不从侵占胶东的敌军中调兵支援。这时我山东兵团(又称东线兵团)在许世友司令员和谭震林政委的指挥下,胶东子弟兵9纵、13纵及其他兄弟部队展开了进攻,不断收复失地,至1947年冬,胶东大地才复归山静波平。第二年(1948)形势更发生了根本变化。

这些都清楚地表明:"爬山头"的情势在1947年整年都是持续着的;莱芜战役和孟良崮战役之后,在山东战场并未出现敌我力量完全"一边倒"的态势,敌军尚能组织起"像样的进攻",我方军民仍然感受到巨大的压力……

所以,在我的感觉中,1947与"爬山头"是同一个严峻的概念。

而这,不仅仅是一种简单的回忆,更是要永远认知:革命的历程,尤其是血与火的战争,的确不是那么轻松的。虽然,一个关键性的战役可能具有里程碑的意义,但从总的战争进程而言,却绝不可能是"毕其功于一役"的。

当然就整个战争而言,由于我方之正义与敌方非正义的性质所决定,希望永远在我们手中。敌人有时得手,可能兴奋得失眠,但我军总能在重压中寻得先机。虽然双方都是"挑滑车",结局却往往不同,终究"铁滑车"滚落山下,我军却立足山巅。无论是莱芜、孟良崮还是胶东保卫战后,远在陕北的毛泽东总会收起地图,得闲抽一支烟;而陈毅在沂蒙农家小院,吟诗一首,那抑扬顿挫的四川方音,在老乡们的齐鲁笑语中盘旋……

而直到这时,身在南京的"委座",从根本上恐怕也不知问题出在哪里,只能是催促陈布雷连发"手谕",处分黄百韬,问罪李天霞,对"捐躯"之爱将开一个规格隆重的追悼会,捧为"校长的好学生,黄埔内外诸将之楷模"。却不知哀乐奏起声中,多少将领却各自思谋:应多储金条,保存实力;备好士兵军服与便装,必要时乔装潜逃……

这种种情景,绝非仅为写文章之人的想象,而是曾经发生过的真实,也是本质的历史。

向"突围者"了解中原突围

我在少年时代,在战争环境中遇到过一些我军政首长,但都是短时间的,也就是几句话,乃至瞬间的接触,但印象仍是深刻的,对我一生的成长影响深远。新中国成立后,在工作中或在参加某些活动时,与我军政首长和老红军有了更深的接触。他们都是名副其实的老革命,比"三八式"的资历还要老。他们每个人的大脑里都有丰厚的红色矿藏,每一位都在不同战线上创下过不寻常的业绩。我记忆最深刻的有任质斌、贾若瑜、王定烈和肖光等同志。在与他们的接触中,我们都谈到过革命历程中一些不同寻常乃至惊心动魄的片段……

在与任质斌同志的有幸接触中,我曾向他请教1946年中原突围的关键情节;感谢他简要地满足了我的这一要求。而谈话不是在他的办公室或其他正式场合,而是在一次偶然的碰面中。

那是1952年春夏之交,在济南山东军区大院的花园中,他时任中共中央山东分局秘书长(应是常委),在星期天少有地来这花园中散步。我当时在山东军区暨山东分局机要处(党军机构共一个机要部门)做密码电报译电员。星期天在工作闲空中也来花园小憩。当我走近正在盛开的各色月季花丛时，恰巧与任秘书长走个碰面。我不禁一怔，却讷讷地不好意思开口，甚至有点手足无措。而任秘书长却先开口了："这不是小石吗？"我连连点头。不过，他又带笑说："叫石啥来？"我赶忙回答："叫石恒基。""哦，对对，是石恒基。"他的语气亲切而轻松。我也不再紧张了。这时我才注意到：他身后还有一位年轻的同志，是警卫员还是秘书？身上没有佩枪。

首长对我有印象倒并不奇怪，却没想到他的记忆力如此的好。那是半年前了，当时有一份"指人译"加急电报，张科长授权让我译出。可能他与山东分局领导电话联系过，让我们将电报送给任秘书长办理。张科长考虑既然授意我译的，就没有再通过办报科，直接指派我去送给任秘书长。那时的军区和分局机关大院只有一墙之隔，有一个小门，没有门扇，说白了只是一个豁口而已。

我虽经过通报，仍然诚惶诚恐地走进任秘书长办公室。他当时正在伏案批阅文件，但好像已经知道了我的名字，不但让我坐下来，而且主动问我："听你说话的口音，老家是黄县还是蓬莱？""是黄县。"我做了肯定，并根据他基本上操的是"国语"但仍有山东味这一点，便"斗胆"问他："您是哪个地方的人？""我老家是即墨。"可能担心我听不懂，又用山东当地土音说了一遍："济密。"我说："济密我去过，离青岛挺近。"这时我才意识到在首长面前说得太多了，便拿起他签收过的送报本告辞离开。没想到，任秘书长送我到办公室门口。这时我才注意到他中等身材、面目清秀，如他的名字一般文质彬彬，真看不出那种久经大敌、九死一生亲历者的状貌。以今天的观点而言，他当时应说是正当中年。

所以说，半年后在军区花园是我与他的第二次见面。那次送电报回来，说到任秘书长，张科长才告诉我："你别看表面上他文质彬彬；甭说别的，单说六年前的中原突围之战，他全过程都是主要的组织者和执行者。"

我正是怀着这样既好奇又崇敬的心情，又一次"斗胆"请任秘书长给我讲讲中原突围的经过。记得当时我还说了这么一句："说不定日后啥时候我能写点什么。"或许是这句话起了些作用，他竟答应说："那我就择要讲一讲吧。"

这次难得的谈话是在月季花丛不远处的葡萄架下进行的。他和我坐在木条长椅上，而那位亲随男同志则侍立在他的身旁，一直没有说话。

"中原突围是逼出来的。"他一开始说了这样一句话，又接着说，"突围行动发生在1946年6月下旬，但包围与反包围早在抗战胜利不久就开始了。国民党蒋介石视我党经过浴血战斗建立和开拓的中原解放区为眼中钉、肉中刺，不惜花多大代价也要拔除之。到1946年春夏之交，在中原解放区周围疯狂进逼的国民党军已达三十余万，而且天天都在蚕食我解放区的土地。我们被迫压缩在河南光山、罗山、经扶及湖北礼山四县之间方圆不足百里，只有几十万人口的宣化店、白雀园等的狭小地区。宣化店是礼山县境内的一个商业码头，在当时比较繁盛，所以抗战胜利后中原局和中原军区首脑机关都集中到这里，从而也成为那个历史阶段中全国瞩目的地方。由于敌人的进逼，我们已处于空前困难的境地。"

"这么说吧"，我至今清楚地记得他蹙起双眉，加重了语气，"我们中原解放区的面积只剩下原来的十分之一，可部队、机关和家属等足有七八万人，粮食、给养等大成问题。蒋介石和他的谋士们就是要用这个方法困死我们，最后达到一举消灭我们的目的。我们当然不能坐以待毙，中原局和中原军区的领导李先念、郑位三、陈大姐（陈少敏）、王树声、王震等同志，在那些日子几乎日日夜夜都要研究对策，以缓解各方面的压力，制订出坚持还是撤离的种种方案。"

他在谈话中始终没提他在中原局中的具体职务，我想问，但也始终未开口。当时我虽是一个不满十八岁的孩子，却也懂得不能在尊长面前唐突地问这问那，我继续平心静气地听下去——

"你在老家时可能也听说过，"他就像知道我的简历似的，"那时还是国共谈判时期，内战还没有全面爆发，美国特使马歇尔还在表面上进行调停。当时，我党中央也希望停战协定能够得到履行，争取和平的时间愈长愈好，对我们愈为有利。为此，1946年5月8日，周恩来副主席和美蒋代表还亲临宣化店，美蒋代表在表面上也做了一些姿态，但问题的本质并未得到任何改变。为了改善我们中原解放区的粮食及其他方面的供应困难，可以说是尽了最大的努力，采取了一系列所有能够采取的措施……"

任秘书长在讲到这些措施的内容时，有些是我过去闻所未闻的。如在1946年2月间，中原局决定由他经汉口、北平乘飞机去延安，向党中央汇报中原解放区面临的具体情况，当面接受党中央的指示；当年3月，王震同志又辗转飞赴延安，当面向毛泽东主席做了汇报、聆听指示，党中央从其他解放区调拨粮食和多种物资，冲破种种困难送至中原解放区，设法使钱买粮、就近进行支援等，可谓不遗余力。但这些措施也都因为蒋方的阻挠破坏而日趋艰巨。为此，中原当局还尽量疏散人员，以减轻负担，一旦撤离时行动也较为迅捷。

其中的重要一点是中原党政军奉行的大局观念，我听后至为感佩。

他说:"当时是考虑到停战协定的履行,中原解放区能够保住当然更好,其长远考虑是能够牵制住大量的国民党精锐部队,以策应我东北、华东和晋冀鲁豫的自卫行动,不论有多大压力也义不容辞地扛在肩头。本来,如早些时候趁蒋军部署尚不严密,我们从东面打出去,不用多长时间就可以到达苏皖解放区。""可是!"他语气深沉地说,"我们多留了一段时间,留得值,很值。"

"到了1946年6月,形势进一步恶化,中原局和党中央都清楚地认为:不突围是绝对不行了,早行动早少受损失,迟行动肯定要遭受更大损失,总之是越快越好。"任秘书长在说这段话时,我的脑海里涌出一幅职业习惯的情景:中原局和延安之间电报上报下达来往穿梭,一定是达到非常密集的程度。这是关乎数万民族精英生存胜利与否的紧要关头,也是国共双方命运较量的开篇一战,连每一组密码和空中的电流也绷紧了神经。

关于突围的行动路线,他是这样说的:"总的来说是向西越过平汉路,直指鄂西北和陕南。具体部署是:中原局和中原军区机关率第二纵队为北路突围部队,李先念、郑位三、王震、陈大姐都在其中。"不知怎的,他没说自己是否也在这一路,但听话听音,我觉得他也在其中。"南路突围部队由王树声同志率领的第一纵队缺第一旅(皮旅)强越平汉路,继续向西运动,进入鄂西北和豫西。第一纵队之第一旅由皮定均和徐子荣同志率领向东佯动,以吸引敌军,待主力全部突围后再向东突进,目的地是苏皖解放区。其他地方军区部队——鄂东、江汉、河南军区依各自具体情况,或分散或集中展开行动,相机骚扰、打击敌人。"

他说到这里,那位随从同志委婉地请首长"告一段落"。秘书长轻轻点头，但仍有一段"结束语"："这以后的情况和结果，估计你大体都知道了。总之，我们胜利地完成了战略转移的任务，每一路每一支部队沿途都要打上大小几十仗，才能摆脱敌人的围追堵截，基本上保存了我们的有生力量，特别是以皮定均为旅长、徐子荣为政委的第一旅，从相反方向突围，迷惑敌人、吸引敌人的任务完成得十分出色，不仅保存了自己，而且有力地打击了敌人。国民党反动派发动的这场反共反人民的内战，一开幕就遭到了狠狠一击，也注定了他们的最后失败。"

任秘书长这番关于中原突围的谈话，估计说了一小时（当时我还没有手表）。一位老资格（我估计他应该是1930年前后入党的老同志）的高级干部，在百忙的短暂休息时间（我知道当时他们在星期天也难得休息）中给一个小干部讲这么多话，对于我来说实在是难得的机缘。当然，事后我也想过：其中一个因素是他知道我本身是个机要员，而中原突围毕竟已过去数年；另外，也许可能是出于我的敏感多想：我们张科长（"三八式"老干部）在与秘书长通电话时，说了我几句"好话"。反正这件事是不寻常的，以至于过了这么多年，我仍然清晰在耳、历历在目。

对于中原突围，的确如任秘书长所料的那样，在这以前我也知道个大概。因我生长于胶东半岛解放区，未参军前自童年时期就参加了党领导下的革命活动。1946年，蒋军开始向中原排兵布阵时，我虽未正式参军，但天天从报纸上注意那边的动向，也听过县领导同志讲到中原之争对全局的重要性，心中早已对国民党反动派表面谈和实则加紧"进剿"的罪恶图谋全已了解，在白天集市宣传与晚间"土广播"中经常向乡亲们揭露美蒋的真实嘴脸。当年六七月间，已知我各路部队均已突围成功。报纸上赫然登载：王震将军已率359旅返回陕北，皮定均旅已安然抵达苏皖解放区。1947年春夏之间，我已参加了解放区秘密试建的中国新民主主义青年团，作为本县支前大军"少儿宣传队"的一员，随大军活动于胶济线以至沂蒙山区……

然而，在任秘书长的谈话内容中，有几点我在这以前是不知道的。如在蒋军重重围困中，任质彬和王震同志曾先后两次飞赴延安，直接与中央沟通、汇报真实情况并接受指令；为迷惑对方，由鄂东军区张体学所部进入宣化店取代主力部队，而李先念等同志已率主力部队越过平汉铁路，当晚宣化店还在演出节目，"招待"军调32小组之美蒋代表。更具戏剧性的一节是：美方代表白鲁德执意要见李先念，以测试我军主力是否已经撤离。李先念在平汉路附近接到张体学的电报，为使对方相信，他不惜快马加鞭折回宣化店，经对方"看"过相信后复又二番西下……情节十分惊险！

任秘书长的谈话，为酷爱史地的我又上了别样的意外一课。其一，中原解放区以宣化店为中心周围四县中的经扶县是1933年由河南光山和湖北黄安、麻城新置而成，有当时国民党政府的特定用意。因此新中国成立后改为"新县"至今。其二，四县中的礼山县亦是1933年由湖北孝感、黄陂、黄安和河南罗山等县新置而成。1952年（恰就是任秘书长与我谈话的那一年）改为大悟县。若干年后，在中共中央常委与中央军委副主席中，有一位就是大悟县出生的老红军，他就是刘华清同志。

任秘书长与我的那次关于中原突围的谈话，至今已过去了六十七年，我已从当时的一个小孩进入耄耋之年。当年，中共中央山东分局撤销后成立山东省委，质彬同志又改调他省工作，我报考大学离开济南后，只听说他曾任安徽省委书记。"文革"中我遭迫害十年，当然听不到他的任何讯息，但他对我的那次谈话，肯定是与我的生命并存。我当时也许是下意识地说的"说不定日后啥时候我能写点什么"那句话，我觉得应该兑现了。这是革命同志相互交流的生命实录，也是对前辈老同志赐教的回报。

不过，我还是觉得写得迟了些。

忆谈判岁月

我少年时期,正是日本投降和人民解放战争正炽的非常历史阶段。前半阶段我在小学和初中读书时,已参加了在解放区试建时期的中国新民主主义青年团;后半阶段参加中国人民解放军后在军内做机要工作。不论是参军前还是参军后,都十分关注国内外大事,几乎天天要读在胶东解放区所能看到的报纸,尤其是在日寇投降后的1945年至1946年间,国共两党间"拉锯"式的谈判自然是我密切关注的内容之一。

几十年没怎么想这个问题了,但丝毫未在记忆中消逝。最近,"谈判"又在世界某些地区反反复复地进行。当然,这与当年我熟悉的谈判无论是在时代特点上还是在性质上都不相同,却不由得引发我对"谈判"这个命题的复涌与深思,强烈唤起了我对那个"谈判年月"的记忆。

必须说明的是:近年来人们从许多影视片中看到毛泽东主席飞赴重庆与国民党当局谈判,周恩来同志与张治中等人士的马拉松式会谈最后达成了"双十协定",还有美国总统派马歇尔来华"调停",我方叶剑英等同志在北平军调处的工作等,许多人对当时的若干事件似乎都不陌生。而我只想就当时所看到、想到的并且偏重于记叙我的感受。

本文的题目是《忆谈判年月》，确切地说，那是一个一面战争一面谈判的阶段，当时在报纸上出现的与谈判相关的人名最多的是：周恩来、张治中、马歇尔、王若飞、白鲁德等。对王若飞同志的名字，今天的许多人可能不甚熟悉，可在当时，我差不多是在熟悉周恩来的名字不久后便知王的名字。因为校长和老师（多为秘密状态的中共党员）告诉我：周恩来和王若飞是我党最主要的外交家。至于白鲁德，是一位美军高级军官，在我的印象中近似马歇尔的副手或助手的角色。王若飞同志于1946年4月8日自重庆飞返延安因飞机失事而不幸殉难。

那一时期，国、共、美三方要人频繁会晤，飞机此起彼落往来穿梭。在报纸上，重庆、延安、北平、宣化店、胶济线等地名频繁出现；中原、苏北、东北等地区的形势也不时告急。有时候，在今天人们看来可能是微不足道甚至是闻所未闻的芝麻粒大的地方，在当时也可能是颇能吸引人们眼球的焦点。如湖北平汉铁路（今京广线）东侧的宣化店镇，因是中原解放区领导机关所在地，在国民党反动派挑起的进攻中原解放区的战斗中，当然就成为各方关注的焦点，我记得三方要人都曾到该处视察过。在山东，临沂也是几方谈判代表所至者。记得济南调停组的中共代表雷英夫（1955年被授予中将军衔）、美方代表白鲁德等都去那里进行过视察。在胶济线青岛至潍县段，国民党正规军李弥的第八军和伪顽部队经常挑起事端，制造摩擦（"摩擦"这个字眼是那个特定时期的热词儿）。所以，我胶东军区许世友司令员、王彬副司令员都亲赴某些地点与其进行针锋相对的斗争。而且为了方便谈判，首长们还都挂过临时军衔。据报载：许世友挂过中将，王彬挂过少将。与此同时，胶济线上的一些不起眼的车站也成为新闻热点。如昌邑之岞山，高密之蔡家庄、芝兰庄,即墨之蓝村等,因多是伪顽部队的驻地或双方交战的焦点,同时也成为谈判交涉的所在地。出尔反尔的伪顽还残酷杀害了我方交涉代表辛冠吾。

在那个特定时期,处心积虑发动内战的蒋介石,当然一日也不会闲着:一只袖筒里是谈判备忘录,另一只袖筒里是待发的《剿匪手本》。"三个月消灭中共!"不言自明——以谈判为烟幕弹行进攻解放区之实。一百零五毫米口径的美援榴弹炮暂时披上炮衣是"停火",解开炮衣,炮口立马便瞄向既定目标:宣化店、淮阴、四平街、长春……不一而足。无非是打打停停、停停打打,打了又谈是缓兵之计,暂时停火是调整兵力部署。马歇尔将军劝架也罢,拉偏手也罢,奉旨而来也只能是应付差事。蒋介石铁了心要发动全面内战,他最后只能乘专机循来时原路无功而返。

我当时读书所在的中心小学九里镇,军分区领导机关和所属部队由县城移驻于此,我也参与了集市宣传、慰问部队等工作,部队一面练兵一面加紧战前宣传活动。那些日子,乡镇街面的白石灰墙上写满标语,主要有:"保卫抗战胜利果实,保卫解放区!""坚决反对内战,争取持久和平!"军分区政治部有一位年轻女同志小包,她会写一手漂亮的艺术字,彩色的投影式,有的向上投影,有的向下投影,一丝不苟,十分耐心。司令部机要科有位王同志抽空来给她打下手,配合默契。我们这些小积极分子也都自愿成为小包"大姐"写艺术字的学徒。

说来也巧,两年后我参军后,竟也做了机要译电员,曾经相识的王同志已成为"王科长",说起当时在九里镇写标语的往事,他并不讳言:"当时形势已非常危急,敌第8军李弥部队已从潍坊的寒亭出动,占领了掖南重镇沙河；东线从青岛出动的敌 54 军阙汉骞部为策应李弥的第 8 军，在即墨青烟公路东侧的灵山与我军另一支部队展开激战，我当时译出电报后，只能交给首长，对小包和别的同志暂时还是守口如瓶。"

我告诉他："你们移防走了以后几个月，我们的标语口号已经按报纸上的提法，改成'蒋军必败，我军必胜，迎接第八军的进攻'！"

他和我都笑了。

内线与外线

——琐忆当年战事

在中华人民共和国七十华诞即将到来之际,我为七十年来伟大事业的辉煌而由衷欣喜,但也时刻想到缔造人民共和国的无比艰辛。我自小生长于山东省胶东半岛老解放区,青少年时代经历的正是敌我之间残酷斗争的岁月,而且在很小的时候就参加了我党领导下的对敌斗争,成为一名未正式穿上军装的小兵,并加入了秘密试建时期的中国新民主主义青年团,曾作为少年儿童宣传队队员先后两次赴前线宣传慰问。不久后又正式参加了中国人民解放军,在司令部做机要工作。

解放区的生活经历和军旅生涯使我贴近战争,并对当时的战局尤其是宏观形势有较多的体验与了解。我这里所要谈的不是我个人的具体经历,而是就我所了解的有关战争的实际情况。近年来我看到电视上对战争形势的宣讲与某些战争影视作品之后,更觉有话要说。当共和国七十华诞到来之际,就更有其特殊意义了。

众所周知的是,自1946年蒋介石发动全面内战,经过不到一年的激烈战争,我军实际上已经打破了敌人的全面进攻。于是蒋介石战略将全面进攻变为"重点进攻",以大部精锐部队置于东西两翼,即山东与陕北。尤其在山东战场上,蒋介石可以说是下了很大赌注,集中数十万大军在山东沂蒙山区,寻求与陈、粟主力决战。但我华东人民解放军巧妙周旋,不断寻找战机,歼灭敌人之有生力量,经过莱芜、泰安、孟良崮等诸役,尤其是在孟良崮战役中将敌五大主力(当时又称五大金钢钻)之一的整编74师一举全歼,极大地挫败了蒋介石重点进攻山东解放区的势头。然而,问题的关键也正在此处。在某些电视和文字的宣讲中,认为此役已经粉碎了蒋介石对山东的重点进攻,以我所经历的实际情况和掌握的材料,那种论断讲得稍许提早了些。

不妨从整个战场的形势更扩大一些看:当1947年6月30日刘邓大军自鲁西南渡过黄河、连打几个硬仗后,挺进大别山,开创了人民解放军外线作战的先端。党中央和毛主席这一历史性的决策,无疑是具有战略转折意义的,是一步绝妙好棋,但同时也是一步险棋。当我大军挺进江、河、湖、汉,直接威胁到国民党统治的心脏地带,他们自然要凶狠地进行堵截追扑。其实,毛主席和中央军委的战略意图也是明显的,就是要将重点进攻山东乃至陕北的国民党军"拽"出一部分,对粉碎敌人的重点进攻意义重大。但是,刘、邓挺进大别山后,遇到的压力是巨大的:正面是敌"华中剿总"、号称"小诸葛"白崇禧的主力部队,尾追的是蒋介石调集的其他军力。不过,东西两翼蒋军"重点进攻"的基本兵力仍未有大的变动。在这种情势下,依党中央、毛主席的总体战略,也是随机应变,不久又令晋南太岳兵团陈(赓)、谢(富治)所部由河南陕县等处相继渡过黄河,挺进豫西,但为了以更大的力度调动敌人,在更广阔的战场上逐鹿中原,中央军委与华东野战军断然决定:由陈毅、粟裕率领八个纵队取道鲁西南,挺进豫、皖、苏,与刘邓、陈谢形成"品"字阵势,以空前的气魄与兵力转至外线作战。

蒋介石再也吃不住劲,这便在极大程度上调动了敌人,山东战场的态势发生了很大的变化。

作为一个时刻关注战场形势发展的少年,在1947年8、9月间,心里甚感困惑。实际上,自当年5月孟良崮战役之后,胶东解放区的报纸上就极少报道我大部队的行动,倒是远离山东战场的其他战区尚有战争的消息。为了解疑,我非止一次地问过驻村的区指导员(区委书记)孙超、县青会长李敬(也是领导我的团组织领导人),以及偶尔碰到的县委张书记和王县长。他们也许知道而不肯告诉我,或许连他们也并不详知,只是说:"上级一定在准备大的军事行动。""也可能我们的部队正在休整。"王县长还以开玩笑的口吻对我说:"许司令(许世友)肯定知道这军事秘密。可我也见不到许司令。"

就在这当中,记得是一个雨天的上午,我去村公所看报纸。等了一会儿,邮递员来了,我当即拿过胶东《大众报》,一则久违了的战争消息映入眼帘:"华东我军攻克费县。守敌一个团被全歼。"这好像是一个孤立的讯息,周围再没有任何有关战争的报道。当时我很纳闷:为什么要对鲁南这样一座不起眼的小城开刀?有啥战略上的意义?另一方面也觉得很不过瘾。显然,我希望的是再打几个像莱芜和孟良崮那样的大仗,从根本上解除蒋军对山东解放区的威胁。但当我回到家中,猛然联想起领导同志对我说过的"准备大的行动"那番话,这攻克费县是不是大行动的一个序曲?或者是我军声东击西的一举,真正的指向还在后面?

过了些日子,区上带队去前线支援的同志回来向我们团员透露说:最近我军打南麻(当时的一个大镇,现为沂源县城所在地)、临朐没打好,打成了"夹生饭",后来撤出了战斗,云云。也就在此后我才知道：陈、粟率大部主力南下后，内线由许世友为司令员、谭震林为政委，组成山东兵团（又称东线兵团），指挥由原胶东主力为基础的几个纵队，坚持山东内线作战。但因气候不利，连降暴雨，挖的坑道进水、炸药包受潮，造成南麻、临朐之战打得很胶着，伤亡很大。为利于再战，我军撤出攻击，进行转移。此役的详情，在我所看到的军史和其他军事著作中很少涉及。但在新中国成立初期，我听熟悉此役的一位领导同志讲："如果南麻、临朐打好了，说不定就没有后来的敌人大举进攻胶东。"或许他的话是有道理的。

看来当时攻克鲁南费县，并且大造声势，确是外线出击的我军有意之举。显然是以此行动迷惑敌人我大军挺进鲁西南。但不知为何，同样是外线出击，两个月前刘、邓大军渡黄，领导上很快就在党团员中进行了传达，而此次陈、粟大军外线出击，至少在当时并没有进行传达。其战略意图要隐蔽得多，这当中必有许多讲究。他们在豫皖苏的大举展开，还是在一两个月敌占我故乡期间，我从上级发来的"号外"上看到的。"我陈、粟大军横扫陇海路，连克兰封、考城、民权、马牧集……敌军呈捉襟见肘之势。"

尽管大军南下在很大程度上"撕扯"了蒋介石在山东战场上的军事布置，但处于内线的山东兵团却承受着相当不轻的压力，因为，敌人留在山东的兵力仍然不少，而且有些还具有较强的战斗力。如李弥所部的第8军、阙汉骞所部的54军等，都是与我胶东主力多次交手的"顽固派"。及至1947年9、10月间，蒋介石更命其上将范汉杰坐镇青岛，调集六个整编师（军）的机动兵力，分几路向我胶东解放区发起空前的大举进攻。他们基本上是从青岛、潍县出动，大致是沿烟潍、烟青公路向龙口、烟台、威海等点扑来，蒋军所到之处烧杀抢掠，无恶不作；还乡团反攻倒算，惨绝人寰。至当年10月左右，敌人实现了年前所未达到的目标（年前只占领昌邑、掖县，后来撤走），基本上侵占了胶东解放区腹地。在这点上，某些宣讲者说自孟良崮战役后，蒋军在山东战场再也组织不起像样的进攻，显然与当时的实际情况是不大符合的。

蒋介石以此代价侵占胶东腹地尤其是诸港口的图谋是多方面的。一是疯狂破坏长时期相当巩固的"匪区"，妄图捣毁支援华东战场的我后方基地；二是切断胶东解放区与东北辽东半岛的海上联系；三是妄图将我山东内线主力堵在半岛狭小地带而击垮之。

而我内线兵团机动灵活，成功地跳出优势敌军的围堵，并揪住敌军的尾巴，在昌南三户山首开敌军进攻胶东以来成建制被歼的纪录，使其首尾不能相顾。随后我军在掖县、诸城零星歼敌；直至深秋的莱阳战役（并打青岛来援之敌），又歼敌万余人。这时敌军慌忙收缩兵力，我军于1947年年底收复了胶东绝大部分县城，取得了胶东保卫战的胜利。

但龙口、蓬莱、威海、烟台这些港口，则是在1947年年底到1948年间逐渐收复的。其原因应该是：内线我军的困扰，使敌军日感局促，而外线我军不断发动攻势，蒋介石则深感兵力不足，不得不抽调驻威、烟的部队海运增援，将费了九牛二虎的力气占领的港口"忍痛"放弃。外线及附近地区的战事，如陈、粟大军发动的豫东战役（包括攻克开封），东北野战军发动的春夏季攻势特别是秋季进行的攻打锦州之役，也迫使蒋介石不得不自山东抽调兵力，勉强在山东胶济和津浦线据守几个"点"而已。

综观上述，我认为，蒋介石对山东的"重点进攻"，关键还是党中央、毛主席与华东野战军首长共同采取的英明决策：毅然以大部主力进行外线作战，才最后"撕"破了敌人织就的军事罗网。而又以内线兵团在山东当地与敌军周旋，避实击虚，待机歼敌。就这样内外结合，相互支援，共同"拉动"敌人，使敌军疲于奔命，逐渐被削弱，造成"重点"不"重"，使其图谋最终宣告破产。试想，如果当年与敌军在内线一味纠缠下去，尽管还可以打几个胜仗，但从长远观点上看，并非上策。所以，所谓"彻底粉碎敌人对山东的重点进攻"并非一朝一夕、一战一役之事，而是大胆果断的英明决策与内外配合作战的结果。

为此，我军民付出了比想象的更为沉重的代价；否则，不是有些太容易了吗？

难忘胶东保卫战

每当我到外省参加笔会、研讨会之类的活动,外地人有的问起我原籍何地时,我常常脱口回答:"胶东。"但其中有不少人对"胶东"这个地域概念比较生疏,竟问:"胶东属于哪个省?"我只好告诉他:属于山东省。

这时,我不禁暗自想到:毕竟战争年代离得越来越远了,许多年轻的甚至并不那么年轻的人对于距今稍远些的地域概念如此疏远。其实,"胶东"作为一个地域概念,并不是自革命战争开始时才有的,楚汉时即置有"胶东国",民国时期也一度置有"胶东道"。当然,对于我来说,"胶东"之所以感觉上如此亲切,乃至刻骨铭心,实在是因为人民革命战争的血与火的经历使我终生难忘。

有关胶东的记忆,尤其是它与革命战争的血肉联系,那可以说是历数不尽的,而且有些是既形象又具体:它也许是声震半岛、妇孺皆知的当时胶东军区司令员许司令,也可能是黄县孙胡庄人的战斗英雄任常伦,也可能是天福山起义和雷神庙战斗,也可能是讨伐伪顽赵保原的巨大胜利,也可能是日本投降后对抗美国军舰阴谋在烟台登陆的成功……

不过，最使我难忘的是1947年秋天前后那场历时数月、残酷壮烈的胶东保卫战。因为，当时我虽然尚未正式参军，但在故乡已参加了解放区的对敌斗争，加入了试建时期处于秘密状态的中国新民主主义青年团，在敌占期间一直接受团组织的领导和村党支部指派的任务。因此，切身体验到胶东保卫战不是那么轻松的，而是在敌人优势兵力的重压下遭受了巨大牺牲，付出了沉重代价；当然，我们军民取得了最后胜利。蒋军尽管来势汹汹，终归难逃可耻的失败。

其实，国民党反动派垂涎胶东半岛已久，自日寇投降之初，蒋介石即先后把李弥所部的第8军和阙汉骞所部的54军海运、空运至青岛、潍县（今潍坊市）等地，急令打通胶济线，侵夺我军民自日伪手中解放的一些县城。应该说，第8军和54军等部在蒋军中还是比较有战斗力的，据说都参加过滇西之松山、腾冲等战役，均为全副美械装备。但我胶东子弟兵敢于抗击这些蒋介石的嫡系部队，而且在战斗中缴获了不少美式武器。1946年秋冬季，第8军所辖之166师、103师和荣一师，自潍县沿烟潍公路进犯我解放区，占我沙河、掖县等地，蒋介石本来叫嚣要在"国大"召开之前攻占龙口，但我胶东主力在掖县粉子山等地进行了顽强阻击，予敌以重大杀伤，迟滞了敌人的战略企图。

当时，我在故乡黄县（今龙口市）已连日听到隆隆炮声，敌舰也在莱州湾虎视眈眈，伺机登陆。然而，尽管敌军近在咫尺，我地方武装也枕戈待旦，我记得北海军分区领导机关不仅没有后撤，反而自县城以北移至更接近前方的九里店镇（我在此镇中心小学上学）。我们这些团员和同学中的积极分子，在地方干部和老师的带领下日夜进行宣传、劳军等活动，在白天的集市上和晚间的"土广播"中，针锋相对地揭露"中央军"在占领区的种种暴行,大声疾呼:"蒋军必败,我军必胜!"在这里召开的反蒋保田大会上,我们这些孩子也跳到土台子上带头参军,虽然事后因为年龄太小没被批准,但也起到了鼓舞斗志的作用。

1947年年初,由于莱芜战役中我军取得重大胜利,蒋介石不得不收缩战线,忍痛将已吞进嗓子眼的果实又吐了出来。我军乘胜收复了胶济线上的胶县、高密及即墨、掖县等县城和据点。1947年春夏这段时间内,胶东敌我形势尽管胶着,但大致已较稳定。解放区与敌占区基本对峙或犬牙交错于西段之寒亭(属于潍县)、东段之蓝村、胶莱河两侧一带。但这种表面上的"平稳"实际上一时也没有真正平静,而是隐伏着更大的、更为激烈的撞击。

众所周知的情况是,在这一时期内,5月下旬我华东人民解放军在鲁中进行了孟良崮战役。此役全歼蒋介石的"御林军"、狂妄不可一世的整编74师(74军),击毙中将师长张灵甫。此役的胜利,给了"重点进攻"山东的国民党军以沉重打击。这次著名的战役给并不十分了解当时局势的后世人以错觉,以为从此蒋介石对山东的"重点进攻"已被打破,甚至已无力再进行有效的进攻了。事实不然,当时为了打破敌军的重点进攻,我华东人民解放军以大部主力经鲁西南,穿越陇海路,挺进豫皖苏,转至外线作战,而留下2、7、9、13纵由许世友、谭震林组成内线兵团,在山东坚持作战。在一段时间内,情势比较被动,在南麻、临朐战役中,我军伤亡很大,最后撤出了战斗。记得那时有负伤复原回家乡工作的我军战士对我们讲起战斗中的一些情况:"打仗那几天,天气也邪乎了,连降暴雨,炸药和爆破筒都受了潮。我们挖的坑道工事也进了水,很多战友都牺牲了……"

总之，这时的情况并不像一些人想象的那么轻松。以我当年的感觉，干部和群众的心情是解放战争开始以来最为沉重的一个时期。他们的大多数人也许并不详知局势发展的真相，但已在进行各方面必要的准备，如坚壁公粮、兵工厂、民兵实战训练，等等。我后来才知的真实情况是：当蒋介石获知，华野的大部分主力已离开山东，竟欣喜若狂，亲自飞临青岛，部署早日"结束山东战事"，任命他的陆军副总司令、上将范汉杰，组成由六个整编师和四个保安总队共五十一个团兵力的胶东兵团，分三路向我胶东解放区腹地推进，妄图聚歼我内线兵团主力，或将我军"赶进大海"。

1947年9、10月间，对于胶东解放区军民而言，是一段异常艰难而充满血腥的时期。敌军所到之处，烧、杀、抢、奸，无恶不作；还乡团紧随其后，疯狂地进行反攻倒算，滥杀无辜。最残酷的景象是，不少村庄已变成"无人村"，水井、水塘都填满了被杀害的乡亲……与当年日本鬼子的暴行一般无二。事情过去若干年后，当与人谈起蒋介石何以在大陆遭到彻底失败，我不言其他，只以我亲历的情景说："就拿国民党军纪败坏这一条，他们就人心丧尽，不败则天理难容。"

当蒋军向胶东腹地进犯时，我军也进行了节节阻击，但由于初期敌军占有优势，我内线主力被压缩在半岛东中部的一块狭小地带，无回旋余地。在此万分危急的情势下，许世友司令员亲自指挥，断然突围，从敌8师和整编9师的接合处打开缺口，我9纵、13纵相互配合，一夜狂突，甩开了敌人，终于和兄弟部队2、7纵会师。

但与此同时，敌军东下的势头未减，记得在是中秋节前后其整8师侵占龙口、黄县、蓬莱等地；整编54师和整编25师侵占栖霞、福山，10月初终于占领烟台。敌占黄县的七十二天中，在十分险恶的情势下，我地方武装、民兵和人民群众与之进行了坚决的斗争,也做出了很大的牺牲:副县长兼县公安局长于耀光同志在掩护群众撤退中被敌追击壮烈殉职,许多党员和积极分子在敌人严刑拷打下英勇不屈。据我所知,黄县和莱阳等地都涌现出了刘胡兰式的女英雄……敌人对少年儿童中的积极分子也绝不放过,恨之入骨地称为"八路崽子"。还乡团也曾到我家去"掏"过我,因我越墙躲进邻家的草垛里而幸免于难。

不过,尽管敌军来势凶猛,但毕竟难以为继,占领的点线多了,便捉襟见肘。我内线兵团主力跳出敌包围圈后,一直在寻找战机,打击敌人。终于在昌南三户山揪住敌人的尾巴,2纵与9纵联手,一举歼敌整编64师所部万余人;与此同时,各部在海阳等地也重创敌军:12月初,7纵、13纵等合攻胶东中心要点莱阳,激战数日终于攻克,并在水沟头(今莱西所在地)一带成功地击溃了青岛来援之敌,共歼敌一万数千人。至此,敌军在山东之进攻势头已被完全扼制,我军掌握了战场的主动权。随后,由于蒋介石在中原、东北战场上吃紧,不得不将侵占胶东之部队相继调离,如将黄百韬所部的整编25师调至中原,将阙汉骞的整编54师增援锦州。至此,别说是"重点进攻",真正是"大势已去"矣!

这时的胶东故乡虽还身带伤痕,面临许多困难,但山水依旧,笑貌未改,看上去更觉亲切可爱。

战争的胜利并非天降馅饼

我不敢说我很了解战争,但实事求是说是经历过真正的战争。而且,一个人十多岁后的年龄段是记忆力最好,对人对事印象最深刻的阶段。虽然还不免单纯稚嫩,但可贵的是"真"。加之我少年参军后绝大部分时间从事的是机要工作,其中的一段时间受命整理华东地区自抗战前历经抗日战争和解放战争时期的电报稿,由残缺、部分到全部,应该说是留下了相当清晰的记忆。这是时代(包括战争)赋予我的一个机遇。它们都是牺牲的烈士与活着的不同历史阶段的革命志士心血和生命的结晶。在我这个"小鬼"的记忆中,绝不是苍白的影响。人说记忆没有距离,其中有不少令人振奋、令人鼓舞的事件和场面,但也有令人悲恸乃至痛楚的感受。因为整体上是走向胜利走向成功的经历,后来人演说起来,难免多是大红大紫的色泽和钟鼓齐鸣的声波。但有时也难免或因不熟悉,或因被省略而有意无意地讲得不完整,或使人产生扬此隐彼的感觉。这些往往引起如我这样水平不高爱较真的当事人感到不足,很希望能够在胜利后若干年有所补足,使之与真实的情况更贴近,让后世人了解得更全面,认识起来更辩证些。

我所着眼也是比较熟悉的当然还是当年的华东战场,与我生活战斗过的胶东解放区。

譬如，我们今天在书籍、影视作品及这方面专家们通过电视提供给我们的宝贵财富，造成我们特别是年青一代最津津乐道的孟良崮战役，与此相关的是国民党军74师，还有这个部队的师长张灵甫，甚至就连一切一切细枝末节人们似乎都耳熟能详。这种特殊兴趣的产生，当然来自超常多的讲述和演绎，还包括许许多多的传说之类。如张灵甫曾经杀妻，74的美械装备的程度，张的个性及在蒋校长心目中的分量等都是许多人兴趣的焦点。但渐渐地我发现，这些知识、掌故的传播并不全面。其实蒋系部队美械化者并非仅只74师，最早开往东北战场的新一军、新六军也都是响当当的"五大主力"（在解放战争时期另一称号叫"五大金刚钻"）。新一军和新六军确实并非徒有虚名。早期是参加远征军在缅甸作过战的，而且是蒋军"名将"孙立人、郑洞国、廖耀湘带出来的部队。开赴东北后的确也显过身手，在四平街争夺战中使我东北民主联军遭受重大损失。而在华东战场上，其他五大主力中的部队（如整编11师），也有凶悍惯战的表现，与74师相较很难说有明显的轩轾之分。所以那种单挑独秀的解说与表现方式，极易使一代又一代年轻的军事和军史爱好者与关注者对蒋军进攻解放区拥有的实力认识极不全面。另一方面，对当年中共领导下的人民解放军和解放区人民受到的巨大压力认识不足。而我党我军最终取得双方角逐的胜利，远比一般的想象更加不易。一个有趣的常识问题说起来是很有典型性的，这就是，我们那么多的专家明公在各种场合讲了那么多有关74师的这个那个，但并未对年轻人说明何以称之为整编师，以致许多人（老、中、青都有）分不清它与一般"师"的概念有何不同；以及蒋介石是在何种背景下玩这"整编师"的障眼法；为什么将本是74

军的番号改成74师，而原来的军长改称师长，原来的师改成旅，师长改称旅长。但军衔却照旧，整编师师长仍为中将，旅长仍为少将。不清楚这个问题，致使许多人认识上非常模糊。有一天笔者出差坐火车，旁边坐的是几位大学生和研究生，他们也在大讲特讲张灵甫和74师，可见这支覆灭于鲁中战场上的部队被煮得稀烂而影响十分广泛。这些研究生还有一个争论的焦点，即74师是个怎样的师？既然他们拥有三万多人，以致这帮军旅爱好者最后以"是一个加强师"结束了他们的争论，却始终也未了解它本是一个军的建制。这一点给了我很大启示：我们的专家明公们讲了那么多，为什么不给知识模糊者下一点朴素实在的功夫呢？当时我对这帮争论中的年轻人未插一言，只因为我不是这方面的研究专家。

又譬如还是这个孟良崮，还是这个74师。无疑，1947年5月的孟良崮大捷意义十分重大，对重点进攻山东的国民党军是一个沉重的打击，有力地挫败了敌方气势汹汹的势头。但有的讲解者说：孟良崮战役的胜利从根本上粉碎了蒋介石对山东的重点进攻，从此他们再也组织不起像样的攻势，云云。对此种说法，不论其动机是多么的充满热情多么具有积极意义，但从当时的实际情况而言，在很大程度上是不符合事实的。择其主要方面来说，孟良崮战役之后两个月华东野战军发动的南麻、临朐战役均打成胶着战、消耗战，未达成预定的战役目标而撤出战斗。8、9月蒋方又展开大举进攻胶东解放区的战略行动。蒋介石亲自飞赴青岛进行策划，任命范汉杰为总指挥，集中六个整编师和大量保安团等二十多万人，侵占了胶东解放区的绝大部分城镇。当时因华东野战军大部主力部队已转至外线，只留下较少的部队在山东内线作战。如果仅就那个时间段而言，蒋介石和他的主要将领们，似乎也并非事事听命于我之调动的蠢驴。他们并没有全部被吸引至外线，反而能够集中起二十余万超过我内线主力的部队，企图将我全歼，并捣毁我胶东根据地。当时的危急情势恐怕是缺乏直接感受者所难以痛切体会的。我当时虽未正式参军，但作为试建时期的中国新民主主义青年团团员，与北海地委书记刘坦、县委书记张竹生、县长王佐群、县青委负责同志李敬等同志均有不同程度的接触，从他们的传达与平时谈话中，对当时形势的严峻性有一种"空前危急"的感觉。当时上级提出的一个口号叫"爬山头"，即我方处于爬山头的过程中，如果一鼓作气奋力拼搏便能渡过难关，反之……这时在革命队伍内部，有人还产生了悲观沮丧情绪，说弄不好就要北渡黄河，等等。足见当时绝不似今天有人讲的极易使人产生历史错觉那样：孟良崮战役之后大危已过，压力基本解除。其实不仅在华东，类似情况所在多有，前几年王定烈老将军生前曾对我说，他们在中原突围后进入鄂西北，1946年的那个秋天和冬天，遭遇到他参加革命后最为艰苦的岁月，敌人穷追不舍、重重围困不说，缺吃少穿，地贫民艰，生存条件极端恶劣。所以转年在王树声司令员和部队党委反复研究后毅然决然地只留下少量部队在当地坚持游击战，部队大部北移，保存了宝贵的实力。同样，胶东我军之所以在几个月内便打破敌人的攻势，收复大部失地，除了内线部队巧妙周旋、待机歼敌以扭转局势之外，与全国战场相互配合相互拉动关系极大。如1948年秋东北野战军进行的锦州战役，蒋介石不得不从烟台等地调兵增援塔山之战，阙汉骞即率整编54师驰援塔山，并担任了最后被证明是不称职的指挥官。如此便减少了敌人在胶东的兵力，有助于我军在胶东半岛的行动。所以说，战争总体上是一个硬碰硬的东西，没有想象中的那么一顺百顺，凶恶的敌人绝不是个顺从的孩子，何况即使是孩子有很多时候也是不听话的。正因如此，我们在事后写史作传，万不可只写辉煌，不提曾经有过的暗流。最终是胜利了，但道路也有必然的曲折。打赢了的要写足，没有打好的仗也不应回避。所以当我看到有的史传将没有打好甚至失利的战斗"跳"过去，我是不赞成的。细心的读者会问：时间隔了几个月，这段时间干啥去了呢？

再譬如，最后胜利了是值得欢庆的，但不应忘记付出的代价也是惨重的。以下的情形是我亲历的（遭遇和目睹）。1946年，尤其是1947年蒋军大举进攻胶东进行惨绝人寰的烧杀抢奸的暴行，真可谓罄竹难书。特别是跟随蒋军主力杀回本地的还乡团匪徒，无恶不作，简直是杀红了眼，其手段之残忍与日本鬼子不相上下。在胶东的一些县份（我至今不愿触碰昔日的疮疤），有的村庄的水井填满了我地方干部和无辜群众的尸体；有的小孩被劈成两半，绑在门环上示众；有的农村少女被蒋嫡系军一个加强班轮奸，而还乡团匪徒还在一旁雀跃助兴……当然我也曾经看到过有的说法：反攻倒算所以如此狠绝，是出于对先前土改"复查"中过火行为的报复，似乎"情有可原"，实则也站不住脚。因为，并非参加还乡团的都是家庭被斗争者。其实很多人本来就是地痞流氓、犯奸作科之徒和社会渣滓，跟随"国军"杀回"匪区"，只是为了逞其淫威，甚至搜刮钱财或是取乐而已。再者，即使有家庭被斗争的成员，据我所知，他们反过来对群众的残害，往往远超当日斗争中对其家族的伤害。何况，这与无辜的孩童何干？可见，报复没有底线，杀戮不讲对等。解放区的革命同志和无辜群众付出的惨重代价，充分说明正是他们的血肉之躯铺垫和托举起胜利的黎明。因此，我们今天在谈起胜利时，心情也无法那么平静，那么松弛，虽然我们也不能总是表现得那么身负重荷般的沉重。

　　我们之所以能够战胜一个又一个绝不一般的巨大困难,由弱变强,最终取得胜利,其原因有千条万条,许多人早就熟悉得不能再熟悉,但我宁愿归纳成最朴素最简括的两条。一是人心所向。国民党(当然首先包括他们的军队)到最后可谓人心丧尽。我童年时期熟悉的成年人有的本来还是"蒋委员长"的粉丝,有的还抱有很大的幻想,到后来都化为泡影。我觉得是蒋介石和他的党羽们亲手把一些普通的群众(包括大量的知识分子)推向共产党和人民军队一边。我亲眼所见:解放区的人民看"过兵",对国民党军队如对日本鬼子一样胆战心惊,而对八路军和后来的中国人民解放军则欢迎有加,亲热备至。我们县的每个村庄都愿意子弟兵在那里住,哪怕短短的几天也好。乡亲们说:我们的军队住在村子里,盗贼不敢动了,小偷小摸都不得不"收心"了。住在谁的家里,打水、扫院子的活都被指战员们包了。逗得老大娘调侃地说:子弟兵同志都使我们变懒了。这样一反一正,民心所向不言自明。第二条是我们的斗争方向明确,政策英明,策略对头有效。在军事斗争上,以毛泽东同志的十大军事原则为代表,如不在一城一地之得失,重在消灭敌人的有生力量;集中优势兵力打歼灭战,饭要一口一口地吃,逐渐地把敌人吃完;等等。当然,暂时放弃解放区的城镇和土地,使人民群众遭受了很大的痛苦和牺牲,但为了战争的大局,代价是必须付出的。记得当年内战全面爆发时,报载国民党以四百三十万大军向解放区扑来,可谓气势汹汹,我们的许多干部和基本群众心中也不免有些忐忑。但坚持斗争的结果是:敌人一步步地被削弱,我方一天天地壮大。就连我村原先不相信我们会胜利的"顽固蛋",也不得不说:"看来共产党的道是金道。"

过期的"机密"

有一种说法：一个人一生总要有几个知心朋友。我也未能免俗，比较亲密的朋友倒是有几个，而小于就是其中之一。小于，当然是几十年前的称呼，不过，至今偶尔见面或在通电话时还是这个习惯的叫法。他呢，还是称我老石。其实，我比他仅仅大四个月。

小于是我机要战线的同行和小同乡，我们俩无话不谈，包括为数不多的个人私密话。他所在的那个军 1950 年冬天与其他兄弟部队入朝鲜，一过江就在零下四十摄氏度的风雪东线作战。许多人冻坏了手或脚，乃至被活活冻僵。但小于幸运地熬了过来。后来战线稳定在三八线附近。我方凭借坑道工事与美、李（承晚）军对峙，但战斗始终也未中断。他来信告诉我：在朝鲜前线，除了想念父母，再就是想我。他还说了他心底的一个秘密。原来还是在过江前一天，在吉林辑安（今名集安）食堂吃饭时，偶然间碰上一位胶东老乡小庄，她长得秀气、小巧，笑起来一双眯眯眼，很好看，她和他同属一个军。她在通信科，是拍电报的；他在机要科，是译电报的。外行人一般不清楚：报务员不知电报内容，只管嘀嘀嗒，收过来，发过去。如今影视屏幕上在发报机前拍发电报，好像就是密码电报的全部，其实只是象征性而已。真正知道电报内容的机要译电员，知道内容却不能直接上报下达。只能借助报务员的工作才能完成。所以机要员和报务员谁也离不开谁，具体到这时，当小于面对小庄，他们彼此都明白：到了战场他们只能是协同作战，谁也离不开谁。

但在辑安那个阴冷的夜晚，他们不可能多说什么，好像不约而同都说："到了朝鲜那边再见。"

然而，一旦到了"那边"，他们的整个身心（尤其是大脑和两只手）都投入了生死搏斗。连小庄的两条发辫也盘到了头上，小于原来的分发也剃成了光头。在整个天地空间，压倒万籁的只有分不出点的密集枪炮声。哪里还能见到对方？说实在话，在最紧张的日子里，谁也顾不得去想在江北只见过一面的那个异性小战友和小老乡。

而当战争环境相对稳定，他们的部队移防半岛中部时，尽管估计对方所居的坑道相距不会太远，却还是没有见面。因为他们的工作虽然有关系，却不能直接交接，而中间是由机要交通员穿针引线的。

直到停战以后，在地下"礼堂"召开的庆功会上他们见了面。但，开始他俩还没互相认出来。虽然自初次见面到这时还不到三年时间，彼此却有着某些变化。小于显得更加魁梧，面色黑红，分发变光头，现在又长成"板寸"。小庄呢，双辫变成短发，在小于眼里，她显得更加成熟，气质更好，面色如老家人爱说的那样"如红似白"，添了许多风采。后来还是认了出来，最先说的是：

"原来我收的电报都是你译的！"她笑着说。

"原来我发的电报都是你拍出来的！"他红着脸、搓着手说。

对比而言，她显得大方自然多了；而他每吐出一句话都很"艰苦"，比在风雪严寒的东线震塌的掩蔽部发出 4A 特急电报还要艰巨。不过，她似乎并没有讥笑他的过于难为情,彼此还是交换了一些各自的情况,包括年龄——她比他同岁却还大两个月,还有"简历"——也比他更简单,生于普通的农家,有一个姐姐已经"出阁",除了父母,社会关系简单得不能再简单。他初中毕业就参了军,在连部当了一年通信员就被调去受机要译电训练。

"就立了两次三等功,进步不……快。"他的尴尬突出地反映在手上。

她以略带烟台口音的普通话谈了她的经历:父母都是教师,1948年春敌占烟台期间,姐姐带她混出封锁线逃到了我方根据地。中途遇险,据点的敌人在碉堡上开枪,姐姐拽着她从一条大沟猫着腰往前跑,子弹从头顶上嗖嗖地飞,总算拣了条命。后来,姐姐分配到区党委机关报做见习记者,她被选送至通信学校……

"反正是,就工作呗。"说到这儿,她抬手一捋短发,又出现一双动人的眯眯眼。她没有说自己立没立功。但在小于心目中,这并不意味着她没有立功。

就这些,我的朋友小于就自认为是此次见面的一大收获,"当天夜里我没睡好觉"。为此专门给我写了一封信,把过程说得详详细细,并提到他的遗憾:"分手时都怪我,连手都没好意思握一下。"不过,他说她在外面的山根下掐了一支金达莱花插在他的上衣兜里,"走了一段路之后,还回头向我使劲地招手"。

在这次交谈中,他们彼此都没有涉及"对象"或是"朋友"的话题,但他断定她绝对没有结婚。我太了解我的这位朋友:太质朴、太谦诚。他在信中对我毫不隐讳他的心愿,但又绝对不敢吐露,除了腼腆,还总觉得对人家小庄是"高攀"。

分手之后，仍然是收报发报，拍报还是拍报，明知道对方就是她，咫尺之距，却就是见不着。有时拿起电话，想给她打一个，又怕人家不愿意，或者这会儿不方便，反而使人家印象不好。这类矛盾心情，他写信时都不瞒我。对此，我不好说啥，也不好说是对还是不对。总之给我的感觉是，我这位朋友小于在这个问题上既自谦（我不爱说他自卑）又自尊。也许真实的人就是这样：有些烦恼是别人给予的，而有些则是自找的。

一年多以后，他们这个军从朝鲜回国，小于原先乐观地估计肯定会和小庄碰面的，但出发时上火车没有看到她，过江后在丹东也没见到她，在沈阳欢迎大会上还是没看见她。他纳闷透了：难道她已调到别的部队？或者是因病提前回国？还是他无法料知的意外原因？本来，在这过程中他也碰到过相邻单位的同志，却仍然没好意思向他们打听小庄的情况。这在今天听来也许有点匪夷所思，但在那个年代，对于小于这样性格的一个人，半点也不奇怪。纵然因为个人的"过失"而失之交臂，当事人还是要那样，又有啥办法？

回国后，他被安排到一个海岛要塞部队当了机要组长，小小的"独当一面"。又过了两年，他姐姐给他介绍了一个对象，结了婚，第二年又生了个胖小子。但他在心底里仍没有忘记那位其实啥关系也没有的小庄女士。有一个情节最能说明这一点。有一次他原来的军参谋长，现在是他们的军区副司令员来要塞视察工作，特别来看看他喜欢的小于。不知为啥，小于在老首长面前"放肆"起来，问起后者当年也认识的报务员小庄的下落。老首长说只听说她转业多年，现在青岛一所中学里当高中语文教师，至于是哪所学校他也不知道。但小于对这样一个"线索"也觉得珍贵，这之后在我们同时回老家探亲"失联"数年重新见面时,他向我坦言曾在唯一的一次去青岛出差时,在招待所翻阅电话簿,在一连串的中学电话栏中依次拨打电话,问有没有名叫"庄悦仪"的老师,想以此"撞运气"的办法取得联系,但只拨了四所学校,对方都说"没有",他忽然意识到"我这是干什么",便自惭起来,放弃了这个"寻找故旧"的念头。当时我听了,什么也没说,至少我并没有批评他"自讨无趣"之类。

半个世纪过去了,小于也已离休,有一次他去省城办事,前去拜访一位机要部门的老大姐,他的入党介绍人老毕。在那里不经意地碰上了他只曾见过两面却终未忘怀的小庄。原来她与老毕有亲戚关系,这是小于不知道的;而且绝对不是老大姐的事前安排,完全是偶然碰面。甚至,他们开始还没有一下子认出来。是老毕介绍之后才破例地相互握了手,而且握得很紧,时间也很长。他仿佛在仔细辨认着她。她笑时,眼袋上面托着的仍有一双轮廓不那么清晰的眯眯眼,鬓边白发微拂也似在絮语。

"我老了。"她说。

"我也老了。"他也说。

一时没有别的话说,只有手茧摩着手茧似在传递某种密码。只可惜,多是过期的信息。

停战协定生效的时刻

1953年7月27日,朝鲜战场停战协定正式生效。

枪炮声戛然而止,惊人的平静,犹似多少年后在乡过春节的烟花爆竹,直至正月十五还连天爆响,而十六则倏然消停。

入朝鲜作战近三年来,第一次出现的"宁静"气氛,指战员们还有点不大适应,幻觉中甚至有点不相信这是真的。

然而,千真万确——这是一千多个日夜浴血奋战的结果,是两年来马拉松谈判达成协议的结果。

我军坑道内,仍严阵以待,将军在电话中叮嘱防区的各师团,警惕任何风吹草动。曾创下击杀敌军百名纪录的狙击手,仍在拭擦心爱的枪,那手法很轻很轻。天亮时,女卫生员将在炮弹壳中生的花草,微笑着移出坑道,为让它们感受阳光的温存。

荣立过两次三等功的"老兵"小卫第一次得空遐想:四年前离家前栽的那棵杏树是否已经挂果?应该有了吧,不是说桃三杏四李五年吗?如果有了收成,爷爷尝着这"麦黄杏"一定会想起参军将近四年未回家的独苗孙子。如果明天回国还可以请探假探亲。哦,不不,当心胡思乱想干扰了入党申请。

阵地对面，晃动着钢盔的暗影。对方在想啥？回纽约、旧金山还是汉城、釜山？也或许正思谋再来一次突袭，梦想重复去年山泉池那回的"战绩"。想起那次本连的伤亡，刚提升为连指导员的迟远来就怒气上涌。当时敌我胶着攻防战持续了半个多月，饮用水奇缺，连指导员亲自带领三班战士潜行至左近被剃光的一个锥形山崖壁去抢水，却不料与美李混合的一支特遣分队遭遇，经过激烈枪战，指导员和五个战士牺牲，只有三班长和三个战士带回来几桶山泉水。从此三班长日夜都想为战友们报仇，也巧了，阵地对面经常出现的正是那支美李军混编的特遣队。为此，作为神枪手的三班长和来自贵州山区猎户出身的青年狙击手一起，分别"解决"对面那个美军虾腰队长和李承晚军的"轴承"队副。盯了几天，虾腰队长终于被猎户狙击手最后点了名，而狡诈的"轴承"队副，算他命大，不止一次躲过了三班长的闪击。就在停战协定生效的前一天，还通过大喇叭冲这边穷凶极恶地吼叫："我就是打死你们头领的雷队长，我们的总统说过，就是美国停战我们也要继续干下去。"

现在，三班长不得不把怒气憋在肚子里：恐怕没机会给指导员报仇了。其实刚从副连长升为指导员的洪珊何尝不是这种心情，但作为指导员，他还是要给三班长做思想工作："当然是遗憾，可我们要看大局，毕竟是停战了——我们打败了世界上头号帝国主义霸主！"

这话说得到位，就连美国的"联合国军"总司令克拉克也承认他是"历史上签订没有胜利的停战条约的第一位美国陆军司令官"。所以，我们的指战员完全有理由为此而感到高兴。

高兴尽管高兴，欢呼却仍须谨慎，这是一个轻松而紧张的时辰。看外面天空，晴也许还有转阴；如果下雨，指导员腿上的伤疤还会阵痛。

总之，停战协定正式生效的时刻，感情与理智碰撞，剧烈而无声。

坑道口外，有一棵桃树

尽管只是一棵普通的桃树，恐怕也够得上如今电视栏目中的《天下奇观》。

只可惜，它是在近六十年前，而且是在异国的土地上。但就是那样，也引得坑道内一连战士们的好奇："这是棵啥树呢？是棵神树吧？"也难怪，将近半个月的时间，敌方的炮弹可着量地倾泻，空中飞机饱和轰炸，山头削掉了一两米，哪里有树木，就连一棵草芽也寻不到踪影。一到战斗的空闲时间，同志们就禁不住走出坑道口，回头看所在的793高地，天生爱开玩笑的三班战士小卫一伸舌头说："咦，老美的'油挑子'飞机把我们的高地都剃成和尚头了。"却就在那时，一排长董军敏锐地发现：在坑道口左手三十米处有一棵不大不小、不高不矮的桃树，这时还冒出不少花骨朵。说是他的"敏锐发现"，一点不夸张，长达半个月的血战，一个连队只剩下六十多人，同志们两眼盯着前方，手里的枪口除了盯着敌人，哪里还顾得上左顾右盼？所以连平时不爱说话的"大知识分子"赵文书也连声说："一排长，伟大发现！"

大伙儿惊喜之余，不禁纳闷：一切有生命的植被都被敌人毁灭了，为啥这棵桃树能逃过残酷的命运？是敌人的飞机和炮火还有一星半点的"仁慈",来个"网开一面"?才不会呢,出国作战两年来,同志们可算领教了他们灭绝人性的无所不用其极,就连老鼠、跳蚤、蜈蚣、臭虫都用上了,到处撒布致命的细菌,这样的主儿,还能对一棵桃树手下留情?谁能解开这个谜底呢?小卫说:"这棵桃树命大。"曾经读过《三国演义》等小说的一排长董军又加了个注脚:"旧小说里常有这么句话:合当命不该绝。"赵文书有时偷偷写诗,他的话有点文绉绉的一时听不大懂:"这说明桃树是美好生命永不灭绝的象征。"

　　一场白热化的激战暂告一段落,我前沿指战员仍在不懈地注意敌人的动静。这时,坑道口外桃树上的骨朵就像插空儿展示自己的美,一股脑绽开了花瓣,在小雨中,在朝阳东升中,粉扑扑、嘟噜噜地挤满了枝头,成为整个阵地上的一个奇观。炊事员老魏一面抽着小旱烟袋,一面笑眯了眼睛瞅着盛装的桃树,对身边的小卫说:"就像当日我那新媳妇的红盖头。"如在平常,爱开玩笑的小卫肯定又要逗上几句,但现在却啥也没说,他明白老魏是触景生情,想念久别的老婆孩子了。

　　桃花还没全谢时,部队移防至西海岸,这里由友军守备。停战协定生效后,我们这支部队奉命回国,那已经是夏秋之交的季节了。当列车跨过鸭绿江大桥时,小卫跟一排长又提起那棵桃树,他想象着说:"一定结了好多的桃子,也不知是啥味儿。"

　　排长的表情很深沉,反问了一句:"你说呢?"

　　能是啥味道呢?反正是桃子味儿,不,如果吃起来,会不会也带着硝烟味儿呢?

硝烟裁成的封面

将近六十年前,穿行于硝烟弥漫的朝鲜战场的作家,我清楚地记得有这样一长串的名字——杨朔、刘白羽、魏巍、菡子、华山、西虹,等等。他们虽说不是中国人民志愿军部队的正式成员,但也不啻真正的战士,时刻面临危险,甚至也有牺牲的可能。他们唯一不同于一般战士的重要特征是担当着以笔采写战场上发生的一切,将当时被称为"文艺通讯"的作品迅速传往国内,让广大同胞一睹为快,鼓舞士气与民心。正如我在一首短诗里的诗句那样:"以硝烟裁成作品的封面,将炸弹爆炸声作为插图……"

当然,这绝非他们的特殊偏好,而就是那时的日常生活。我作为一个晚辈和小弟,他们的那些作品生发着我的青春。尽管在这之前,我也读了形形色色的书,但真正将人生的信念与壮烈的生活融入我的血脉的,还应数这样一些作品。所以,我的真正的读书生活亦应从此开始。

至今我仍清楚地记得,魏巍的《谁是最可爱的人》是1951年一天的上班时间(我当时在山东军区机要处工作),《人民日报》总是按时送来,在第一版的下半部,醒目的作品标题赫然映现面前:《谁是最可爱的人》。当即读了下去，最使我震撼的是最后那一段排比句："亲爱的朋友，当你……"怎样怎样，谁都不能不被感动。当时我虽只十多岁，却也懂得，一般文学性的文章，大都在副刊发表，而此篇文字，却破例地在头版刊出，看来真是非同寻常！自那以后，"最可爱的人"就成为中国人民志愿军的代称和爱称，而且很快便在全国人民中叫响。

在那期间，另一脍炙人口的作品则是杨朔的《三千里江山》。杨朔同期及在这以前，当然也写了一些文艺通讯类的文章，但都没有这部迅速反映抗美援朝的长篇小说轰动，虽然它只不过十几万字，可那时就是公认的长篇小说（或者称为"小长篇"吧）。我记得在1953年春夏之间，当我因工作太忙而累得吐血，与一张姓同志在军区大院里的一间小厢房中休养，他在新华书店买了一本《三千里江山》，便读得着迷，一边读还一边发表议论："真好，真动人。"说着说着，再一看他，竟眼泪汪汪的了。看来他真的是被深深地打动了。他"突击"看完了，自然又传给我看。我看时虽达不到张同志那样的激动程度，却也觉得的确是真切感人，而且我最佩服作者的是，战争还在进行，他就写出了长篇小说，未经太多沉淀，写到这种程度，实在是难得。当然，从另一方面说，浴着硝烟，听着枪声，也许更能荡起心中激情，使作品的现场感更强。书中的老铁路工人和单纯热情的小朱姑娘，形象栩栩如生，音容笑貌如在近前。可见真实的生活对作家的感情触动是多么重要。当时我书还未读完，外面的同志即来向张同志借书，竟使这本小说传看得难以追回。也许在今天，人们对杨朔这位作家印象最深的是散文，而对这部《三千里江山》可能知之甚少，其实他散文"火"的时间是在数年之后。

另一位生长于苏南茅山革命根据地的女作家菡子，其散文作品是另一种风格：感情深挚而文字绵密结实，篇幅大都较短，却分量不轻。她来到朝鲜战场，绝不是首次经历火海硝烟，早在抗日战争期间，她就以新四军的女"小鬼"而投身戎马。此次跨过鸭绿江，可以说是再闯战阵。20世纪70年代末，我为《散文》月刊组稿去上海拜访这位女作家，说起当年读她在朝鲜战场写的那些散文，她淡淡地一笑说："那都是些急就章。"

还有不少作家写的那些战场报道，当时多称为"文艺通讯"，以今天的体裁归类，主要应属散文或纪实文学。

如今他们大都已作古，其作品（书籍）在图书馆里或已"离休"，然而，书可以不再版，书中蕴含的灵魂却不可尘封太久，在我——作为相识或不相识的晚辈和小弟，也许不必每年清明都到墓地祭扫，却不妨重温一下当年的读书印象，写一篇回忆文字，让昨天与今天在心灵与笔尖上合拢。

温故而知新，此更应如是。

我亲历的解放区岁月

《解放区的天是明朗的天》。

这是在20世纪人民解放战争期间流行于解放区的一首有名的歌曲。甚至，当时也为国统区的人民所熟悉。因为，有影响的声音是千山万水乃至人为的藩篱所阻挡不了的。以"明朗"二字喻解放区的大环境，从本质上说是最恰切不过的，由此反观当时在蒋介石反动集团阴云笼罩残酷压榨下的国统区，解放区应该说是一方得以自由呼吸的净土。

人们知道抗战期间，我党领导下的地区称为抗日革命根据地，抗战胜利后的解放区自然是原先根据地加上我军从日、伪、顽手中解放的广大地区。除了国共谈判"双十协定"我方在南方主动撤离的一些地方外，解放区的面积无疑较之原来已大大扩展，其中还包括为数可观的一些中、小城市。如果说30年代初期我党在中央苏区成立了以江西瑞金为中心的中华苏维埃政府，作为未来建立全国政权的红色雏形，那么十多年后的解放区已为新中国成立后人民共和国政治、经济、文化教育以至政权、组织建设等方面奠定了坚实基础。

说到解放区，就不能不提人民解放战争（起初称为自卫战争）。事情的发展也是如此，日本投降后，蒋介石即急不可耐地纠集四百三十万大军,向解放区发动大举进攻,以图从人民手中夺取抗战胜利果实,进而消灭我党领导下人民军队,实现其在全国范围施行反动统治的罪恶图谋。而我党我军和解放区人民则针锋相对、坚决回应,解放区成为人民革命战争的可靠依托,反过来革命战争又捍卫了解放区和解放区人民。所以说,解放区与解放战争密不可分,正如人民军队与人民犹如鱼水关系,人心向背的至理也在于此。

深感幸运的是:我的童少年时期,正是在解放区成长的,我生活于此、学习于此、劳动于此、斗争于此。我人生的方向、政治信仰、基础知识、做人准则,大致都奠基于此。所以我一直坚定地认为:抗战末尾和解放战争时期是我人生历程的黄金时段。不是因为物质,而是因为精神;不是由于得意,而是有了人格;不是额外享受,而是长了斗志;恰是因有艰险,反觉更有价值。这段时间自1944年冬季开始至1948年,一千几百个日夜,我的心与解放区紧紧连在一起。我地道是解放区的水土和解放战争的硝烟哺育成人的。

我所在的地区就是胶东解放区下属濒临渤海湾和莱州湾的一个秦置古县——黄县。我县1938年被日寇占领(当时国民党政权和军队弃守逃窜),但我党领导下的革命军队仍一直在南部山区一带坚持斗争。1944年下半年后,由于世界反法西斯战局的发展,县城及西面龙口港的敌军大都调至太平洋战场,力量大大减弱,城西我村一带,已渐为八路军武工队和地方政府人员渗透控制,故而已成为实际上的解放区。1945年8月日本投降后,全县即全部光复,中间唯在1947年秋季一段时间被大举进攻的胶东解放区的蒋第8军李弥部侵占(两个多月后逃窜至青岛),始终为相当稳固的解放区。

当时的胶东解放区的党政军领导机构为胶东区党委、胶东行政公署和胶东军区。其中胶东军区司令员自抗日战争到解放战争一直为著名战将许世友所担任，政治委员（也是胶东区党委书记）为本地脱颖而出的领导干部林浩同志。下辖东、南、西、北四个分区（包括地委、专署和军分区）。我县属于北海分区，与辽东半岛南端之大连、旅顺隔海峡相望。这里有必要多赘一笔的是：战争年代的区党委和行政公署是介于省（或大的解放区）与分区之间的领导机构，如"胶东区党委"，新中国成立后的50年代初即告撤销。这类专用机构的名称是一个字也不能少的。现在我见有写当时经历时，竟将"区党委"写成"区委"，那是一种错讹，因为县的下属机构才是"区委"。

在新中国成立前，我与许司令及北海地委书记兼军分区政委刘坦、军分区司令员孙端夫（1950年冬27军入朝鲜时任81师师长）等首长都曾见过面，有的在新中国成立后还多有接触。但一般工作的接触我在本人的作品中均未提及，而只有那种表面上看似小事，却使我触动肝肠影响一生者，便不能不以专文记叙。但对战争中与我一起斗争、启我前行的普通党员和长辈则放手书写，如此便绝无借名"叨光"之嫌。

就我个人而言，之所以在那些年中能够心情舒畅、健康成长，小小年纪甘愿付出一切，毫无疑问是得益于解放区良好的大环境，比较公正、平等、讲理的社会风气和人际关系，正气上升、邪气难行的社会秩序，这一切都使我耳濡目染，深受感动，虽无物质收益（我家为中农），但时刻感受到精神鼓励，用我们老家的一句谚语表述："有钱难买愿意。"几乎是日夜浸润于积极向上的心情之中，始终为感恩思想所驱动。正由于当时解放区良好的社会生态环境，领导干部的思想作风、军民关系及农村党员的表率作用和献身精神，从而便可得出广大人民群众何以一心向党，共同对敌的根本结论。

无须赘言，当时的中国总的来说正处于经济贫穷落后的状态，而受到国民党重兵挤压、严重经济封锁的人民解放区面临的困难更可想而知。党政军民日用物资奇缺，至今我记得还很清楚，仅举两例：抗战胜利后联合国救济总署通过烟台等港口运至解放区一批衣物和文化用品，部分区县干部有幸分得蓝色和咖啡色的卡其布上衣便觉得有几分时尚；学校师生能在新华书店买到一点美国生产的卷筒型"大板纸"亦引为幸事。因为，当时解放区生产的"一面光"大板纸太薄太脆，书写时稍一使劲就有可能被捅破。但所有这一切终归都是"小菜"，解放区人民在"自力更生、努力生产、勤俭节约"的精神鼓舞下，创造各种条件在自己仅有的土地上挖掘潜力争取较好收成，不仅基本上保证了起码的温饱，还如期完成了上缴公粮的任务。那几年间，在我们那片地区，主要的食品种类是玉米、高粱面饼子、小米、玉米和大豆粥；白面很珍贵，只在麦子刚下来时尝尝鲜儿，再就是年节满足口福，但绝大多数农户都没有像后来"大跃进"之后的"三年困难时期"那样去吃野菜和树皮。就连掌握政策好的地区被土改"复查"的地富之家，因已经留给了他们相应的土地，只要自家勤于劳动，也能过上相应的温饱生活。

党和解放区政府在那些年也采取了尽可能的有效措施，以活跃经济促使人民群众生活的改善，如农业生产中的互助组，商业上大办合作社，推动健全的乡镇集市贸易，春秋两季在县城举办盛大的物资交流大会，等等。我在当时就很奇怪，尽管敌人封锁，但上级有关部门却能想方设法从蒋管区城市购进"肥田粉"（化肥），在县城合作社限量地卖给农户，在当时确实是有效地增加了粮食产量……

在政法工作与维护社会治安方面，我的感觉最突出的利民福祉可谓有口皆碑。县里有公安局（局长大都由副县长担任），区政府设专司治安的工作干部，村里有治安员，大都由民兵队长或自卫团长担任。另外，县里还有县大队，区里有区中队，这些地方武装每遇到特殊情况都能打得上、镇得住。在1944年前敌伪占领时期，我县一度社会秩序很糟，地痞、流氓、匪徒趁机作乱，夜间专抢良家小户，百姓苦不堪言，而自1944年冬天之后，逐步被震慑下去，后来这些闹事成性的歹徒由不敢闹到不能闹。广大善良的百姓说："共产党和人民政府才是真正的包青天。"

文化建设也相应跟上去，那几年我县的文化馆、图书馆、新华书店搞得很好，四乡稍有文化的村民进城赶集，捎带都要到图书馆借书，到文化馆看书看报。我记得县城里文化馆、图书馆甚至工会、妇联门口的报栏前总是围拢着许多看报者，可见求知和关注时事的人们心气之盛。其他的文化活动，如军分区文工团也常到四乡为乡民演出；县城戏院除敌占时期外，"大戏"（京剧）演出始终未停，下午和晚上各演一场且上座率甚高。大多数村镇的"同乐会"也很火爆，除农忙时节外从未消停过。

至于教育方面，也是解放区的强项，我县民国以来，新学甚盛，有些重点小学远近闻名。我县教育科李科长（名字我忘记了）有一句口头禅"师资是教育质量关键的关键"。由于特殊的地理和历史等原因，我县师资优势明显，可惜当时中学只有初中，本县中学无高中部，附近城市只有烟台有高中，限于路途和交通条件，一般农户子弟无力前去就读。但在可能条件下，县区领导都非常重视教育，有一项举措坚持了多年，即高小毕业生实行全县会考。我参考后获得了由县政府颁发、县长签名的奖状，一直爱护备至。敌占期间我将它装进一个铁盒，由于缺乏经验，又将铁盒藏进炕洞里，敌军逃窜后我取出来，发现奖状已被灶火烤焦矣。但不管怎么说，解放区的教育使我打下了比较扎实的学业基础，加之参军后在机要岗位边工作边勤学，以至只断断续续上过两年初中的我，1956年居然考取了南开大学中文系。

现在回忆起来，解放区时代最明显的短板是医疗方面，当时只在县城有一所设备简单的公立医院，某些乡镇有私人开的小医院，再就是个体的中医了，所幸那些年月如癌症之类的重症很少（也许是限于条件未得到检查），不然的话，如需开刀动手术则基本无计可施。

但从主要方面来说，解放区是物质生活清苦，精神生活充实甚至富有。作奸犯科者少，刑事案件尤其是命案极少发生。因我的社会活动较多，可谓是"消息灵通人士"，如果发生了大案要案，至少在本县范围我是会听说的。但生产中的意外事故曾有发生，我村的一位打井老把式和他的外甥就在为人淘井时被井壁塌下的沙土掩埋而丧命。因为生活窘迫而自杀的事件也未曾听说过，倒是有一名恶棍平素以讹诈良家小户为生，这时群众提高觉悟，又有民兵为之撑腰，恶棍讹诈不成，又不肯自食其力，最后便服毒自尽。还有，各种命案的减少，与基层领导善于掌握政策、缓解矛盾、合理解决存在的这样的或那样的问题有关。在我村，这样的事例就不少，原是我班的政治课老师，后来"参政"做了区干部，称为"解铃丁瘸子"（因其当兵打仗造成跛足，群众赠之以昵称）。所以说几十年前解放区时代的许多工作方法和精神遗产，后世仍有借鉴价值。

不过即使像我县这样比较巩固和健全的解放区，特殊形式下也会遭到或轻或重的冲击和破坏，使之失去原有的安定，甚至导致形势向反面发展。其一是因为土改"复查"中的过火行为，"左"的倾向发生，大量侵犯中农的利益，于是人心不稳，思想严重混乱。其二是最具灾难性的，这就是1947年秋蒋军以优势兵力向胶东解放区大举进攻，并侵占了半岛几乎全部的城乡，解放区处于空前的浩劫之中。敌人目的在于"捣毁华东共军之后方老巢"，因此军纪败坏的"中央军"烧、杀、奸、抢无恶不作。还乡团尾随其后，进行反击倒算、疯狂报复。虽然因为敌军战线太长，不久进攻态势即被打破，但解放区（包括人民生命、财产等）遭到了惨重损失。正如当年苏区反围剿不可能完全"御敌于国门之外"，解放战争中之我军也不可能完全"御敌于解放区之外"。因为当时敌强我弱，正确的战略战术只能是在节节阻击中予敌之有生力量以杀伤，忍痛放弃一些解放区的土地，我主力转移至外线待机歼敌，或揪住敌之尾巴，使敌首尾不能相顾，被我逐步一一吃掉。最后收复失地。当然在这个过程中解放区人民肯定要付出很大的牺牲，另一方面，也进一步使他们看清了蒋家"中央军"极端凶残的真面目。笔者曾在唯一的古体诗词集《九秩春秋》中《相见欢·军民情》一词中曰："敌占数月阴天／放眼难／不意皎轮实现空前圆／更未料／炮声远／有人喧／竟是亲人如梦到眼前。"

最后，笔者意犹未尽地补述一句：既是一个解放区的亲历者，应有深情更有责任写出这一切。啊，我的难忘的黄金岁月！

一个夜晚跨越了一个时代

对于我个人和我们那个地区来说,一个不平常的夜晚仿佛跨越了一个时代。

那是1944年深秋,我在本村初级小学上学。记得当时刚刚收了秋庄稼,早晨已有些凉意。这天,我照例背着书包走出家门,向东走一段路,再一拐弯就来到村小学。就在必经之路上——李家街南北两侧的石灰墙上,我突然发现写满了大黑字的标语。这显然是昨天夜里写下的。每条标语后面署的都是"县各救会"字样。当时我并不明白是什么意思,稍后我问过路懂行的大人,才知道这"各救会"就是"各界抗日救国会"的简称。由此推测,就是抗日政府宣传部门和武工队写的。这时县城仍为日伪所盘踞,这是抗战以来抗日民主政府第一次在距县城仅五里之遥的村庄亮出了鲜明的"旗帜"。

我当时的心情只能用"惊喜"这个词儿来形容,而且不是一般的惊喜,是真正的"非常惊喜",却不敢"若狂",只能是不声不响一条一条地看下去。这完全是出于一种本能,是从心底涌出来的激动的热流:长时间以来,自己和家庭所受到的欺侮和屈辱,仿佛都在这短暂的时间内得到了部分的宣泄,童心中蕴藏着的不平之气也借着这些标语得到了一定的伸张。

这些标语主要写的是——

苏联红军和英美盟军已打到德国边境,希特勒法西斯的末日就要来到了!

我八路军和新四军已展开了局部反攻,日本鬼子离最后完蛋的日子不远了!

各界爱国同胞团结起来,迎接大反攻的最后胜利!

……

我默念着这十几条标语不知过了多少时间,但估摸着也有一个钟头吧。突然,心中不禁一震:那个被财主恶霸的恶少们操纵的班主任"邢老头",没事儿还尽找我的碴儿,今天我这一误课迟到,他还不知道怎样处置我。但我一咬牙,豁出去了,我是准备狠挨一顿板子的。于是,我加快了脚步,跨进校门,直奔课堂。十几条标语给我的力量,就算揍个半死也值了!

然而,当我提着一颗心走进课堂,也怪了,正在堂上讲课的邢老师先在老花镜镜片后面端详了我一会儿,便一努嘴,示意我到自己的座位上听课。看样子,预料难免挨一顿板子的体罚意外地被赦免了。

不但如此,就从那天开始,班里那些平时任意欺负我的财主恶霸的恶少(包括校董"邢二爷"的儿子们),气焰明显有所收敛,而被他们唆使和威逼对我"格外垂青"的"邢老头"也变得沉默了些。他们好像嗅到了一种什么气息,感受到了一种不利于他们的气氛,无劲也无暇拿我取乐了。

又过了一些日子，从大人口里陆陆续续地听到：一些最有钱有势、平时作恶多端的地主恶霸，已暗暗将他们各自心爱的少爷公子送到敌占的海港城市青岛。听说所雇的自行车"脚钱"每趟是一个"小宝"（一两金子），四百多里，需两天才能到达。

与此同时，我隐隐感到生命中的曙光即将到来。虽然从表面上看，一个安分守己的农家与我自己什么变化也没有。我除了上学读书，就是拾草、打水，抱着磨棍推磨等，但内心已燃起一种新的希望。

这是我在什么时候都会铭记的一个深秋——一个孤独的小孩在清静的村街上仔细地咀嚼着一条条的标语，寻找和期盼着更多的好消息，心里激荡着有生以来从未有过的喜悦和一种相知的剧烈而温馨的碰撞。

也就是一个月后，一个飘着雪花的清晨，是不上学的星期天，在村小学的西墙外，我看到有三三两两的村民在交头接耳。哦，原来墙上新贴出一张布告。因为县城还在敌伪控制之下，人们如此嘀咕，我猜想多半是"八个点"的布告。当时我们这片地方，如涉及共产党和八路军而不便于出声时，便相互张开拇指和食指，以"八"示意。

当我挤进去细看，果然是军区司令部和政治部的布告，恰恰就贴在上月伪"县知事"的一张"强化治安，防止赤化"布告的右上方。我方布告的主要内容是：鉴于国内外反法西斯形势的发展，号召胶东全区军民进一步团结一致，向敌伪盘踞的据点和城镇发起攻击，光复我们的国土；敦促伪军官兵迷途知返，认清形势，争取光荣返正，携械来归，立功赎罪；敌占区和边缘区的地主富农与伪职人员也要认清形势，停止作恶，不要心存幻想，准备在新中国成立后，实行减租减息，缴纳公粮，支援我军，做守法的村民……最后还号召边缘区和暂时未解放地区的有志青年参加人民军队，在大反攻战斗中立功。

布告的署名是：司令员许世友，副司令员袁仲贤、吴克华，政治委员林浩，副政治委员彭嘉庆，政治部主任欧阳文。这时同在看布告的张校长显得兴致勃勃，他好像全无顾虑，告诉我说："这些首长里头除了林政委是我们胶东本地产生的以外，其他的全是南边过来的红军干部。"这是我第一次知道"红军"这个词。张校长作为一位爱国青年，一直追求进步。就在半个月前，他从南山根据地带来一些革命报刊，中途被伪七区便衣查获，抓进县城，幸而有他作为乡绅大户家庭的保释，才得以活命，但看来他并没有因此而退缩。

不知什么时候，住在就近的一家李姓富户的主人也站在我侧后，他瞟了布告几眼，然后脸色阴沉地与张校长勉强打了个招呼，转身离去时，又与从北面而来的"土棍"邢某打了个照面。这时邢某手臂上擎着一只鹰，问了李富户一句："怎么，来真格的啦？"李富户在鼻子里哼了一声，又摇了摇头，一转身，关上了两扇沉重的大门。我当时曾经想过：为什么李富户和张校长同属富户人家，张校长面对这布告，喜形于色，而李富户却是那般沮丧与仇视，他们的态度竟有天壤之别啊。

一个夜晚是十几条标语，又一个夜晚的布告是那个夜晚的后续。这个夜晚跨越了一个时代，我有幸见证了这个从黑暗到光明的跨越。

言及此，我还想做几句交代，也许是"添足"之笔，但可能是为了追求完全的真实。这就是我所知道的布告中各位首长的后来情况。请原谅我的拉杂。在新中国成立前的战争年代，我只见过许世友司令员。后来他是山东军区司令员，我是军区司令部的一名小兵。若干年后我写过一篇《我所接触的许司令》。林浩政委与我同是胶东人，但直到20世纪50年代初才见过一面。当时他在南京工作，赴京过济时许司令接待过他,我作为一名小机要员在军区大院见过一面。有老同志指给我:"他就是战争年代咱们胶东的林政委。"彭嘉庆同志后来又是山东军区副政委,我听过他的报告,是远距离的,没机会对话。袁仲贤副司令员离开胶东较早,新中国成立后又转入外交战线,当过驻印大使和外交部副部长,他1957年就过早因病辞世,始终无缘见面。吴克华副司令员和欧阳文政治部主任两位抗战胜利后即率领部队渡海到东北战场。当时虽然就从离我村很近的小港上的船,但我当时还是个孩子,人家大军又是秘密行动,因此可以说是"失之交臂"。他们两位都是著名的塔山阻击战的著名将领(逝世后骨灰也应本人请求安葬在塔山)。附带说一句,20世纪90年代后期,一部写军事的书在人民大会堂举办讨论会,欧阳文将军也参加了,我有幸在他晚年见了一面。将军高龄而卒。

几位将军前辈俱已离世而去,他们在我看到的布告上英名齐集距今已整整七十年。那个夜晚出现的大标语和大布告,却是预示黎明就要到来的闪电。他们与他们领导和指挥下的战斗着的军民,都是从夜晚跨越至光明的有力推动者,也是我和我们那片地区命运转换的施恩者。我从来未敢忘记七十年前那个清晨,我衷心感慰前辈战斗者和牺牲者的恩泽。记忆没有距离,真情忠于历史。我觉得我不是在写"作品",而是在记录良心。

"危险品"在身,有惊无险

1945年春,我在距我村一公里的九里镇完小上五年级。有一天放学回家前,孙校长把我和同村的田守仁同学叫到教室里,低声说:"交给你们一个任务,将南山根据地送来的胶东《大众报》和抗战刊物《胶东大众》,带给本村初小的张校长。"夹带方式嘛,是绑在我腰间裤带上,外面有夹袄遮着,还不大显眼。孙校长还嘱咐我们:"走路时和平常一样,越自然越好。不遇到什么人更好,遇到了只管往前走就是。"

当时我心想,未必能碰上鬼子和"二鬼子"(伪军)。因为我知道,这时候城里的伪军,大部分都成了避猫鼠,躲在城里不敢出来,只怕中了八路军的埋伏;至于"真鬼子"(日军),自从这两年太平洋战场吃紧,陆陆续续都调走了。有人甚至说,只剩下一个"指挥官"和一个小队。倒是三十里地远的龙口港,日军还有部分重兵在"确保"。

我这样想着,出了九里镇北村头,但只走了半里地光景,糟糕,担心什么,什么就真的来了。只见一个中队规模的伪军从麦田里斜插着由西向东过来了,为首的显然是中队长,挎着盒子枪,随后是扛着"歪把子"的机枪手,气势汹汹,越过我们走的南北村路奔向县城方向。

当为首的那个贼眉鼠眼的中队长盯了我和守仁一眼,我因有心理准备，并未惊慌，只是放慢脚步，让他们统统通过。那伪军头目走过去后又回头打量着，我们仍然装作什么事也没有似的，不去理会。就这样，万幸没有被他看出什么破绽。

我看这支队伍的气势，猜想八成是县保安大队的八中队。听孙校长说过，这一阵子只有八中队还敢出城骚扰、抢掠，原因是在驻城的伪军中，以八中队战斗力最强，中队长邢××凶悍残忍，死心塌地效忠主子。别看他个头不高，体形小巧，却不知怎么弄了个外号叫"邢大头"。

再往西望，夕阳下有几个村庄仍在冒着烟柱，显然是刚才那股二鬼子烧杀抢掠后留下来的。最近，敌人已把离城稍远一些的村庄列为"准治安区"，就是说已有被"赤化"之势。

我们到达本村，先把报纸和刊物送交初小的张校长。他掂着手中的宣传品连连说："不容易！不容易！东西虽轻，分量忒重啊。"

事情往往就是这样变化无常。无独有偶，两年以后，完小的孙校长和初小的张校长由于各种各样的原因，从具有抗日爱国思想的人士一变而为蒋军羽翼下的还乡团分子，此是后话。

故乡抗战的最后一役

在靠近解放区，甚至就在解放区军民包围的敌占城镇，直到日本天皇宣布投降的数日乃至数十日之后，日军仍不向我中国共产党领导下的人民军队投降，而顽固地等待国民党"中央军"前来接收才肯放下武器。这是我亲历过的，就在我的家乡——渤海湾和莱州湾之间的港口，龙口。

龙口，位于山东半岛西北部屺姆角，第一次世界大战期间由民族企业家自行开港，但随即就遭到日本军国主义者的摧残。当时日军为攫取德国占领的我国青岛，于正面进攻不克之后，便从龙口登陆，意在抄后袭取青岛。1914年9月3日，兽军三万余人在龙口城乡大肆抢掠奸淫，杀害无辜百姓，然后沿黄（县）青（岛）公路南下迫使德军投降，青岛和胶州湾又为另一外国强盗侵夺。七七事变之后，日寇再次在龙口登陆，蹂躏达数年之久。鉴于龙港地位之重要，日寇意欲大举经营，最多时驻军一个大队（一说是一个联队）。1944年之后，据说日军大本营方面即使在危急之时放弃本土，也要死守朝鲜半岛、辽东半岛和山东半岛，环黄渤二海做困兽斗。

一个重要的证据是，自1943年以来，日军就在龙口北沙滩修建大型的火力发电厂，高矗于半空的乳黄色的烟囱在距此十几里外的黄县、招远都能望见，足见敌寇打算在此长期坚守。后来，由于太平洋战事吃紧，不能不从这里暂时抽调兵力，但直至日本投降前，驻龙口的日军兵力也在两个中队以上（另一说是一个不足数的大队），而且武器装备强于一般的部队，除迫击炮、轻重机枪外，还有九二步兵炮等重武器多门。随着世界反法西斯战争的形势愈来愈不利于他们，龙口的守敌自然也加强了戒备，对进出港区的人加紧盘查，以前由此往返于大连、天津、烟台、秦皇岛的客货轮也受到很大限制。

1944年与1945年之交的一个事件极大地震动了龙口及附近的守敌，也极大地鼓舞了抗日的军民。龙口伪军警备队中的一个小队在小队长李某的带领下，于一个深夜投诚。这一是因为我根据地军民宣传工作的感召，二是平日鬼子对他们的欺侮压迫使之忍无可忍！他们采取的行动方式也够痛快淋漓，是在深夜假借报告军情，突袭刀劈了日军中队长和中队副，并击毙了欲开枪反抗的中队长太太。然后这个小队携械奔向南山抗日根据地，受到了根据地军民的热烈欢迎。

尽管在日本天皇宣布投降后，延安中共毛泽东主席和朱德总司令督促华北、华中的日军向附近的八路军和新四军投降，停止抵抗，放下武器，但胶东半岛的日伪军大多还是在我军强攻下才不得不放弃所盘踞的城镇和据点。其中日军大都仍坚持抵抗而被歼或逃窜至大城市。我县县城这时据说只有一两名"指导官"，已难以控制伪军的行动。故伪保安大队千余人在大队长林香圃带领下开出城外，向我军投降。但龙口港的鬼子仍顽固拒降，倚仗多年修筑的坚固工事，如梅花式的子母碉堡和远胜于我地方武装的火力决意一拼。

在这一阶段，我胶东军区直属的主力部队"老13团"等部基本上集中于半岛腹地莱阳、平度和胶济铁路沿线的胶县、高密一带，担负主要攻守任务。而北部烟台、威海等重要海港城市，大都是分区部队东海和北海等独立团收复的（当时胶东半岛划分为东、北、西、南四个军分区）。攻击龙口的战斗任务由北海独立一、二团担负并在黄县独立营配合下于初秋的一个夜晚开始打响。虽说我分区部队缺乏重武器，迫击炮和重机枪比较珍稀，但士气高昂，对上级的战役部署有深刻领会：争分夺秒、步步推进，尽量提早攻取港市；以防拖延时日，蒋军乘美舰赶至制造麻烦。

在两昼夜的激战中，炮弹的轰击与炸药的爆破震天动地，农家的糊窗纸如小鼓噗噗作响；机关枪如炒爆豆分不出点儿，炒焦了海滨和港市的每分每秒。白天是听觉上的各种判断，夜晚是视觉上的红云紫雾。"听！又炸掉了一个炮楼！"至今我也未考证得出，为什么那年月的乡亲们硬是要将我军自制的炸药叫作"地瓜药"？弄得我们这些孩子竟猜想炮弹真的是地瓜面做成的。不知当时是谁的一种调侃而以讹传讹，还是一种误解而不经意地流传开来，反正至今我也未获知这种叫法的最初出处。至于我军炸炮楼被称为"坐土造飞机"，则是我军民的一种称心快意与对敌人的无比蔑视。

"嗯，这一轰至少一个班的鬼子坐了土造飞机！"我村的秘密老党员，支前总指挥老梁一面指着西边海滨的方向，一面清点担架队员和运输队员。我父亲此时已五十多岁，曾在东北做工、做小买卖多年，受尽日本关东军和伪满宪兵的欺凌毒打，他本来参加了解放县城的担架队，因县城兵不血刃而未能用上，归途中雨夜道路泥泞失足滑进水沟，被县独立营的一位排长救起，现在仍一瘸一拐不能再去。我向老梁请求替我父亲去抬担架，老梁一摆手说："你太小，抬不动。"但随后他注意到我有些失望，又宽慰我："你留在村里，好好想几条解放县城和龙口港的标语词儿，等我回来写出来张贴到九里镇大街上，越显眼越好。"我高兴了，便说："谢谢二叔。"

我村距龙口港仅十五公里，至第三日拂晓，枪炮声已基本停止。乡亲们一大早起身奔走相告："解决了！解决了！""解决"，这是流行于解放区军民口中的一个时尚词语——我们胜利，而敌人被消灭了。喜讯来得那么快：所有龙口港城据点的全部炮楼，基本上都被我军爆破荡平，只对鬼子的一座超高超大的母堡，我军以超量的炸药连续三次爆破，两位英勇的战士牺牲，才只炸出一个大口子。后来我军召开了一个"诸葛亮会"，最后做了土造坦克，倒上豆油、花生油推至爆炸口，点燃起熊熊烈火，将震得够呛仍不投降的十几个东洋武士彻底送回了老家……

最后的一个场面是我村民兵队长，小名"七四"的田大哥回来告诉我们的：穷途末路的十来个鬼子军官打光了子弹，在所谓"武士道"精神的鼓动下，胁迫眷属，带着武器集体投海。龙口的近海本不算深，他们由浅入深，渐渐没顶。我军指战员基于人道主义精神，因敌注定走入绝境必死无疑，没有再以枪炮击杀。此举得到了人民群众的认可，但有的民兵提出：他们中水性好的愿意入海捞取敌人的枪械。此事不知最后是怎样解决的。

一个典型的战例在此创造，这是胶东我军以分区和县的地方武装攻坚克复的重要港城，成建制歼灭日军及迫降伪军的一个漂亮仗。对此，《毛泽东选集》第四卷中载有《中共中央关于同国民党进行和平谈判的通知》一文中说："两星期来，我军收复大小59个城市和广大乡村，连以前所有，共有城市175个，获得了伟大的胜利。华北方面，收复了威海、烟台、龙口、益都、淄川、杨柳青、毕克齐、博爱、张家口、集宁、丰镇等处,我军威震华北。"可见,龙口的解放不是无足轻重之举。

后来,我曾写过一首攻克故乡港城的诗,记得最后一节的四句是:"拂晓,海面一片狼藉／残敌与武士道精神一同殉葬／村里的担架队回来了,插空抽袋烟吧／谁知这是不是最后一次出征。"

果然在不久之后,蒋介石在美国后台老板的大力支持下,空运李弥所部之第8军至潍县(今潍坊市),海运阙汉骞所部之54军至青岛,虎视眈眈地以钳形攻势夹击我胶东解放区,叫嚣在"国大"召开前拿下龙口。没料到这样一个不大的港城,在国民党中央最高统帅部的战略棋盘中还是一个相当重要的目标。我解放区军民又将在另一场决定中国命运的大搏战中,不得不接受这极其严酷的挑战!

我个人的十一二岁的时光注定要在战火里度过,看来真的是"战争中没有小孩"。

反法西斯战争的胜利解救了我

有时,在静夜难寐时我问自己:你对人生的坚定信念开始形成于何时?回答是小时候备受欺凌而幸喜被共产党八路军拯救的时候。而那时候,正是反法西斯战争全面胜利的前夜。

我在初小的四年中,除了学到应有的基础知识外,一千几百个时日可说是与屈辱联系在一起。由于我家无钱无势,在全村只有一家姓石,又没有亲族的帮衬,所以格外受欺负。比我年龄大的乃至同龄的有钱有势的大户学生,合伙变着法儿来欺侮我。其中一个因素是嫉妒我念书好,另一个根本原因不能不说是"阶级"的因素了。

我那时几乎每天放学回来脸上都带伤,那些恶少无缘无故地找碴儿打我,课间休息时逼我为他们"拉犁",往我脸上抹秽物。明明是他们扯乱了老师种的牵牛花,几个人硬往我头上栽赃,说是我作践的,结果使我挨了板子。我从那时起便过早地尝到诬陷是什么滋味。还有一次在午饭后,几个恶少追打我,迫使我越桌而躲,结果摔在地上,又经历了一次"死"的体验,苏醒过来后竟不知是什么时辰。冬天里他们将我挤在靠门的地方,最先受到风雪的侵凌。考试时明明是我考了第一,他们又胁迫老师重考,搅得我心烦意乱,搞错了一个字,便由第一降为第二,他们才称心开怀大笑。其实老师们大多也是出于无奈,那些恶少的家长都是校董之类,如果违拗他们的摆布,就可能丢掉饭碗。我放学回家每每向母亲哭诉,母亲带我去找恶少的家长,当然毫无用处,有一次还差点被他们家的厉犬咬伤。

但有钱人家的成员中并不是完全没有好人。四年级上半年有一次上"修身"课时,有一个恶少寻衅欺我,把我从座位上挤出来,一位姓张的比我大几岁的小姐挺身而出,当堂指斥这个恶少,为我抱不平。她事后还受到恶少们的讥讽,后来便离家出走,毅然参加了八路军。

正当我童年时期备受煎熬欲逃无路时,命运的拯救者突然降临。

1944年冬季,有一天早晨在上学路上,我惊喜地发现石灰墙上写满了大字标语:"苏联红军和英美盟军已打到德国边境,希特勒法西斯就要垮台了!""我八路军新四军在各个战场展开局部反攻,广大人民动员起来,迎接大反攻的到来!"看了十分振奋,好像久已盼望的日子已经到来。也真怪,从那以后,老师们对我的态度便开始好转,那班欺负我的恶少威风大减,不久便纷纷退学。当时县城虽未解放,实际上我们这片地方已为八路军和人民政府所控制。

第二年,我升到离我村一里多地的九里镇小学上高小,随着日军的无条件投降,县城也随之解放。那些有钱有势的恶少纷纷逃离家乡,跑到当时敌占的青岛。老师和校长大都很器重我。我在努力学习功课之外,也积极参加解放区当时的种种社会工作。本来我不大愿意出头露面,一当众讲话就脸红,可能是小时候被欺负扼制得太久的缘故,过于腼腆和拘谨了。但老师断定这不是我的"本性",就一再启发、鼓励我,在"一二·九"纪念大会"逼"我上台演讲,又走出校门,到九里镇集市上当众进行革命形势的宣传。果然,这种"赶鸭子上架"

的结果，使我克服了过分羞怯的弱点，锻炼了口才，见了世面，经受了风雨的洗礼。从这时起直至以后的若干年头，我都在学生会和青年团的组织里担任负责工作。特别是当国民党反动派发动全面内战，解放区形势恶化的日子里，我参加组织演剧队，夜间搞"土广播"，爬到村里大庙的房顶上，拿着大号筒子向乡亲们宣传战争的形势，树立"蒋军必败，我军必胜"的坚定信心。当时，龙口港外渤海上敌舰在打炮，头上是国民党夜航飞机掠空而过，但"土广播"的声音没有喑哑……这是些艰辛的日子，但也是扬眉吐气、充满传奇色彩的生活，一个人挣脱屈辱的枷锁，投身斗争浪潮之后就会勇气倍增。

的确，反法西斯战争和人民解放战争的胜利也把我从水深火热的境地中解放出来。共产党的甘霖医活了我备受凌辱的创伤，又滋润着我的心灵，洗涤着我的明眸，使我坚定地走上人民解放之路。这一切不只是通过书本给我的，更是我切身的体验。而这，也是一种刻骨铭心、无可更移的信念。

抗战胜利了，欢庆中也有隐忧

日本投降的消息，即使在我县乡村中也有人听到了"电匣子""放送"。我村只有一百八十户人家，没有一家有"电匣子"，但消息灵通的马大哥听外村人说了，告诉我二舅曰润，曰润又告诉了我。过了两天，我在九里镇中心小学进门处的布告栏内读到了胶东《大众报》的号外，送到我们这儿多走了几天，老美第二颗原子弹爆炸（长崎）和苏联红军出兵东北的消息才刚刚披露出来。记得红字号外上面写的是——

苏联空军空降中国东北长春（伪满首都新京）、沈阳，俘获日军吉冈中将，伪满皇帝溥仪也已落网

几天以后，由本县各界抗日救国会组织的上万人庆祝抗战胜利大游行在解放了的县城举行。我校挑选了十名同学参加，我和姐姐都在其列。由政治课李老师（女）带队。当时党组织虽不公开，但不知怎的许多人都知道她是党员。

游行队伍在县城中心大十字路口集合出发，向四关辐射。前导部

分是红旗、红布横幅和伟人像。我记得清楚的有马克思、列宁、斯大林、毛泽东、朱德。有否反法西斯盟国的领袖罗斯福和丘吉尔,至今记不清了。我想也许是由于李老师的推荐,将斯大林的像分派给我举着。这一点我绝对记得很准:像的下面三个字是史丹林(可能当时译名尚未完全统一)。对此,我内心是非常满意的。因为在当时,斯大林的威望在解放区人民群众心目中是很高的。这与他领导苏联人民战胜了德国法西斯并最后参加对日作战关系极大。我总觉得是反法西斯战争的胜利改变了我的命运。这种认识可以说是刻骨铭心的。直到数十年后首先在苏联国内掀起的否定斯大林的浪潮好像也没有动摇我的这种信念。

当游行队伍行至西关外大街,路北高台阶这户人家是我大姨的儿子、儿媳等人所居。我看见了他们,他们也发现了我,他们冲着我笑,我也感到由衷的自豪。

然而,也出现了另一种气氛。当游行在西圩门外告一段落,我们一行人正要返校时,蓦地从渤海方向飞来两架看上去呈黑蓝色的飞机,机翼下的白五星十分清晰,在我们的头顶上低飞盘旋。李老师说,这是从美国航母上起飞的海军侦察机。盘旋数周后向东北方向逸去。虽无其他动作,却也给本是沉浸在胜利欢欣中的人们心头蒙上了另一种影子。

不久后,报载美国太平洋舰队赛托尔少将执意要在解放了的烟台登陆,经过许多周折,我胶东军政方面坚持原则,拒绝了他们的无理要求。随后,又传来烟台美国救济总署的工作人员因拒付车费而打死了我们的黄包车夫的消息……

接着又是胶济线上拉锯式的谈判,伪顽方面杀害了我方谈判代表,连自古以来"两军交战不斩来使"的规矩也不当一回事;接着又是美国军舰和飞机帮助蒋介石加紧运送美械的军队抢占点线,不断蚕食解放区。在胶东,将李弥所部的第8军由云南空运青岛、潍县;将阙汉骞所部的54军自广东海运至青岛,对胶东解放区展开钳形攻势,据说这些部队曾在滇、缅边腾冲等地参与对日作战,至今不少场合都听到对其的赞颂声。但在我所处的少年时代,却耳闻目睹他们的军纪败坏,残害占领区同胞的恶行。因我本人对这种种复杂现象缺乏专门研究,只能实事求是地录其点滴。至今在我耳边,还仿佛听到我村已故老秀才李汉亭先生的无限感慨:抗战中他对"中央军"盼之如甘霖,对"蒋委员长"也崇敬有加,但当他亲身感受到"中央军"侵占解放区后的所作所为,曾对我痛心疾首地说:"蒋先生不败天理难容。"意在民心之向背,必将决定斗争的结局。

相识于战火中

人生难免有悲欢离合，或是亲情难舍，或因知音重叙，都可能喜悲难抑，触动肝肠。然而使我至今经常想起，却无从联系，甚至不知其健在与否的一个人，既非血缘至亲，又非红颜故友，而是一位大我十二岁的大老爷们儿。

为何久思难以放下？怪吗？说来亦不为怪。可能是因为性格对路，也可能是天生有缘，相识于战云密布的岁月，却绝音于浩劫动乱的非常时期。这中间通信不足十次，彼此的关怀与牵挂却并不因年龄的差距而稍受影响；相反，那种不是至亲却胜过至亲的真诚在我的心中刻下了深深的印痕。在共和国六十年华诞将临的日子里，不知怎么，从未完全淡化的思念越发地强烈；而唯一的一次会面和谈话时的情景也倍觉清晰起来……

那是日本投降后一个月的1945年深秋，当时我在距本村一公里的九里镇上小学五年级。在战云密布的形势下（当时国民党反动派正在积极发动内战），一个关心国家大事的孩子在某些方面非常早熟。那时我天天注意报纸，也经常从校长和区干部那里听取有关战争形势发展的消息……

终于有一天,从南边过来一大批"八路"(当时虽已称为"解放军",可我们仍习惯沿用抗战期间的称呼),但不知怎么,有的穿灰军装,有的穿黄军装,听口音不是南方的新四军,说着说着有的战士露了底,原来也是属于胶东军区的部队,却不是我所熟悉的老13团。我估计或许就是14团、15团、16团什么的。不过,我也懂得部队保守军事机密的纪律,没有刨根问底;只怕问了人家也不告诉我。

他们在我校北操场休息,吃午饭,说是"改善生活"。其实我看了看,大水桶里盛的都是热气腾腾的熬白菜,只是菜里掺杂着少量的四方块的肥瘦猪肉。主食不是馒头,而是一磨到底的大面卷子,每个都有小孩的枕头大小,底下都有一层厚焦的香嘎儿,瞅着挺馋人的。

这时,一个二十出头的白脸大个儿注意到我,他没有犹豫,从自己手里的大面卷子上剥了一块焦嘎儿递给我:"来,给你吃,小兄弟!"

我尴尬地后退着,想必脸红得够呛,连连说:"我不要……我不吃。"真的,别看我眼馋,可绝对不会接受的。妈从小教导我:要学会自尊。

也许他看我很认真,并不强给,而是很感兴趣地问我:"小兄弟,几年级?"

我不好意思地告诉了他。他接着又问:"你姓啥?"我又告诉了他。他惊喜地中断了吃饭,几乎是叫了起来:"太巧了,想不到在这里遇上了五百年前的一家子,小兄弟,我也姓石,叫石勇。"

我忽然想起,他这名字与《水浒传》里的一条好汉的名字一样,那好汉的绰号好像叫"石将军"。

这位"石将军"原来是一名机枪射手,还是机枪排的副排长,使一挺日本造的歪把子机枪。我对歪把子机枪一直抱有一种神秘感,却一直没有机会亲近它。现在,我情不自禁地摸摸枪筒,摸摸"歪把子",

仿佛也得到了极大的心理满足。当时我又天真地问他："这歪把子机枪在机枪里头是最好的吧？"他轻声一笑，又摇摇头："落后啦。美式武器更先进。不过，我们会有的，不久我会缴获过来的。"他说完这番话，紧绷着那口唇很厚的嘴，神往地看着树丛缝隙的远方。

他们开饭完毕，就集合了。"石将军"掂起歪把子机枪，又招呼战士，但他仍不忘回头很郑重地对我说："石头兄弟，我走以后会给你捎信的。你是我二十二年来碰到的第一个姓石的，五百年前是一家……"

我听了，喜出望外，直愣了好一会儿，最后才回了一句话："就写学校的地址，石恒基收！"

我一直目送着队伍走远……

这天下学回家后我才知道，他们这支部队是渡海开往东北的。因为，我的叔伯二舅被村里派往蓬莱栾家口港帮起程的部队和船工做饭，明儿就去栾家口。我一听这消息，急着要去栾家口给石勇大哥送行。昨天还没这么想，可当他走后，不知怎么，我总觉得有好多话没有对他说，不再见一面要后悔一生似的。

我从未出过远门，爹妈当然不愿让我去，但二舅帮着替我说服他们。他们历来信服二舅，也就勉强答应了。

第二天，二舅在村里借了一辆自行车，带着我奔往栾家口港，几十公里的路程，不消半天就赶到了。二舅马上投入了炊事工作，我就到海边部队的暂时驻地去寻找石勇大哥，通过向船工了解，我把即将出发部队的番号大致打听清楚了，他们果然是胶东军区的主力14、15、16、17团和北海军分区独立第一团；还不止，也有奉命赶赴东北的其他地方的部队。这么多人，又是成建制的，我到哪里去找一个人呢？向哨兵打听了几回，有的回答说不知道，有的还挺警惕，反问我你打听这干啥？我当时觉得有点"抓瞎"了，没想到事情并不那么简单，去向二舅诉求，二舅正忙得紧，只能安慰我："你来了，就算没见到本人，心也尽了，等于为他送行了，也是为整个渡海大军送行。"

海上大都是帆船和机帆船，为防敌情，听说是在晚上起航，这一来我更看不见了。但晚上我还是来到海边，远远地（人家不让近距离接触），海上一片昏暗，连星月都没有（真会选日子）。这么多人，这么多船，海上却听不到嘈杂的声音，解放军的纪律真没说的。

我呆望着海上，觉得眼里流出泪来。我也不明白，与"石将军"就见了那么一回面，说了不多的话，在我心里竟掀起了这么大的波澜，到底是为什么？直到二舅到海边来找我，我才拖着沉重的脚步回去了。路上我问二舅："您说石大哥真能给我来信吗？"二舅也可能是安慰我："会的，我想他会的。"

果然，也就是过了一个多月，我突然接到来自东北的一封信，信封底下署的是"内详"，而里面却写明了联系地址，当然是部队的代号。信中一开始就称呼我"恒基小弟"。信的内容我大致记得，是说他们到东北后进行了改编，归辽东军区领导，他们的纵队司令还是老首长，原胶东军区副司令员吴克华，老红军，身经百战。我很理解这个"老"字，不是说他年纪老，而是资格老，参加革命早。他的信上还提到，就在写信的时候，已经听到了炮声，国民党军的第52军已经向他们扑过来，就要打大仗了。他还嘱咐我说：在好好学习的同时，一定要提高警惕，蒋介石是不会放过胶东半岛这块好地方的，今后那边也不会太平……

在此后的将近一年中，我记得我先后给石大哥捎（我们老家的说法，即"寄"的意思）了三封信，从他的回信看，好像只收到了我其中的一封，那封信的内容是我夜晚登上高房子"土广播"，宣传"蒋军必败,我军必胜",一激动差点从屋瓦上滚下来,幸亏战老师在梯子上狠托了一把,才转危为安。他说他看了信很着急,反复叮嘱我要加倍小心,"避免无谓的牺牲"。在这封信上他还告诉我,他们的部队在保卫南满的战役中获得了巨大胜利,把中央军的52军25师"包了饺子",敌人的几千人全报销了,活捉了他们所谓的"千里驹"师长李正谊。不过,他说他干的还是原来的职务——机枪排副排长,没升。

又过了将近一年,这当中我们还通过一两封信,但到1947年秋天,国民党军大举进攻胶东,终于占领了我们家乡,在两三个月的昏暗的日子里,当然不可能再通信。不过,在黄县、龙口都光复后,重试着按原来番号给他寄了一封信,他居然还收到了。他信的开头愣里吧唧地说:"你还活得好好的,我真高兴。"我在给他的信中讲到我立志要参军上前线打敌人,为敌占期间被杀害的乡亲报仇的心情。他安抚我说:"你还太小,等大一大也还是有仗打,现在在家乡参加斗争也一样有意义……"

此后几年的通信,有的是我已经参军在司令部工作了。几个重要的"关节"他必定写信告诉我,也是他生命历程中的关键事件。其中有:1948年锦州战役他们的部队在塔山阻击战中浴血奋战,战后他们的连队只剩下十二个人,他本人也挂了彩。他说:"我算是一个幸存者,可我总觉得牺牲的战友就在身边。"他这时是机枪连的副连长,还是一个副的。在1948年与1949年间他们入关后投入的平津战役中,只在北平郊外打了几仗,本想攻进北平,后来古都和平解放,他们又南下了。1949年新中国成立前后,他们的部队在湖南衡宝战役中与敌"华中剿总司令"白崇禧的王牌军交上了手,结果什么"钢球军""铁球军"的,都被他们捏碎了。

对他的来信,我都按部队番号回了信,却不知他收到了没有。一般的回信内容我至今记不清了,但有一次,当我从信中得知他参加了塔山阻击战,我当即写了回信,信中说:"我听我们的王县长说,进攻胶东、祸害人民的54军从烟台去增援塔山了,他们的军长叫阙汉骞。你和同志们一定要狠狠地揍他,为咱胶东的乡亲们报仇!"后来,听说这个阙汉骞安全地逃脱了,随后撤往台湾,活了个高寿,与另一个进犯胶东的蒋第8军军长,后来缅甸金三角的"鸦片司令"李弥一样,也死于台湾,按中国传统说法是"寿终"。

新中国成立后,我与石大哥仍通了几次信,他已调至部队机关任作战科副科长,仍是副的。他已结婚生子,随信寄来了全家福。直至"文革"中的1967年年初,他的最后一封信是告诉我:遵照伟大领袖毛主席的战略部署,他就要去"支左"了,记得好像是进大学。

就在这当中,我因中篇小说《文明地狱》被批成全国六十株"特大毒草"之一而横遭批斗、关押、"群众专政",失去自由;后又进干校、下放工厂劳动,前后数年之久。这一时期内,他给我寄信与否,我全不知晓。

当时我一个人在天津(家在北京),抄家时,石大哥给我的十几封信件与我自解放区时期保存到那时的几本书《蒋党真相》《新人生观》等全被抄走,一直下落不明,也不知石勇大哥会不会因此而受株连?不论是何种情况,反正是"文革"切断了我们的联系。

他如果还在,早已年逾古稀,近于耄耋之年。如已不在,我这篇拙文就算是一种纪念,纪念他和一切为参与缔造人民共和国伟大工程而远行的人。

然而,恍惚中,我总是觉得他能看到此文——也算是我给他的一封特殊的信件吧。

集市宣传和"土广播"

1946年夏天，我正在家乡山东黄县九里镇中心小学上五年级，这时国共谈判已完全破裂，蒋介石统率的国民党军以四百三十万的兵力向解放区发动了全面进攻。当时进攻胶东解放区的蒋军主要有以军长李弥指挥的第8军和以阙汉骞指挥的54军。这两支美械装备的军队先后分别由云南和广东空运或海运至青岛，前者沿胶济线西进后，大部分时间以潍县为基地向外窜扰，后者大体以青岛为基地向北进犯，以形成钳形攻势。与此同时，国民党军的军舰时不时地袭扰胶东解放区港口烟台、威海、龙口等，飞机经常由青岛等机场起飞至解放区轰炸、扫射……

我的童年和少年时期就是生活、学习在这种环境之中，经常遭受敌机的威胁。我多次亲眼见到美式P51野马式战斗机扫射赶集的农民，在县城投弹，击毁在公路上行进的运输汽车和骡马，就连田间拉水车浇地的牲口也未能幸免。所以，那时候我们就从报纸上获得防空知识。尽管充满危险，我们还是在老师的组织下，展开了集市宣传。采取的形式有讲演和高跷活报剧等，以揭露蒋介石及美国支援蒋介石打内战的阴谋。其实，我本来是一个很腼腆的孩子，见人说话爱脸红，可不知为什么老师偏偏硬"赶鸭子上架",逼我上台。我在十分为难的情况下进行磨炼,终于克服了怯场怯阵的弱点,而成为一名宣传队的头儿。不仅在九里镇逢集的日子开展宣传,有时还拉到县城在集日高台上讲演。秧歌活报队在学校操场排练后游走四乡以至县城。开始我不会踩高跷,后来经过一番摔打,也踩得熟练起来。我们五六年级高跷队演出的活报剧在全区都是有名的。其内容以讽刺揭露为主,扮演了各种角色,有蒋介石营垒中的重要人物,还有美国援蒋的主要人物,以及日本战犯冈村宁次等。

更重要的形式是晚饭后的"土广播",这是由负责宣传的李老师(她实际上是中共秘密党员)挑选出来的"精兵强将"来干的,由我担任组长。每天晚饭后,我们在学校所在地的九里镇集合,架上长长的梯子,登上全村最高的房子,骑在屋脊上,口对纸糊的话筒,放开嗓门向全村百姓"播音"。内容无非是我军在反击战中的胜利消息,《蒋军必败,我军必胜》的社论等。所有的词儿包括社论都要事先背下来。好在少年时记忆力强,背下来倒并不太难。夏天时乡亲们都习惯在院子里吃饭,所以"收听"的效果不错。但有时也不安全,敌人的夜航飞机掠空而过,敌舰在龙口港外打炮之声,我们也听得很清楚,但那时硬是半点也不心慌,从没有因为这些而干扰我们的"土广播"。

我们那个村并不大,却选出了五名广播员:我和一位姓田的男同学,还有我姐姐和另外两位女同学。我们每晚去学校都要经过一个"乱葬岗"(胡乱抛尸的坟场),而每次都要碰上"鬼火"(人骨显现的磷光)。女同学有点害怕,这时,我就要壮着胆子走在前面,有时还脱下鞋子,将"鬼火"拍在土里,女同学见磷火没了,也就不再害怕。有一次,刚刚播完音,下了高房子,天空便电闪雷鸣,大雨倾盆而下,头上雨鞭抽打,脚下泥水打滑。也许这是我生来记忆中最凶猛的一场雨,而直接长时间地遭受雨击,更是一次饱和的"轰炸"。然而,我透过雨雾,看见母亲迎至村头。毕竟是母亲,她不放心我和姐姐,冒雨来接我们了。

这真是场不平常的雨,一场大自然和大时代相叩击的雨。其记忆之深刻,震撼力之大,直至若干年后,我还能力穿时空。记得我在刚入大学时写的一篇散文中,即联想到了这场雨:"雨下着下着,年复一年地下着,但这已不是1946年的雨,而是1956年的雨……"

画"战争形势图"与秘密入团

第一次参军因年岁太小未成功,我在继续上学的同时却更加注意战争形势的发展。当时的形势更加严峻。最使我感到震动的是,当年春天党中央撤出了延安。我记得很清楚:那天我在学校里拿着报纸,中午放学回家经过两个村之间的麦田,顾不得脚下走在路上没有,一心都扑在了报纸那些刺人的字眼上。我只想,党中央离开延安之后又撤往何方?因为原来的"新华社延安××日电"已改为"新华社陕北××电"的字样。这种心情直到若干年后还恍如昨日。前些年我曾写过两篇散文发表在延安市的报刊上,一是《我与延安》,一是《我总也忘不了延安》,可见感受之深。

自此,我更加关注战争形势的发展。我参照胶东解放区《大众报》(稍后还有一份《群力报》),将敌我交错、城地互易的形势绘成地图,按各大解放区各绘一张,凡我军攻克的城市插上小红旗,凡敌占区都插上小蓝旗,直到贴遍了我家西屋的两面墙壁。但正当我暗自欣赏之时,母亲却很不高兴。因为我为画这形势图几乎占光了所有的星期天,耽误了打水、拾草还有推磨(没有牲口)。母亲一气之下,撕掉了我所有的形势图,并捅到炉灶中付之一炬。这使我伤心至极,白费了若干时日的"精心绘制"。但过了些日子,我又重新拿起笔来,再一次绘制形势图,只是尽量兼顾家中的农活。说来也怪,这一次母亲竟没有撕毁我的"宝图"。母子俩达成了一个无言的默契。

就在这年5月的一天晚上,发生了一件使我终生难忘的事情。这天晚饭后,我二姐有点神秘地通知我:"走,到村东头马家大屋,县青委的李敬同志在那里等我们,有重要的事要谈。"我随二姐到了那里,除了李敬同志外,还有三个同学已先到了。有比我大几岁的女同学张洪琛和李梦瑛,还有一位男同学,也是我的老同学田守仁。李敬同志在桌上翻阅着一份打印的文件,然后开宗明义地说:"党中央决定在部分解放区(陕甘宁、晋察冀、胶东等地)试建中国新民主主义青年团,以适应革命形势的发展和先进青年的要求。今天的会,就是特地召集学生中的积极分子,传达党中央的指示,并征求同志们的意见……"我们听了都很激动。李敬同志又对我和田守仁同学说:"你们的儿童团和学生会,那还是一般的少年儿童和学生的组织,作为学生中的积极分子,有没有更高的要求呢?"我们当下表示:"有。"接着我们对照文件展开热烈讨论,完全不顾蚊虫的叮咬和暑热的早临。当李敬同志进一步征求我们是否愿意加入中国新民主主义青年团时,我们异口同声地表示:"愿意!"

于是,就在这天晚上,我们几位同学在油灯下填写了入团申请表,直到深夜才回家。这时我并不知情,其实我二姐和张、李两位女同学,在这之前已秘密参加了中国共产党(那时不到十八岁亦可入党)。

过了几天,二姐告诉我:"我们的入团申请已经批准了。"她们三位当然既是党员又是团员。我和田守仁也成为我县的第一批试建中的中国新民主主义青年团团员。

我亲历的"夜不闭户"年月

在中国传统语汇中,"路不拾遗""夜不闭户"往往用来形容世风良好的最高标准,也是心地质朴的子民过上安定舒心日子的良好期望。也许,在很多时期,尤其是新中国成立前,这一目标基本上是不可能实现的奢望,但也并非绝对如此。很长时间以来,我就想写一写这个特殊的例外情况。今年恰逢世界反法西斯战争和中国抗日战争胜利七十周年,我觉得写一写亲历的故乡胶东解放区曾出现过的类如"夜不闭户"这样良好世风的时段,是不无意义的。

这样的状况曾有过两个时段:一个是 1945 年日本投降至 1947 年秋蒋军大举进攻我们家乡解放区,持续了约两年半的时间;另一个是蒋军逃窜之后的 1947 年冬至 1948 年,我参军离乡后数年未回,此后的情况知之不详。我只记叙我亲眼见到与亲身体验到的真实情况。尽管也许还只是幅员不太大的一个范围。

第一个时段的东风实际上自 1944 年深秋即开始吹拂。那时,国际上反法西斯战争节节胜利,在国内抗日战场我八路军、新四军已展开局部反攻。当时我县的县城尚未解放,但武工队和地方民主政府工作人员已在县城周围的农村进行活动,县城中日伪军事实上已成瓮中之鳖，其中伪军除最顽固的八中队偶尔还敢出城搞点动作，大都已成为缩头乌龟。以我所在的村庄而言，距县城虽仅仅六里，我党政军的影响已深深渗透进来。村小学已为抗日进步分子和地下党员所掌控。张校长是村中首富的公子，却早已是一位热情澎湃的进步青年，教"修身"课的女老师我后来知道也是地下党员，"大饱学"战老师为人正直，从未向汉奸恶霸低头。村里的佃户老梁是外县来此定居的老党员。以他们为"内应"。我南山根据地的"包袱客"夜间基本已可自由进出。"包袱客"者，是因为区县工作人员习惯以深色包布裹着书报之类，故人们便以"包袱客"作为八路工作人员的代称。

这时，东风所吹拂和渗透的内容包括村小学成了进行抗日爱国的教育基地；音乐课时教唱进步歌曲；"修身"课"掺"进反法西斯战争形势的内容；"包袱客"们以各种巧妙的形式宣传减租减息的政策，合理解决租佃关系和突出矛盾。与社会秩序关系最为直接的是将原来由各家轮值、老弱病残充数的夜晚"打更制"加以改造，逐步渗入由素质较好的青壮年组成自卫团，每晚执勤巡逻。此项措施使肆虐数年的顽伪游杂流氓盗贼对中小户农家的夜间抢劫风得到有效抑制，许多中小户得到了安定踏实的生存环境。他们互相传颂："城里的鬼子、二鬼子还没跑，咱们就尝到了解放的滋味！"

日伪投降后，广大群众扬眉吐气，正风劲吹，邪气下降。民兵、自卫团组织得到强化，劳动光荣、勤俭持家的价值观得到张扬。村、乡镇、区、县各级都涌现与评选出劳动模范。记得在我村举行的劳模表彰大会上，有位姓纪的勤俭忠厚的老农民戴上大红花，被请到台上，由村长和农会长奖给他一把钢口上好的大镢头。这位平时说话都有点结巴的"老庄户"也当众讲出了"要做好人，做正经人，做勤劳的庄稼把式，靠歪门邪道祸害人的人没有好景"。他这番老实巴交的心里话，提升了正气，潜移默化地震慑了不务正业、游手好闲、小偷小摸的二流子混混之流。与之同时，还适当打击了坑害良善的恶行。本村有个邢姓的混混，自年轻时就横行乡里，人不敢惹，1946年第一轮土改开始，他自以为他既非地主又非富农，似乎可以浑水摸鱼。有天晚间，他趁本村马姓富户之妻独自在家时，翻墙入内，巧言诱惑，欲行非礼，这位妇女拒之，喊声惊动了街上巡逻的民兵，将施暴未遂者抓获。村农会为此召开批斗大会。他在众人指斥下只好诺诺表示："以后不敢了，一定重新做人。"但他恶习难改，几年后听说又"犯事儿"，那是后话。

  正反两面的事例及有力措施，极大地教育了各阶层群众，一时间，和谐互助之风，感激党和政府土改等利民政策之风，影响深远。就连多数的懒汉、二流子也认真干活了。记得有一刁姓中年男子，半生不务正业，邻里人等视若害虫，但自从分得三亩水浇地后，一反常态，对庄稼活不仅愿干了，而且会干，竟使人们对他刮目相看。

  由此，社会秩序良好，以往发生的盗抢、截道剪径、勒索拐卖等案件可谓绝迹。许多人家不再将门户看得那么紧了。一个细节我终生难忘：有天晚上睡前我照例去上门闩，挂上"门吊"，母亲自自然然提示我："把门推上就行了，啥事也没有。"其实，闩上门本是举手之劳，也不多费事，而母亲却认为多此一举，充分说明一种对环境完全信赖的心态。

  但随后不久又是蒋军的疯狂进攻，烧、杀、抢、奸，滥施暴行，故乡解放区陷入灾难之中。

  幸而灾难不久即已过去，敌军为收缩战线，相继放弃了一些地方，至1948年年初，仅余烟台、潍坊、青岛等城市尚为敌盘踞（稍后烟台又告收复)。鉴于胶东解放区遭受破坏严重,生产亟待恢复,上级领导又发出"节约渡荒,恢复生产,提倡互助组,大力支援解放战争"的号召。军民同心协力,生产逐渐恢复,人民生活得以改善,社会秩序、人们的生存环境又渐渐恢复到前年的良好状态。这时地主、富农也相对得到妥善安置,同样是"耕者有其田",自食其力,得以温饱。但也有个别的不劳而获者,如分浮财时因其穷而享受一等"果实"的二流子、混混,又挥霍成一贫如洗的"穷人",故态复萌,手持空口袋到安分小户去勒索财物而被抵制,自感好景不在而绝望。我记得有一张姓无赖在妻子与其分手后又不肯"学好",无奈而服毒自毙。对此无人怜悯,只有感叹而已。

总之,我们那片地方又恢复了并不富裕却欣欣向荣,社会安定而共享清平的"夜不闭户"的日子,至于是否达到"路不拾遗",我当时并未做调查,何况在那时候,纵有人不慎而所遗,恐也没有值钱的物件。

回想当年,仍不难得出这样的认识:只要方向对头,措施有力,政策把握得当,必然大得人心,社会风气向上,邪行空间紧缩,如此一来,所谓"夜不闭户",不会只是一个美好象征而已。

记渴望"消息"的日子

任何时代都有它习惯的用词儿。譬如说今天人们爱说的"讯息"乃至"信息",我小时候基本上是用"消息"来表达。我在十岁至十三四岁那个阶段,一出家门,在大街上关帝庙门前自动相聚聊天的大男人们总是要问我:"有啥消息吗?"这消息,当然不是个人的情况,也不是家不长里不短的小道消息,而是天下大事、国家大事,更具体地说是战场上的胜负战况之类。

那时在我的老家农村没有收音机,自然听不到任何广播电台"放送"。我的"消息"来源只有报纸。而且后来听说,报纸上的消息基本上是根据延安(后来是"陕北")新华社提供与广播电台的广播。

我总觉得我与报纸有一种天然的缘分。从我刚记事起,由于大姐教我识了三四百个字儿,使我对党报有了最初的兴趣。我县首次沦陷于1938年年初,但随后在共产党领导下,英勇的人民抗日武装驱逐了敌人而建立了革命政权。我平生第一次也看到了名叫"报纸"的东西,那是由抗日政权和爱国知识分子办的《前锋报》,八开铅印。当时我对其中宣传的内容并不全懂,也不完全认得所有的文字,但幼小的心里也能感受到那种浓烈的气氛,如用现在的言语表达,就是如火如荼、同仇敌忾。只可惜时间不长,抗日政权和革命武装只在县城活动了一年左右,1939年(民国二十八年)1月,自龙口和烟台登陆的日军以优势兵力与火力疯狂进攻下,我党政领导机关和人民武装只能撤至山区根据地,那份《前锋报》也随之停刊。但我还是大胆地保存了几份,将报纸卷成卷儿,塞在一个旧铁盒里,藏在我家西屋一个破柜的后面,就连我母亲和姐姐也不知道。当时我为什么要这么做,好像连自己也不清楚,只是为留个纪念吧。

此后的几年中,我再没看见"报纸",也很少听到什么"消息",只是在随大人进城赶集时,从贴在墙上的日伪标语上看到他们宣传的所谓"建设大东亚新秩序""中日满亲善",还有太平洋战争爆发后,他们宣扬的"赫赫战果",一会儿是"香港陷落",一会儿又是"新加坡陷落"……

在这一时段中,听到我方的"消息"是很少的,只在有时夜间我地方武装袭击敌伪据点的枪声和爆炸声中感受"自己人"的活动;他们不是用文字而是轰然有声的"消息"满足我这个渐渐长大的孩子的渴望。

终于,我还是看到了文字,自己人的文字,而且是大大的文字!那是1944年深秋,我在本村小学上四年级,一天早晨上学经过李家大屋中间的东西街时,只见两边的石灰墙上写满了大字标语,主要有:"苏联红军和英美盟军已打到德国边境,希特勒法西斯的日子不长了!""我八路军、新四军已展开局部反攻,日本鬼子也快完蛋了!""各阶层人民群众团结起来,以实际行动迎接大反攻的到来!"标语最后署的都是"县各救会"。我问过路的大人"各救会"是什么意思。他们告诉说是"各界抗日救国会"的简称。还说,实际上是南山根据地的武工队下来了，一晚上写了十几条大标语。

我这时的感觉，只有用"心花怒放"来形容最为恰当。几年中渴望听到的"消息"，在一个早晨就得到称心的回答。看这些标语花费了大约一个钟头的时间，耽误了听课就是挨手板也值了！

又过了几天，在村小学外墙伪"县知事"布告的上方，人们清晨起来看到我抗日人民政府张贴的大小仿佛的布告：晓谕敌占区民众大反攻即将到来，准备迎接光复的日子；警告伪军和伪职人员应迷途知返，不要再为虎作伥，人民政府欢迎携械来归、不咎既往。布告中还宣告了对地富和工商业者的政策，等等。对我来说，这个深秋真是好消息连连，我渴望"解放"的心与南山根据地似乎有一条无形的线，而且越来越强劲，我个人和家庭的命运在1944年冬天也在发生变化……

1945年5月，我在距本村一公里的九里镇完小上学，在我们五年级的较大教室里，校长向全校师生兴奋地宣布：苏联红军攻克柏林，法西斯魔头希特勒自杀身亡！此时仅仅几公里外的县城仍在日伪手中，却已成瓮中之鳖。压抑了太久的人们第一次发出倾情的呼喊。从战火中飞出来的"消息"竟爆发出如此强大的威力！

三个月以后，本校大门内的报栏内又贴出两张胶东解放区《大众报》的"号外"。一张的大标题是"日本宣布无条件投降"，另一张是"苏联红军攻入中国东北，日本关东军土崩瓦解！苏军占领长春、沈阳，伪满皇帝溥仪及日军顾问吉冈中将被生俘"。也就是从这天开始，我与报纸"消息"结成了不解之缘。尽管在这之前，完小的孙校长曾几次要我秘密将根据地的报纸和传单带给本村初小的张校长，我只能"偷"看上几眼；而在今后，可以没有任何顾虑地爱报如命了。

真的，从有条件看报以后，每天如果不看心里就觉得空落落的。在学校里时到教导室看，星期日就到本村村公所看，偶尔进城赶集也得到县图书馆或是教育局门前读报栏看。放春假、麦假和秋假（当时农村学校因地制宜的假期），在干农活的空隙头等大事就是去村公所问"财粮"马大哥或会计邢大哥："报纸来了没有？"时间长了，他们都跟我开玩笑说："又饿了吧？"我感到不好意思，肯定是脸红了，但心里不得不承认：比肚子饿还难受。那年月的胶东大众报社离我县都比较远，而且随战争环境的变化经常换社址，大都在莱阳、招远、栖霞、海阳一带，由于当时交通不便，根本不可能当天到达，一般能看到两三天前的就算不错了。有时多日不来，一来就是好几天的。有时我为此在村公所里要等上半天。记得有一天终于等到送报员骑着自行车赶来，蓑衣上还哩哩啦啦地滴着雨水，一只手还抹着眼上的雨水，我抢着上去帮他卸后座上的报纸，心里不忍地想：他们真不容易，为了我……我们能看上报纸……

就这样，我如饥似渴地"饕餮"着"消息"，脑子里不空了，这才有了本文开头的场景，村里的老少爷们拦着我打听有关战争形势的"消息"。

由于我脑子里装着这些"消息"，在集市宣传和晚间村镇"土广播"等活动中都被推向风口浪尖。本来，我是一个非常腼腆的孩子，在生人面前说话总是手足无措、尴尬失常。却不知为啥，校长和老师总是要"硬赶鸭子上架"，无例外地叫我担当"主讲"与"主播"，内容当然是揭露蒋敌伪合流，反对国民党反动派倒行逆施，悍然发动内战；号召解放区军民一致动员起来，粉碎敌人的进攻，坚信"蒋军必败，我军必胜"。也怪，"硬赶鸭子上架"居然奏效，我在人山人海的集市和县城万人大会上也能慷慨激昂地大声演讲，获得学校和区县领导同志的鼓励和肯定，久而久之，只要一面对听众，一登上村子最高的房子，便忘记了自己，整个身心都汇入了激情的浪潮之中。

最难忘的是1946年秋天在老师的带领下去掖县（今莱州市）前线慰问劳军活动。当时蒋系第8军李弥部自潍县（今潍坊市）大举出动，接连侵占吕邑、沙河等城镇，进逼掖城，胶东我军主力在粉子山、土山一带与敌激战数日，歼敌四千余，击落蒋机一架。后因敌援军在虎头崖登陆，我军腹背受敌，便实行战略转移。掖城被敌侵占，我军撤离后，慰问劳军团也回到故乡。当天，我根据带回的军方战报，在九里镇大街最醒目的黑板报上写下如下文字——

　　掖南我军痛击来犯之敌
　　敌第8军103师遭重创
　　166师丧失战斗力
　　我达成预定战役目标后主动移至新阵地

这是我生平第一次书写战报，其中"我"而不写"我军"并非掉字，而是当时战争年代的习惯语；也不是一般的简化，而是一种极度亲切的含蓄用语方式，即不只是单单居于军方立场，而是解放区党和军民一体，较之"我们"一词更亲更痛快。我在写这个字时，心里油然涌出一种自信和骄傲之情。

稍后一段时间，我还直接"领略"了敌方的战报。那是一个寂静的中午，我从九里镇高小下学回家吃午饭，在穿过麦田中间的小路时，突然听到西南方敌机轰鸣，扭头一看，一架美造P51野马式战斗机倏然飞来。我按照平时获得的防空知识,本能地卧在路旁的一条土沟中,但仍紧盯着蒋机的动作,蓦地从机肚子里撒出大批的传单,有一张恰巧飘落在离我不远处地沟沿上,我伸手拿过来一看,黄色的传单上印的是——

> 郝鹏举将军真聪明
> 率领十万弟兄来投诚
> 弃暗投明识时务
> 勠力剿共建奇功

以我小学六年级的语文水平,也觉得这份蒋家传单格调低俗可笑。但它给我提供了一个信息:那个多年来一直反复无常不堪信赖的伪顽司令郝鹏举,极有可能在内战的紧要关头,又一次背弃与我方曾经达成的协议,投入蒋军的怀抱。但要说"十万弟兄",那显然是国民党宣传机构"满嘴跑火车"的一贯风格,不必太在意罢了。

就在郝逆蹦跶了不长时间之后,1947年春节刚过完,小李校长带领我们几位即将入团的积极分子(当时党中央在部分解放区秘密试建新民主主义青年团)去乡城镇参加全县反蒋保田大会。从报纸上看到华东我军一部一举攻占陇海铁路白塔埠车站,全歼郝鹏举所部万余人,并生俘其"司令"郝鹏举。报上的一篇"文艺通讯"(类似现在的小报告文学)还记叙了我陈毅司令员与被俘后的郝鹏举会面的情景,郝逆狼狈万分,连连说着:"我对不起军长,对不起人民……"

这次保田大会之后不久,由我县王县长为总领队的全县支前大军,上千的胶轮大小车和担架队跨过山山水水,奔向鲁中前线。我作为支前大军中特有的少儿宣传队中的一员,也随同乡亲们前往。这是我生命中的一个非常的节点,因在其他文章中都曾有过较多的叙述,在此不多做赘言。但有一点是印象和感觉最为深刻的,即在近三个月的历程中,不说是时时刻刻,至少是经常性的——枪炮声成为我难解难分的"伙伴",可说是已经习以为常,但说实在话,尚未达到"听而不闻"的境界。

在这一时段,我接触到的"消息"来源已不是报纸,而更多的是粉红色、绿色的"号外"和"捷报"。形容每个战役我军的气势也不尽同,有的是"我军以雷霆万钧之势",有的是"我军以迅雷不及掩耳之势",有的则是"我军以风扫残云之势",等等。

经过一年多双方战场的较量,力量消长正发生了明显变化。一年前蒋介石集团对解放区气势汹汹的疯狂进攻,已不得不由"全面进攻"转为"重点进攻",成建制的旅、师、军被逐一歼灭。但尽管如此,蒋仍在为其部下打气,"务必完成剿共大业",为此,他们不择手段,甚至不惜造谣、虚报战绩。我在随支前大军转战途中,经常从蒋军撤退时丢弃的报纸和他们空撒的传单中看到"击毙共军高级将领×××",凡我军的纵队司令员到更高的指挥员,许多都被他们"击毙"过;有的"击毙"过,可能又忘记了,过些时候又击毙一次,有的甚至是几次。看后令人可气而又可笑。我们支前大军有一位年岁半百读过私塾的管财粮的老先生,看到敌人炮制的这些货色气愤地说:"只有到了混不下去的时候,才会使出这样的下流手段!"对于敌方的丑行,来自陕北新华社的正义声音都做了有力的揭露与抨击:"蒋介石反动集团黔驴技穷而信口雌黄","中外一切反动势力的喉舌都是造谣公司"。我们当时读过后觉得十分解气、非常过瘾。这较之一般反驳文章中习惯使用的

"全无根据""统统是无稽之谈"之类,无论是从气势上还是从气度上都胜过一筹。

　　本来我就是一个军事术语迷,鲁中支前少儿宣传队的八十天,又成为军事术语的战地学习班。但在孟良崮战役之后,我们的总领队王县长考虑到雨季即将来临,而新的战役又即将打响,便与其他领导商量决定,着少儿宣传队和老弱病员先期返乡(后来才知道,这个新战役就是打成胶着战未完成预定指标的南麻、临朐战役)。

　　我回故乡后,继续上了一段时间的初级中学(在县城南二里处村),随后又奉团组织之命回本村参加土改"复查"。我家是中农,未被分浮财也未分到"果实",村农会分派我在分浮财现场记账,说心里话,只能服从,而并无兴趣,使我难以断念的仍是报纸,仍是新的"消息",盼望的仍是骑自行车送报人的身影。然而,1947年夏天,所载华东尤其是就近地区的战况也很稀少(至少我耳闻的7月间南麻、临朐战役基本上没有披露),倒是有些星星点点的迹象也很费揣摩。如"华东我军出击鲁南,攻克费县,全歼守敌""中原我军攻克豫皖间光山、商城、固始、潢川,敌一日数惊",等等。尽管看到了这些零星战况,我内心里仍感困惑,形势仍欠明朗,所以这一时期乡亲们向我问询"消息"如何,我也只能就我在报上所见者相告,他们好像同样也不够满足。

　　结果还是直接领导我的县青委书记李敬同志悄悄告诉我:华东我军正分兵作战,为了将麇集的敌人撕扯开来,一部出鲁南,一部西进津浦路西,另一部的几个纵队留在内线与敌军周旋。但蒋介石重点进攻解放区的贼心不死,且调集优势兵力向我胶东半岛猛扑,并妄图堵击内线我军。"我们面临的形势是非常严峻的。"这好像是我第一次听到"严峻"这个词儿,我还记得他那经常和悦的脸也绷得很紧。

总之无须赘言,在不到两个月的时间之后,蒋军大举进攻胶东半岛的图谋一时得手。仍是由潍县出击沿烟潍公路向东攻击前进的蒋嫡系第8军李弥部于1947年中秋节前后侵占我的家乡(约记得是9月26日占领龙口,27日占领黄县城)。我和村里的几个团员(有的同时也是党员)受组织指示暂留村中,如果形势恶变,也可能转移至南山根据地。在村里,我直接受农会会长、老党员老梁领导(按街坊辈来说,我称他为二叔)。在故乡的前半时间,我奉命以进城赶集或跟随被征去修工事的乡亲去县城撒传单与侦察敌军在北操场的山炮阵地。因未成年人目标小,较少引起敌人注意,所以都完成了任务:最后一次去撒传单(内容是瓦解敌军斗志的),我本想将传单塞进新修的地堡射击孔内,但由于敌军岗哨森严未能轻易出手,晚上回来就主动到老梁家做了检讨。老梁却没有批评我,反而说:"正好做我的帮手!"原来是根据地送来了铅印的红绿传单,要他夜晚贴在村镇大街上,以鼓舞敌占后相当压抑的民心。

我太高兴了,觉得这个任务很够刺激,好歹挨到半夜时分,我们一老(其实也就是年近半百吧)一少悄然去到九里镇和本村大街,他刷糨糊我踮起脚双手往墙上贴。我记得在一个月中先后贴了四次,胜利消息是——

  华东我军主力越过陇海路,挺进豫皖苏,连克兰封、考城、民权、马牧集等城镇,有力支援了刘邓、陈谢南进的战略行动。

  华北我军发起清风店战役,敌第3军被歼,军长罗历戎被生俘。

  华北我军再接再厉,一举攻克华北重镇石家庄,创攻坚大城市光辉范例。

  我东线兵团获昌（邑）南三合山大捷歼敌一万二千余人，重挫敌进攻胶东的凶焰。

  这当中，与我最息息相关的是后一条，我军等于切断了毒蛇的尾巴。我预感到天就快亮了。

  为了观察效果，白天我和老梁都装作看"捷报"的人，见乡亲们大都露出兴奋的神色，有的还小声相互议论。我偶尔与老梁碰面，也不说话，只是相互挤眼睛。

  可喜的是，由于蒋军在东北和其他战场上形势吃紧，不得不收缩兵力，从进攻胶东的战线上抽调军队前去"救火"，所以，敌军侵占我县七十二天之后，在一个深夜仓皇撤逃到西面三十余里的港口，并裹胁走若干县城的群众。数月后，又乘美国军舰撤至青岛。

  两个半月的敌占日子里，许多干群包括少儿中的积极分子被蒋军特别是还乡团残酷杀害，据我所知，全县有多名团员被捕牺牲。在此期间，还乡团头子、惯匪"小老隋"曾带人到我家"掏"我，但我事前跳至西邻草园躲在草垛里而免遭此劫。一旦敌军逃窜，干群欢欣鼓舞的心情可以想见。记得当时县青委李敬通知我和姐姐（党员也是团员）去九里镇城西区区委，小战友们见面后无不喜极而泣。当天中午，区委当记（对外称区指导员）孙超同志招待我们吃了炸酱面。饭后，大家学习了刚来的报纸上刊登的党中央发布的《目前形势和我们的任务》。还喜读了胶东《大众报》"号外"《我军攻克胶东半岛中心城市莱阳，歼敌万余》，使人备受鼓舞。

  1947年和1948年之交，我在上初中的同时在本村担任宣传工作，这时，全国各大战场都不断发生重大变化，我军攻克的敌占城市愈来愈多。在这种情况下，我兴之所至，便参考报纸上的战争形势图，自行绘制了解放区各个战场的敌我态势发展变化图，包括东北战场、华北战场、华东战场、中原战场和西北战场。已解放的城市以小红旗标示，敌占的城市以小蓝旗标示。基本上是以当地出产的"一面光"白纸一幅一张，贴满了我家西屋两面石灰抹的墙上。如此，全国解放战争的形势能够一览无遗。一段时间内，我太沉浸和欣赏自己的画图，而相对忽略了每天所担当的打水、拾草甚至人力推磨等家务劳动。终于有一天，母亲实在忍无可忍，将我贴在墙上的战争形势图统统撕下来，投在灶火里付之一炬。为此我心痛得哭了半日，后来一想，除了理解母亲发怒的心情抓紧干活而外，又重新画了所有的战争形势图，似乎比第一次更见功夫。也怪了，母亲这一次没有再撕再扯，看来是默许了。

不久，我正式参军，主要从事的是司令部所辖的机要密码电报工作。看来我与革命战争，与战争相关的"消息"有着不解之缘。但这时，我接触的"消息"大都是保密的，我已不能如从前在本乡那样向乡亲们及时"发布消息"了。但"消息"永远是我心里的搏动器；同时还能在隐晦的雨雾天里发光，映照我应走的道路。

凡是与人间正气相谐的"消息"，无论是过去、今天乃至将来的，都不会过时——真正负责任的历史无不具有不可销蚀的含金量。

村庄，突然变得清寂

我历来有上午到村公所（当时正式名称为村政府，一般人仍沿用旧称"村公所"）去看报纸的习惯。那时的报纸通常一来就是好几天的。它们从什么地方送来？报纸上从来不注出版和印刷地址，但估计是莱阳与招远或栖霞交界一带。

天很阴沉。出门就觉得街上气氛清寂，往日在邢家胡同口自动聚会闲聊的人倏然不在了。再往东走，拐过一个弯儿，路南就是村公所所在地。李家这条街实际上是我们村东西主干道大街的中段，约一百五十米长。两边都是体面的门楼或栅板门。因为李家是前清大富户"西远来"的聚居区，在整个村里十分特殊，有村中之村的气势。而村公所用的是村中饱学之士李汉亭的临街客屋。李先生是著名的行善之人，又是村小学的教师台柱，加上家道中落，所以尽管也是李家近支，土改"复查"中并未受到触及。这便使他倍加积极地靠拢村政权，村里选中他的后院和客屋作为活动中心，他自然欣然允诺。

我进得汉亭大院，院里同样少了往日的热闹气氛。只是那长方形石板铺的地面显得更加洁净，靠西院墙有花墙围拢的竹林呈现出秋天的萧索气象。大院中堆着一座玉米粒的小山，显然是村民率先缴纳的公粮。当我走进客屋，西半部两个囤子里盛满了谷子和大豆。东半部是由两张大方桌对成的办公区域，此时两位会计正在核算最后的账目。他二位一位姓邢，一位姓马；一位身材细瘦，一位较矮而精干，但有一点是共同的，颜面都挺白净，细皮嫩肉的。原来他俩都曾长期在天津商行做事，是财会上的行家里手，论街坊辈我都叫他们"大哥"。

他们一见我来了，与平时一样友善："来看报纸吧？真巧，刚刚才送来的。人家邮递员说是最后一次了，还说报社已经转移了。"我听后更觉这几份报纸太珍贵，就连平时看了多少遍的《大众报》报头也备觉亲切："中华民国三十六年（1947）9月……"这是我终生铭记的不寻常的日子。然而使我不满足的是，报上的战争信息，远处的多，直接关乎我身边形势的几乎没有。只记得有：中原野战军在大别山区固始、潢川、商城一带与蒋、白（崇禧）匪军展开激战，连拔敌多处据点；华东我军转向外线作战，一举攻克鲁南费县……而唯独没有胶东我军动态的报道。为此，我心里颇感郁闷。

这时，我注意到邢、马两位会计大哥正在整理账目，郑重地锁进墙角的一个铁皮箱里。其中的一位手拈钥匙，带笑说："这东西还是要好好收藏，谁知以后咋样呢。"另一位说："一朝天子一朝臣，说不定还要办移交呢。"这话乍听起来很有点变天的意味，但后来的事实证明，他们两位都没有做什么对不起共产党和乡亲们的事；他们基本上应属于比较中间、比较正派的解放区的"专业技术"人员。不过，当时他们的这几句话给我的印象太深了，事后我只能理解为不甚郑重的调侃罢了。

尽管将三四张报纸读了个遍，心头仍然有些茫然，于是我又离开村公所，去往村东头的马家大门城西区区委、区政府，想找孙超指导员（区委书记的对外称呼）具体了解眼前的形势。一进这所中西合璧的马家大门，迎头碰到区里的女干部田同志。这位同志二十多岁，短发圆脸，面皮白皙，步态利落，嗓音轻柔中又有些甜脆："孙指导员已经转移了。"她好像已料到我来就是找孙超同志的，不等我问，就告诉我他不在，但并没讲转移至何处，我知道也不能问，却已感到形势严峻。田同志又告诉我，区上的工作从今天起暂告结束，她是留下来做扫尾工作的。因为我以前就是区政府的"常客"，我在他们心目中，是一个最进步最积极的"小孩"，所以一般的情况并不背我。这时我再举目看去，正屋的门已经锁上了，我也只好告别田同志，快快地向外走去。田同志却又叫住了我，低声告诉说："如果情况有变化，你们团员们，县青会的李敬同志还会跟你们联系的。"

　　正说话间，天上掠过两架敌机，一前一后，向县城方向飞去。那时我已熟悉了美蒋飞机的一些型号，这是 P51 野马式战斗机。敌机飞至县城上空，但又折向北，连投下两颗小型炸弹。田同志本来要去县城方向，现在她停住了脚步，似在对我说又似在自言自语："丢炸弹的地方一定是北海地委和军分区驻地城后遇家和单家一带，一定有人指示目标，不然怎么那么准？"她又扭头转向我说，"不过可以放心，地委和分区机关早就转移了。"她说着，又折向南，我知道，那是本县南山的方向。她所说的转移，我料定就是那边。

　　还是附带说几句：田同志来自县城就近的松岚村，该村历来政治、文化风习很盛。日本投降前后，据我所知就有不少年轻女性参加革命工作，光是姓田的就有多位，拿现在的话可以称作"美女干部群"。

另外,松岚村的村剧团也很有名,当时演出大型歌剧《白毛女》《血泪仇》等在全县影响很大,有的女演员还被选拔至分区和胶东区文工团。

这天上午,村里的氛围静谧如冬日无风落雪,寂寥如在空旷的大院里独步。当时的那种孤寂感直到若干年后我仿佛仍能感知。

夜运粮,山形黑沉欲倾

两天以后,吃过晚饭,二姐建华风风火火从外面赶回家来,对母亲和我说:"今天夜里八点,全村除老弱病残外,一起行动,能挑的挑,能抬的抬,将村里的公粮都运到南山里坚壁起来。"她说她已给我报了名,我们姐弟俩组成一抬,可能半夜以后才能回来。当下母亲和我都没说什么,立马准备扁担、抬筐和麻袋。因为我们这地方没有南方那样竹编的箩筐,不能直接装粮食,只能将粮食装入麻袋,再盛在柳条或荆条编的抬筐里,然后再挑或抬着。

当时,我隐隐约约地感到姐姐可能是党员,却不能问。那时在解放区党员也是不公开的,而且不必一定到十八岁才能入党。后来才知道,姐姐在日本投降后上小学五年级时就参加了党组织。

我们来到村公所,有专门用木锨往麻袋里装粮的。大家依次踏上了去南山的路程。因为姐姐比我大三岁,就让我一段扁担,好减轻我的负担。就这样我和姐姐一前一后,没有灯火,只有半个月亮照明,记忆中总的来说是一路昏黑,好在有熟悉去南山路途的乡亲头前带路,没有人掉队。耳边只有脚步声,基本上没有人说什么话,只有我因为不慎一脚溜进灌溉的水沟里,踏了一脚泥,裤脚也沾满泥巴,但并没有摔倒,跺了跺脚又跟上了队伍。中间只集体休息了一次,又一口气登上了丘陵的上坡,才到达了目的地。带队的村指导员(实际上是村支书)田大哥说大家走了二十多里地,但究竟是什么地方,不知是他也不知道还是故意不说。可有上过南山的乡亲估测:不是文基姜家一带就是莱山前的什么村。在这以前,我从30年代出版的一本老地图册上看到有这样的说明:"莱山,在黄县城南,海拔七百米。"

  这是我生来第一次在夜间近距离地面对这样的山体:就像一把大得无比的扇子,横贴在南山之壁,在月光反衬下乌沉沉、青森森,几乎要倾倒下来似的,看着看着,实在是觉得有点瘆人!白天远距离望山都是很清秀的,我也走过夜路,那是在头年秋天和本年初夏两次分别走出县境,参加少年儿童宣传队随支前大军去掖县和潍北、昌南胶济线,但那都是循烟(台)潍(县)公路奔西南方向,没有穿越这样的大山。想不到在今夜的运粮中看到了背负月光的山扇竟使人感到了几分悚然!

  在归途上,大家还是那么鸦雀无声,只顾走路,但在半途上我好像听到田守仁同学的说话声。守仁是我在同学中接触最多的一位,前年早春日本投降前,曾同我一起冒险携带过八路军的宣传品,中途遇到伪军但有惊无险;本年5月又一起参加了秘密试建中的中国新民主主义青年团。这时我挺想把他叫起来一起走,但被姐姐制止了。因为运粮之前村指导员曾宣布过纪律,路上不要交头接耳、嬉笑喧哗。就这样,当我们回到自己家里,柜上的座钟正敲响了下半夜一点。母亲什么也没说,她一直没有睡,为我们听着门儿,只是从锅里的箅子上端出一小钵玉米粥和两块地瓜,这是她留待我和姐姐压饥的。

  从今夜的运公粮去南山,还有昨天区政府机关的转移,我感到形势已十分紧急,看来国民党军侵占这里只是几天的事。头年(1946)顽8军李弥部本来已经进抵掖县,蒋介石也叫嚷"国大"前要占领龙口和烟台,后因莱芜战役的结果,敌军又龟缩至潍县和寒亭一线。这次恐怕是不同了。

不过,在敌军侵占我县的七十二天中,尽管由于叛徒和奸细的指认,搜寻出一部分粮食,但因我方将粮食步步移向深山,大部分都保存了下来。所以,今夜的运粮之行,还是不枉累体力。

穿越公路，去接受指令

也就是三天过后，刚吃了早饭，西南方向响了两枪，随后又告岑寂。到中午街上就有人传告："中央军"已从南大道东进占领了县城，两个月来一直担心的事终于变成了现实。具体日期我记不准了，反正是在中秋节前后一两天。

想找的人肯定都找不到了，在短暂的时间里我陷入了前所未有的苦闷。却好，就在这天晚饭后，村农会会长老梁悄悄来到我家，告诉我："明天头晌你到大道南的大茔盘去见县青会的李敬同志，他很惦记你，有话对你说。"我答应下来，妈妈也没有反对。

老梁名叫梁本，原籍诸城，小时候随大人逃荒来到我县，已落户多年，从街坊辈上说我叫他"二叔"。老梁为人忠恳、朴实，那年四十七八岁，我估计已入党多年，是我心目中真正够格的农村基层干部。应该说，我生命中金色岁月（十岁至十三岁这一段）的许多活动都与他有关。当时他只安抚了我母亲几句，就匆匆地走了。

第三天早饭后，我抄田间小路奔东南方向，仅行三里多路就是南大道。这是横贯我县的第二条公路，自古就有，乡亲们俗称"官道"（北面的一条是著名的烟潍公路）。民国元年（1912）南方的学生革命军北上清除清军余部,就是在这条路上遭到清军截击,有数十人死难,我村西南崖头有"革命党茔",就是历史的见证。而现在,蒋记第8军又循着这条公路东下直扑蓬莱、烟台。

但现在,当我拨开杂乱无章的"青纱帐"俯瞰眼前的公路时,我一时有点惊呆了:两天前的夜晚我参与了乡亲们挖沟破路的行动,现在看来并没有有效地阻滞敌军的前进。我们当时每隔两丈远就挖掘一条宽大的深沟,目的是使敌人的汽车不能顺利通过。但眼前,所挖的沟正被玉米秸秆和高粱秸秆基本填平,还有汽车轮轧过的痕迹。远看西面有两辆十轮美式大卡车向东颠簸前来。据后来得知,这是头天蒋军工兵强迫路边村民削割沿路"青纱帐"填平的。而在这以前,区政府曾指示各村群众收玉米和高粱时,只掰棒子只削高粱穗,而不要砍伐秸秆,为的是敌军来后我地方工作人员和游击队便于隐蔽,却没有想到也同时方便了对方用来填沟。

我耐心等敌军的两辆十轮卡车通过并拐过一个大弯后,才迅速下了土崖穿越公路,又攀上南崖钻进那边的"青纱帐",根据我以前对大茔盘方位的熟悉,沿着田间小路奔向那里。这处大茔盘自我小时候就和二姐多次前来拾过草。尤其是深秋时节,荒草枯黄质脆,我们就用草筢反复地搂,直把草刺儿都搂净了才罢休。而且,大茔盘还是孩童时期欣赏大自然美景的最佳去处,最动人的是茔盘四角的那四棵在我们家乡少见的枫树,瑟瑟的红叶飘落地上,有的在半空就被我们接在手中,把玩不已。还有那三个大坟丘前青白色的大石桌,光滑洁净,是我们休息的最好场地。至于那两座大石碑,一座好像是赞扬节妇的,另一座是歌颂一个什么官儿,小时候还看不明白。就连这大茔盘属于哪个村哪个家族,也没详细打听。现在,又是什么样子了呢?

当我来到大茔盘时，看到石桌石碑都在，枫树也一棵没少，却又不见有人。正四下里搜视间，只见一个头不高却行动利落的男子从玉米间作的豆地里穿过来，轻声叫了我的名字。我一下子就认出是县青会的李敬同志，才只几个月前，他召集我和田守仁同学还有我二姐建华及张洪琛、李梦瑛等女同学（她们实际上已是党员）来到区委所在地马家大院的西间屋，在那里举行了加入中国新民主主义青年团的仪式。那时候还不知道，几个月后形势会发生这么大的变化。李敬同志示意我坐在石桌上，警惕地扫视着四周；而且我注意到他的右手一直插在青夹袄的兜儿里，我猜想那里有他的"小号撸子"。

尽管环境如此恶劣，但李敬说话的节奏还是那么沉稳，他简短地问了我的情况，特别加重语气问我："如果遇到还乡团搜查，你有没有比较可靠的躲藏的地方？"我说"有"。他没有再具体问我是什么地方，只是提醒我不要因为自己是未成年的孩子就麻痹大意，根据掖县那边的教训，有不少小学生积极分子同样都遭到了敌人的毒手。我听后深深点头表示记下了。接着，他大略地向我讲了讲当前的形势："范汉杰坐镇青岛，指挥着六个整编师二十万人从潍县和青岛夹击胶东解放区，已经侵占了咱们胶东的主要城镇和广大农村，可以说是气势汹汹；但他们兵力不足、捉襟见肘的弱点很快就会暴露出来。不久，相信我们就会反攻的，天肯定是会亮的。"我听了他这番话，受到很大的鼓舞。他叫我回村后把他的话转告我姐姐和田守仁。最后他说："这段时间恐怕很少能够见面了，有什么事老梁同志会和你联系的。看情况，如果形势更恶劣的话，我们会把你们这些团员转移到南山里的。"

在分手的时候，有一件事我一直难忘，那就是他本已从左边的衣兜里掏出一沓传单，看样子想交给我，但想了想又搁回去，只说了一句:"不行,过公路太危险了。"

　　李敬是看着我走进"青纱帐"里的。当时我真不敢想多长时间才会与他重新相见。

　　越过公路后,我这次是循着矫家河的溪流向北走的。在北崖下面是一座小石桥,我手提着布鞋赤脚从桥下穿过,为了不暴露目标,完全无心欣赏我们的乡村小景。可在三十多年之后,20世纪70年代末,我带着女儿回老家沿着公路行走,她眼睛一亮,突然发现一座小石桥下面的潺潺水流,欢快地叫起来:"爸爸,小溪!小溪!"

　　她的喊声,又将我的神思提至三十年前,然而我当时什么都没和女儿说。

始料不及

我们也许常听人言：某某奇人或奇才料事如神，令人神往不已、羡慕之至。但也可能在自身经历中，碰到过本人或他人有"始料不及"的事情发生。我倒是觉得：前一种情况在一般人中不易得，而后一种情况的发生应属比较正常。即使在人的命运转折甚至战争形势的发展中也在所难免。

1947年秋，在蒋军大举进攻我胶东解放区故乡时，我就碰到了这样一件事，可谓是"始料不及"。

当时我解放区领导机构对敌占后的一应举措，事前都做了周密布置。其中的一项是：所有靠近公路的"青纱帐"都通通保留，秋收时，高粱、玉米只取其穗，运回家中收藏。秸秆原样在地，不得砍伐，以备敌占之后，我地方干部、武工队等依然可以利用"青纱帐"做掩护，观察公路上敌军动静，便于我方越路穿行。与此相配合的另一项大行动就是在敌军侵占本县（此形势已无可避免）的前一两天，动员沿公路各村群众一齐动手，每隔十米左右挖掘深沟，拦腰切断公路，为的是迟滞敌军前进，尤其是使敌人的汽车和辎重受到阻遏。记得那天夜晚，云遮星月，村指导员（党支部书记）和农会会长带头指挥，高挑马灯，老少爷们尽皆投入挖沟行动。我姐姐和我还都是十多岁的孩子，却都是秘密状态下的党员和团员，与大家奋战了一夜，傍明天看着被挖掘得横七竖八的公路，已成一条瘫痪了的"死蛇"。

然而，几天以后，听村里的老党员、农会会长老梁说：保留"青纱帐"的措施和挖沟行动基本上没有达到目的，反而使敌人就地取材，即砍伐路边高粱、玉米秸秆填平深沟，汽车照样通过，现在已占领我县县城，继续向东攻占蓬莱和烟台。老梁还顺便通知我：下午县青会领导李敬同志在公路南二里处李家茔盘等我，要我过去布置新的任务。下午等我按时过去，果然看到每条路沟都被砍伐的高粱秸秆和玉米秸秆填平，而且有汽车轮轧过的痕迹，显得很瓷实的样子。有几个乡村干部站在刈割干净的路旁庄稼地里相互谈论："白忙活了，反而方便了国民党反动派。"他们的目光中流露出一种失望的神色。

眼前的事实的确是：如果像平常年月一样，秋收时连秸秆一起砍伐运回家去，敌人即使征用也要多费些时间，而现在他们便可就近取材，只靠工兵和辎重兵就完成了。这一点，我们事前的确是有点始料不及。

当我小心翼翼地越过公路，回头看去，有两辆蒋军美造十轮大卡车自西往东，满载着给养之类开了过来，在从路沟上面轧过时，虽然有点蹀蹀蹩蹩，还是顺利地通过了。

在公路南的一公里"青纱帐"中李家茔盘见到了李敬同志，一开头我就对他述说刚才亲眼见到的"窝心"的一幕。这位当时不到三十岁的青年干部非常镇定，对我说："别看现在敌人张牙舞爪，气势汹汹，再蹦跶也逃不脱最后失败的命运！"当时我以为他心中充满具体的底数，事过多年我再想：主要还是因为信仰和斗志！

果然，不久以后由于蒋军战线拉得太长，其他战场吃紧，后尾遭到我军痛击、吃掉,不得不收缩兵力,仅在侵占我县七十二天之后,便逃窜至西面港口。过了一段时间,又乘美国军舰撤至青岛……暂时的一些小伎俩,表面上获得的一些战术性"胜利",到头来都化为时间的一声叹息。记得敌军逃窜的那个霜花闪烁的清晨,老党员梁本手拈小烟袋,见了我只说了两个字儿:跑啦!

这就是历史。

在整个历史进程中,当然最好都是胜算,偶有始料不及的情况也不应挫伤信心,总结经验教训,丰富斗争智慧,坚信正义对邪恶,应能笑到最后。

又一次进城,还算及格

半月前第一次进城,肩负撒传单的使命,没有圆满完成任务。这一次老梁按上级指令,叫我以进城赶集的名义,到北校场观察一下蒋军的炮兵设置情况。他特别提示说,敌人对成年人警惕性很高,不易接近他们,相比之下,对小孩就放松多了。

也算凑巧,有一天,敌占前村公所的两位会计约我一起进城赶集。他俩一位姓邢,一位姓马,论街坊辈我称他们为大哥。我当下说"行",心里当然挺高兴。

邢大哥处事精细,马大哥性情爽快。后者一进城就说:"城里东河的羊汤很有名,可以去来一顿,我请客。"于是,三个人穿过西关和城里及东关,沿途我时不时停下来看敌人贴的宣传品,不消说,全是"中央社"炮制出来的"牛皮"货色,这边是"东北国军中长路大捷击毙共军三万余",那边又是"国军在中原战场围歼共军击毙共军司令××"。对于这一套昏话瞎话,我心里自然是不相信的,因为蒋军的宣传已达到信口雌黄的地步。在我的记忆中,近两个月我看到他们的传单上说,人民解放军各战场的首长几乎全被他们"击毙"过,有的还被"击毙"过多次。他们的卑劣和愚蠢确实达到令人发笑的地步:几天前将××"击毙"过,几天后连他们自己也忘了,于是又被他们重新"击毙"一次。好在我这两位大哥对我的走走停停也能容忍,并没有表现出不耐烦,只是含蓄地说:"你看的那些消息,恐怕只是'仅供参考'吧。"我笑笑,也不说什么。

来到东河西岸,只见满是摊点席棚和布棚,马大哥引领我们来到一处挂有"老白家羊汤"木牌的席棚内,落座。他要了三碗羊汤。在这之前,我们家是从来不沾羊肉的,觉得羊肉膻气,但一吃这里的羊汤,却没有什么膻腥气,还觉得爽口。不过,在我的记忆中,这可能是我第一次吃羊汤,基本上也是最后一次吃羊汤。

吃罢羊汤,又东行至河滩上,靠东岸的干爽处,长达一里地都是"破烂市"。说是"破烂",实际上是什么好东西都有,皮袄啦,首饰啦,以及古旧家具,琳琅满目。其实邢、马两位大哥也只是看,没见他们真买。蓦地,一个熟悉的身影出现在我们面前,马大哥叫了他的名字。那人也看到了我们,他身旁还有一个同伴,穿的是一色的藏青色的中山装,头戴香色礼帽。此人正是我们初小时的校长、高小时的副校长张某,一年多前因为生活问题突然间一夜"失踪"了,后来才知道他跑到青岛当了还乡团成员。听说这次随国民党军回来了,但一直没有回村袭扰,也无反攻倒算之举。现在,倒是邢大哥主动问他:"没回家看看?"他答:"一直没抽出空来,过些日子回去看看乡亲。"我寻思了一下,觉得还是问候一下比较妥当,便礼貌地叫了他一声"张校长",他冲我笑笑,也没说什么,眼睛里还看不出凶光。

我这时觉得应当摆脱他们,去北校场,便对马、邢二位大哥说:"你们先看着,我肚子不好受,到那边找找有没有便所。"他们一答应,我就从人缝里挤出去,径直向北,走了大约半里地,赶集的人已很稀落,再折向西,就是所谓的北校场了。

这个北校场,据说明代重修县城以来,几百年间都是军队操练之处,也算是县城中最空旷的地儿了。但由于被敌人攻占,这里又在赶修工事,西侧满是断壁残垣,就东半部和靠北墙一带还较平整。此时,敌人已在周围拉了铁丝网,铁丝网外南侧还有一些民工在清理砖头瓦块,我也趁机混入他们中间,接近了铁丝网。这时便看清场内有三门深绿色的美式轻型山炮。因为我在1946年秋和1947年麦假期间参加少年儿童宣传队,去过掖县和胶济铁路以南前线,所以对于美式榴弹炮、山炮、野炮等已能辨识。这时,蒋军的几个炮兵正在做预射的准备,并没有过分理会我这个在铁丝网外观看的"小孩"。我见炮口都朝着东北方向,过了不大一会儿,他们开始发炮了,三门山炮交叉发射,有些不紧不慢,但各自射击十几发之后才告停息。响声虽说不小,我却也未感到震耳,也许这两年我在战争环境里已经受得太多,有点习惯了吧。

敌人这次射击,我迄今也未断定究竟是为他们的步兵提供火力支援还是盲目地乱放,抑或是炮兵练手之举,不敢断定。但有一个收获是确定了的,在通常的情况下,北校场是配置了三门山炮,而且是面对东北方向。于是我便原路折返,又回到了河滩"破烂市",一见马、邢二位大哥正在东张西望,焦急地找我呢。可是,他们的眼神都不太好,马大哥还戴着高度近视镜,还是我向他们走近,叫了声"大哥",他们才多少带着责备的口吻问我:"你跑哪儿去了?真叫我们担心。"我赶紧向他俩赔不是,说:"跑了大老远,也没找着个便所,只好在远处庄稼地里……"他们仿佛释然,也没再说什么。

这天回村,晚上我就把看到的情况报告给老梁。老梁肯定报告上级了,至于他跟谁联系,都通过哪些方式,我从来不问一个字,也不能问。只不过在几天以后,我在九里镇大街上看到了油印的红字"捷报",标题是:我黄县地方武装小试锋芒,在县城东北方向重创窜扰之敌,全歼蒋军一个连。我不敢说我的"侦察"行动对我军是否有帮助,但有一点可以肯定:我完成了组织上交给的任务。

气节：红与黑的反差

一种人的巨变就发生在七十二天当中。七十二天，才只两个多月，同样是这一个人，便发生了从红（至少表面上是这样）到黑的剧变。时过六十八年之后回想起来，仍不免有些暗自喟叹，匪夷所思。

七十二天，是我永远铭记的 1947 年秋蒋军侵占胶东半岛我县的一个时间段。就在这么短短的时间内，有的人宁死不屈、慷慨赴死；有的人在面临生与死的选择关头时，向敌人屈膝投降、出卖同志；而有的竟贪图享受，转而献媚"侍奉"昨天的敌人。

在这方面，我选择两种情况的十个人，分两组述之。这十个人中，我大都认得，有的还非常熟悉；有的只是听说，却也非常确凿。

在第一组中，我县当时的副县长兼公安局长于耀光同志我是认识的，并听过他的讲话，但未曾交谈过。他是在敌占之后的一次遭遇战中，为了掩护干群撤退被敌追击，他在以一支驳壳枪还击时中数弹而牺牲。他的新婚妻子（也可能是未婚妻）田大姐因悲痛而终身未嫁。我前几年写的一篇散文《深重的沉淀》就是纪念她的。田大姐抗战胜利前夕就到我村教过《战斗英雄任常伦》等革命歌曲。她相貌端庄清秀，而她的"对象"于县长则高挑英俊，即使在战火纷飞的年代，人们也无不赞美他俩是一双理想的伴侣。然而，他们其实在一起相处的时间并不长。男方以三十几岁的英年真正是为大众而捐躯，女方独自勤勉于工作几十年寂寂而去。

另一位是刘胡兰式的女英烈（名字当时知道，现已忘记）。她是县城北不远处的一个村的秘密党员、妇会主任。敌占县城后她仍在村中坚持工作，后被坏人指认而被捕，还乡团逼她供出党组织名单和公粮的坚壁地点，她在刑讯中仍坚不吐露，最后被匪徒杀害，其状甚惨。敌人逃离一年后在一次革命事迹展览会上我见过她的事迹介绍，当时深受感动而不禁唏嘘。

还有两位是年仅十几岁的少年才俊。其中一位我原来知其姓名，今已忘记。因为他在我县东南乡石良集一带很有些名气，各方面都很出色。与我同时秘密地参加试建时期的青年团，并在1946年年底全县高小毕业生会考中也与我同样名列前茅。这些情况都是当时县教育科李科长告诉我的。1947年秋敌占时蒋军出城扫荡他不幸被捕。据说只因有通敌分子向敌连长报告说："这是我们这一片八路崽子中最积极的一个。"当即被匪连长拔枪杀害。另一位也是青年团员，是西北乡一带人。他因去烟潍公路南侧小庄据点撒传单而被捕，随后被吊死在高杆上示众，以震慑一切敢于反抗的分子。这位小同志我本不知其名，因为组织上当时也未对我讲。只是县团委李敬同志叫我混在本村到小庄据点修工事的大人中，借机到那里观察动静。我混进去倒没费事，敌军挖交通沟急需人手，只要多个人干活就行。在那里，我亲眼看到小同志被绑在高杆上，许是时间长，几近昏迷，半点声音也没有。戴大帽花的敌排长在高杆下大呼小叫，警告来修工事的人千万别学"这小子"，否则砍头，"决不留情"。我回村向老党员老梁讲了这些情况，但后来听说武工队营救未果,因为狡诈的敌人在那天晚间就将小同志杀害了。

这一组中最后一位是老丁同志,他本是我的政治课老师,在九里镇中心小学任教一年后"参政",在区政府工作。老丁是一位跛足的残疾人,别人背后叫他"丁瘸子"(估计他自己也知道,但并不介意)。1947年夏秋土改"复查",他作为区代表在我村"驻点",政策掌握得较好,没有什么过火行为,全村没有发生打死人的事件(有一户被斗户因"扫地出门"造成母女投井自杀)。随后蒋军侵占我县后县区干部向山区转移,老丁因腿脚不便而被敌人追上,抓至县城严刑拷打,他坚不吐实,只待"处决"。不久县城敌人乘夜弃城逃窜西面港口,过于匆匆未及清点"犯人"人数,老丁机智地钻进大炕上的血腥棉被堆里而幸免于难。新中国成立后审干中以"坚持了革命立场,经受了考验"结论。谁料在后来的"文化大革命"中怀疑一切,打倒一切,老丁的旧案重提,哪怕是一粒石碴也要再咬一咬,一粒糠也要再炒一炒,定要把他打成叛徒才算为运动做出贡献。好在"文革"之后落实政策,老丁的事以维持原结论了结,另行分配在县种子站任站长。但遗憾的是因被"自己人"折磨得太厉害,不几年后溘然长逝。

另一组五人中有两位都曾做过我的高小和初小校长,他们不少的积极活动在我的其他文章中都有涉及。而偏偏就是这两位曾在抗战和解放战争初期表现良好的老师,却都于蒋军侵占我县之前即逃至敌占城市青岛,先后成为还乡团成员。但他们加入运动的动因又不尽相同。孙校长本来就在青岛干过洋行职员,能力强,但本性尚浮华,喜欢吃喝玩乐。在解放区革命进程不断深化的情势下,他逐渐感到不适应不"自由",于是就突然潜赴青岛,入了还乡团。一年后蒋军侵占我县,他也随同回来。因他家并非地富,成分是上中农,并未被触及,他亦无"反攻倒算"的理由。按他回来时村里熟人所言:"就是回老家转一转而已。"不久蒋军逃窜,他又跟随回了青岛,新中国成立前乘美舰去了台湾。其后不知所终(按其自然年龄应是早已离世)。而另一位张校长自抗战以来就是一位进步青年,态度热诚。他的离乡逃至青岛确有一些特殊动因在其中。我在上初小三、四年级时,有一位超大龄的殷姓女同学跟不上班,后来不得不退学。而就是她,与张校长半途"逆行"有直接关系。原来,作为本村首富的公子张校长,当日由父母之命与同属名门之女结成"秦晋之好",却不料彼此性格极不合,但限于家庭和个人身份都不可能分手,就在这外人不知情的一年中,张与退学的大龄女生殷某某相吸引而做出苟且之事,并生下一女婴。为掩丑行,便弃婴于土地庙前。然而,还是没有包得住火,村里有仇人和好事者贴出黑传单:"伪君子"张某某人面兽心,是教师中的败类;为人师表还是伤风败俗?将张某某亮在太阳光下……一石激起千层浪,张校长无颜逗留于本乡,星夜逃至青岛,本想觅个正当职业,无奈无门路也难,不得不请他的老朋友、老同事孙校长帮忙。孙顺理成章地将走投无路的张拉进还乡团组织。蒋军侵占本县,他也随还乡团回来,此行只有一个目的,就是将殷某某带出来(妻子已宣布与他脱离关系)。回来后,他只到村子里一次,是担"支应"任务的老党员老梁接待他的。他们本来就很熟,谈话开门见山。张说回来什么也不要,只希望把他当日赠予殷某某的信物金戒指还他。但这枚戒指当日"复查"分浮财时,由于张家知情人的揭发,"贫农团"从殷某某那里要来,并在"分果实"时已分给了一户贫农。老梁经过认真考虑,决定对那户贫农做工作,要回戒指还给张校长。张表示感谢,带着殷某某回到县城,再也没有回村。不久蒋军逃窜，张与殷随同回到青岛，但托病离开还乡团，二人悄悄做起小生意糊口。新中国成立后，张主动向人民政府自首。政府认真调查了解了他的全部历史，在向本村外调时老党员老梁秉公为他说了不少"好话"，后来张带殷去殷的老家哈尔滨，并在一家国营大厂找到了工作，生活简单而安逸。孰料"文革"爆发，由于他的历史问题被揪了出来，白天批斗，夜晚"熬鹰"，难得睡觉。于是张的精神彻底崩溃，在妻子来给他送饭时，他只说了一句话："我好后悔……"当夜便上吊自尽。这最后的一句话，使殷某某品咂了许久，后悔什么呢？是后悔当初自己不该做错事？还是在青岛时应该随同老朋友孙某某去台？殷某某已无从获得准确答案了。

另两位都是教师。一位姓王，曾被评为县特等模范教师，还是全县响当当的模范中心小学校长。虽不是我校校长，但我见过他不止一次，他身材较小但很精干，眼光里透着精明灵动。另一位姓吕，我不但认识，他还做过我们九里镇中心小学低年级的政治课老师。他俩跟前面那两位不同的是：前两位都是党外人士，而这两位都是党员。原来，当蒋军侵占之后，他们俩都没有逃走，而是躲在家里，一心想"金盆洗手"——不想再干革命工作了，从此当个"顺民"也好。然而，才只待了几天，不知是谁，到县城里"举报"了他们（是各自举报还是共同举报至今不确知），敌人立马到他们各自的村里抓捕。押到城里之后，据说王校长开始还狡辩了几句，但一用刑，马上就"撂"了，不但交代了敌人想要的东西，还额外"咬"出敌人连线索也不知道的其他曾经共事的同志，叛变了党，叛变了革命。而吕老师更尿，一押到城里，还没过堂，就向敌人乖乖跪了下来，只要留他一命，叫他干啥都可以。毫无疑问，他也和盘端出了组织和革命同志，并表示要效忠"国府"。假如蒋匪军在县城能多待些时候，他们也许还能够多活几天，却偏偏敌军不久就逃离了。在县城至港口的三十里路程中，本来敌人还是带着他们走的，可后来又觉得是个累赘，随手啪啪两枪，把他俩打死在公路一侧的沟里。事后我村老梁去看过。回来对我和曰润二舅摇着头说："咳，不成样了，像死狗一样蜷在那里。"

第二组中最后一位也是教师、女同志。1946年在九里镇中心小学任一、二年级"唱游"老师，那年才十八岁，1947年春"参政"到区委任妇女干事。她姓田，入党时特小，与于县长的爱人田大姐同属一个村镇。此地以文风习习、名人荟萃而著称，尤其是女性，品貌与气质一般都优于其他地方，这位田同志也是。面色微黑，却很圆润，一双眯缝眼透着妩媚，眼小反而更好看。她参政后，工作做得据说不错，但灾难也几乎同时降临。1947年深秋，蒋军侵占我县，一支部队突向一般人认为不会来的山区"堡垒村"奔袭，田撤离不及，钻进农家草垛里而被一蒋军团长搜出，有无内奸指点无据可查，匪军官一见该女之仪态其心大悦，不但不杀，反而好言相诱。只要她承认自己是共产党员并投降"国府"，便既往不咎。田笑而依之。匪军官立即带她回县城纳为小妾。据说跟随其至徐州，淮海会战中侥幸逃脱，化装穿过解放区到达青岛，后又乘美国军舰去往台湾。该军官升迁较快，退休后赶上改革开放，两岸相对宽松，20世纪80年代中期田偕其"夫君"回乡小住。有的年长乡亲事后告诉我，田乘小汽车在县城乃至回本村，依然衣饰讲究，仪态从容。虽年过五旬，仍不见老态，言谈举止，似乎昨日什么事亦未发生。

呜呼：十人中有六人为教师或曾做过教师，也许纯属巧合，何以为后来者做表率耶？此且不究，细察之"红"者一组与"黑"者一组中,背景、过程、性格、命运皆不尽同。有的正气浩然,宁死不屈,是革命气节亦其生性使然。有的少年夭折,倏忽未多阅世即如流星光逸,至今未知其家庭近况何如。作为同代人,余虔心牵念。所谓"黑"者中,有的本质未必恶劣,然或因天性,或因过失,不能终其正途,亦令人不无叹惋。有的曾挂"红"牌,实乃狐鼠之辈,人世间稍有剧烈运动,即原形毕露,可叹亦复可怜。至于个别"幸运儿",时耶?命耶?任他旋风浪转,无非一团色彩斑斓之乱草耳。卑之?羡之?均不易一言解之。

我在战争年月中的几个"第一次"

"生平第一次",早已不是一个新鲜的命题。但在抗战胜利七十周年即将到来之际,我想起自己在战争中的少年时期,有几个"第一次"引发了我的思考,应该说在我的生命历程中都产生过相当深刻的影响。

如果细述的话,这"第一次"可能要说上半天,这里只说记忆深刻的乘汽车、演话剧和初识电灯三件事儿。

汽车,这个家伙我几岁时就已看到过现在的机动车。因为,我村距离著名的烟潍公路才一公里之遥。公路的南侧有一处据说自明朝就有的柏树林。那些古柏,细者有一搂粗,粗者足达合抱。我常随同村大些的孩子去柏林,以满足孩稚期的好奇心。但就在这当中,我们也常常碰到公路上往返于县城至龙口港的日军汽车,运送鬼子兵和弹药给养。尽管有风险,还是阻挡不住我们这些男孩子一睹为快的决心。日军汽车都是四轮的,车型也不大。可能是因为鬼子们急于军务,并没有过分顾及看热闹的中国小孩。而我们看了几次后也觉习以为常,不再那么好奇了。日本投降后,县城和龙港的日寇汽车均为我们缴获,但据说除了支援胶济铁路前线战事外,比较老旧的归烟台运输公司,担负胶东解放区内部的运输任务。至此,几年之间,我看的汽车虽不算少,却只是过过"眼瘾"而已,就连爬上汽车感受一下的机会也没有。

但随后这种"零感受"的日子终告结束。

那是 1946 年秋天,蒋军第一次向胶东解放区腹地发动进攻,自潍县出发的李弥所部之第 8 军进占昌邑、掖县,在掖县粉子山等地遭到我胶东军区主力迎头痛击,双方连日激战。我县距掖县城约九十公里,而且敌军还有向前推进至平里店一带的势头,重炮轰击的声音日夜可闻。我县此时已成为最近的后方,北海军分区领导机关和所属部队也已由县城移至距前方更近的九里镇。此时我就在九里镇中心小学上学,在军分区和地方政府的领导下投入了支援前线的活动:募捐、宣传、协助民兵和自卫团准备所需物资、维持后方治安,等等。又过了几天,在县委、县政府的指派下,中心完小由李老师(女)带队,由高小的积极分子组成了少儿慰问宣传队出发去掖县慰问前线劳军,我也是其中的一员。从日常的接触中,我料到李老师多半是党员,而且可能还是学校党支部的一位负责人,只是不能随便说而已(当时的党组织即使在解放区也是不公开的)。

赶赴前线自然都是步行,我们这些孩子家也不能例外。战争年代,用来代步的交通工具完全没有,而且我们还背着各种各样的东西,可说是负重前行。毕竟我和其他同学以前从未去过远方,刚刚走了几十里,累且不说,脚上都磨出了水泡。李老师见此情状,也很着急,便叫大家在路旁树下休息一会儿再走。我们刚刚坐下,偏巧从烟台方向(经我县)开往前方的两辆从未见过的"特号"大汽车开了过来。司机和副驾驶座上的解放军同志敏锐地发现了我们,尽管军情紧急,他们也没有不管不顾,而是停下来打开车门,问声:"你们是到哪儿去的?"李老师马上回答:"是去掖县慰问前线劳军的。"司机看上去是位老军人，他果断地说："还远着呢，你们今儿个咋能走到？快快上来，我们都是去前方送物资给养的，正好捎着你们！"说着他和年轻的副手都下车来，将第一辆车上装的麻袋和面袋都归集到前面，腾出后面叫我们上去。女老师本来还犹豫了一下，可当她一看我们这状态，加之解放军同志的真情催促，便决定都上汽车。后面那一辆显然装的是弹药之类，司机虽也停车，但并没让我们上去。我在上车前，还好奇地打量着这第一次开眼的大家伙：十个轱辘，后面负重部分双层二四为八，前面一边一个，只有两轮。司机同志见我这副傻样，没等我问就告诉说："这是美国造的十轮大卡，援助老蒋打内战的。这两辆都是我军前两月在胶济铁路前线缴获的，归我们使唤了，杜鲁门还不知道吧。"

三四天后，粉子山阻击战告一段落，我们共歼敌四千余，击落敌机一架，挫折了蒋军的进攻势头，部队转移至山区休整，我们慰问宣传队也离此回归。可能是李老师事先与部队领导联系的结果，归程由部队回后方的汽车负全责，统统乘汽车回去。也巧了，这回带我们回去的仍是那位"老"司机，但副手却换了另一位同志，而且只有一辆十轮大卡，另一辆不知为啥没有同回。我想问司机同志，转念一想可能关系到军事机密，还是没有出口。在对话中，我才知道这位司机同志才三十七岁，河北人，可笑的是，我小时候，凡是碰到成年人都觉得人家"老"了。其实，就连一些部队首长和县里的领导干部，也不过三十几岁至多四十岁。

回程车行不远，还遇到一次险情：两架蒋机飞临上空，在奔驰的汽车上空盘旋了几圈，所幸没有任何攻击动作，便向莱州湾方向飞去。半途"方便"的空隙，司机"大叔"才告诉我们：刚才的敌机是美制P51野马式战斗机。他们没有低空作孽，是因为我军前几天用机关枪击落了一架同型号的敌机,看来这些家伙还是心有余悸,才没有太放肆。但我还是觉得有点侥幸。

司机"大叔"怎么也不会想到我一直在感动着:见识汽车虽然好几年了,开始是担惊受怕地看,鬼子投降后是心存羡慕地看,却没有尝过坐汽车的滋味;而且都是日本制造的四轮汽车。没想到这次来前线劳军,便有幸真的乘上了汽车,而且是美国造的十轮大卡车,可以说是一步跨越。这十轮卡车当然是人民子弟兵以鲜血和生命从敌人手中缴获的,就算司机"大叔"没讲,我也能想到。所以,当我们在九里镇公路边与司机"大叔"告别时,我心里特别难受:不知为啥,我断定这是永别,日后不会有机会见面。易感的我流泪了。"大叔"看到了,安抚我:"别哭,我们还会见面的。"也许他为免我多伤心,便急速地上车开走了。

回到学校,孙校长看到我们顺利安全地完成了任务,十分高兴,立马亮开他那富于表现力的嗓门:"《水浒传》里的神行太保戴宗,胯下所谓的'甲马'日行一千夜行八百,其实今天的汽车轮子就是'甲马',你们都是神行太保!"这是第一次难忘的经历,第一次啊……

再一个第一次是1947年春节后,全县"反蒋保田"大会不久,在加紧进行"蒋军必败,我军必胜"的宣传浪潮中,我中心小学高年级排练了一出话剧,名字我忘记了,只记得是蒋军为了扩大兵员,在蒋管区疯狂地抓壮丁,作为打内战的炮灰赶送前线。这个"剧本"是我在胶东《大众报》上发现的,便提交给刚调来不久的李校长。校长看了后也觉得不错,就决定在课余时间进行排练。这出话剧角色不多,除蒋军连长和"匪兵甲、乙"之外,就是一名穿白大褂的军医和一个五十多岁有病的老农(另一个配角是老农未成年的儿子小锁)。角色都是由李校长在高年级同学中选的,而且自任导演。他年轻时走南闯北,也是一位话剧爱好者。他让我担任他的助手,而且担演那个军医。试演之后,他对我这个从未演过话剧的生手赞不绝口,认为非常"到位"(这个词儿是我第一次听说的,几十年间一直未忘)。校长对每个角色都有简要的提示语,他对军医的提示是:"演得要特阴损,外面上却要煞有介事。"他还特地加了句原剧本中没有的台词:"不老,一点不老,爷儿俩一个老小伙,一个小小伙,在队伍里正好做伴,互相照顾。"就在这个"白大褂"连蒙带唬假查身体真拉伙充数的一番表演后,老农父子俩都被打入"壮丁"行列。而我觉得真正演得出色的是"老农"矫姓同学。这位同学因病多次留级,本来就比一般同学年龄大,再加有病,面色蜡黄,稍做化装后,倒真像是一个老头了。

  这出话剧先在本校北操场夜间首演,受到大家好评,接着又到区政府所在地乡城镇与县城参演,起到了应有的宣传作用。但在这之后,对我来说,也引发了一种"副作用"。这就是那位被我"忽悠"了的老农一副凄楚可怜的眼神常在我眼前晃动。虽说是"演戏",不是真的,但我下意识间总觉得是助纣为虐,从而给我这一个"第一次"开了个带负面感觉的头。从此,被李校长肯定过的"话剧苗头"自然终止。我第一次的话剧体验也便成为最后一次。(但我对京剧的爱好依然如故,至今未泯。)

  看来,并非所有的第一次感觉都是完美的。

  另一个记忆深刻的第一次也与话剧有关。那是在我正式参军后,当时在莱西义谭店临时驻防。同样是在水集(原名水沟头,今莱西市所在地)附近村庄驻有准备解放青岛的某部后勤机关。是夜军区文工团在义谭店演出话剧《大渡河》,即太平天国翼王石达开带领部众自天京出走,辗转来到四川大渡河,渡河未果却惨败于清方骆秉章之手,结局惨烈教训深刻。然而,最深刻的好像还不在话剧本身,而是我本人在这天晚上第一次见识了电灯照明。发电机是搁在大汽车上,舞台和观众场上都有电灯泡,很亮(当时根本不知度数之类)。这使我联想起两年前在老家看分区文工团演《白毛女》,只因汽灯的一个"石棉罩"出了毛病,弄得管事人员手忙脚乱,一直延至子夜才开始演出。对比电灯,汽灯照明范围有限,而且不断咝咝作响,在这些方面电灯就优越多了。因为是第一次"触电",我在观剧的同时,还情不自禁分神去欣赏这个新伙伴。

一个人的大脑活动是不会停息的("特殊情况"例外),人与人之间相互也难以测知某个时刻都想了些什么。我在看《大渡河》的同时,还因电灯想起在小学三年级课本上读到的大发明家爱迪生。我一直钦佩这位美国人的动因是"勤于创造,追求不止"。

这电灯昭示着光明,昭示着山东全境的解放,也昭示着新中国的诞生。就在这次观剧看到电灯之后不久,敌占的山东境内最后一座城市青岛宣告解放。

"第一次"意味着新鲜和新奇,而新鲜往往焕发着特别的魅力,激发出不断奋进的动力,深化着首尾呼应毕生难忘的记忆力。

走时脸红,回来时天红

这件在今天听起来也许只是付之一笑的小事,在当时可是极不平常的奇事一桩。要不然,当我老了以后怎么还记得这么深。

我刚参军时,曾在连部当了不足一年的通信员,还有一个叫小常的是文书,我们俩在"连首长"手底下当"小鬼"。真的,如果搁在今天,都是地道的小孩子家。可在俺老家解放区,小小的年龄参加革命是常事儿,自己甚至别人都不拿着当小孩看。也许正因如此,若干年后我在为一篇长文最后命题时,提笔写了七个字:"战争中没有小孩。"

当时我们的部队驻在胶济线以北一个河边的村镇。一家人口不多的殷实小户成了我们连部的临时房东。我们连部住东厢房,正屋一明两暗三间只有房东母女二人。据村长说这家女主人守寡多年,眼前唯一的闺女长得挺俊,那年才十七岁。部队住在老百姓家,极少打扰,就连借个用具啥的连长都反复叮嘱我们:能不麻烦就不麻烦。所以,彼此进进出出都很客气,话说得也不多。没承想,女主人竟自相中了连部的文书小常。后来才知道,她向村长透露了她的心意:想叫小常做她家未来的上门女婿。当然,不是马上,是先定好,过几年打完仗再成亲。

其实,小常才十六岁,比那闺女还小一岁。他是我东面邻县的海边孩子，在家里是独子，初中毕业后参的军，算是部队中不大不小的知识分子，所以小小年纪就做了连部文书。他平时话语不多，特别腼腆，对于"对象"之类的问题，同我一样，也还是未开窍的年龄。但他长得很俊秀，苹果脸像粉团那么白净。也怪了，无论是行军还是打仗，再烈的骄阳也晒不黑他的皮肤，就像是特殊的天然色。也许是由于这种长相，才引起了房东母女的青睐，却也因此招来了这场小小的麻烦。村长还真的向我们指导员转达了女房东的意愿。指导员听了，脸一沉，按他平时的习惯说法"乱弹琴"刚说出一个"乱"字，又改口说"开玩笑"！看来，他不想因此而闹得彼此不愉快。在这当中，我算是"局外人"，年龄又最小，但我还是注意到了小常文书情绪上的变化，尽管他和那闺女并没有说过几句话，却看上去内心还是有所触动。几天里，他总是脸红——是那种傻乎乎模样的，是做了啥错事心里害怕那样的红。

好在几天以后，部队就转移至胶济线以南，为保证兄弟部队顺利歼灭胶济中段之敌，担任阻击东敌西援的战斗任务到战役结束，我部又回到胶济线以北休整，仍驻三个月前驻过的沿河村镇一带。

然而，哪知一个月前，就在一个集日，两架 PS1 野马式蒋机突然飞临这个村镇上空，盘旋两周后，便对正在赶集的无辜百姓投弹扫射，该镇西半部沿街两侧的商铺民房基本被毁，百姓死伤数十人。在解放战争中，这样的情况对我来说并不罕见，自日本投降后，我在老家就经历过非止一次的美造蒋机"炸集"暴行。也就是说，强盗的肆虐多次发生在乡镇和县城的集日。当时我还有些懵懂：他们为什么要对手无寸铁的非战斗人员也滥施杀戮？参军后连长才告诉我：这一是对解放区人民泄愤，因为他们觉得老百姓多数已被"赤化"，是倾向共产党和解放军的;二是蒋机为向上司报功,通过"炸集"摄影,吹嘘他们又消灭了多少多少共产党和"土八路"。在当时,他们虚构战绩已成家常便饭。这处村镇正处于解放区和边缘区之间,所以遭此浩劫。

这时,指导员向我和常文书挥手:"走,到老地方看看去!"我明白:他所说的"老地方"就是三个月前我们住过的镇西头。我心里想:要不是连长在阻击战中腰部负了重伤,他那个急脾气,肯定是早就要去看的。

当我们走到那里,眼前全是断壁残墙和破烂的家具之类,还有的就是燃烧过的灰烬。我们三人谁也不说话,却不约而同地在心里估摸那个原址寻找过去。我的眼尖,最先看到了一只被砸瘪了的白铁水桶,断定是我和小常为房东抬水的那只,因为上面有"乐善堂邱记"五个黑字。而小常也找到了一把被烧成半截的竹扫帚,这也是我们为房东扫院子用过多次的。毫无疑问,这就是母女二人住屋小院的原址,可是所有这一片地方,她们还有邻居们及那位为房东传话的村长都不见了身影。他们都去往了哪里?是逃避到别处投亲靠友,还是……我特别注意到,小常的眼睛里已涌出了眼泪。其实我自己也憋不住想哭。再看指导员也紧紧地绷住嘴,一句话也没说。此刻只有小常缓慢地还在地上仔细寻找着什么,但毫无所获。

我一抬头,望着西北方天空。两小时之前这里下过一场雨,夕阳此刻被一片灰云裹住了,所以东面天空并没有彩虹。但在西面灰云的上方,好像被挤出一匹绛红。是静得喘不上气那样的红,是瞅着带苦笑那样的红。

不知怎么,我下意识地觑了一眼小常:三个月前我们走的时候,他一直脸红;而现在,却变成了天红。

我们的事务长匆匆赶来，向指导员报告："房子在村东都找好了，就是挤一点儿。"

指导员有些瓮声瓮气地回答："挤点也好，能住就行。赶明儿组织一下人，把这边该收拾的好好收拾一下。"

这时我才觉悟：指导员他们事前已经知道这里发生的事情，他就是要带着小常和我这两个初经世事的小兵实地看看这番情景。

重回突破口

我是参军四年后才第一次回乡探亲。老家交通不便，不通火车，我下火车后必须在 V 城再乘长途汽车三百多里才能到家。我对 V 城印象极深，这一是因为我参军后首次经历的战斗就是对此城的攻坚战；二是因为它的地理位置非同寻常，紧接内地和半岛沿海的走廊地带。所以当日国民党军也派了几个旅的兵力把守，攻坚战打得非常激烈。我清楚地记得我军的攻城爆破口是在城西北角上，那一声震天巨响就在此处轰开了"固若金汤"的高大坚固的城墙。

但炸开一个口子，并不等于可以就此畅通无阻。在这里曾经过反复争夺才粉碎了敌军"堵口子"的努力。不必说，先头部队也付出了很大的牺牲代价，我记得的就有先锋连一排副排长、二班长还有一位人称"小老虎"的英雄战士小罗在此牺牲。因此，爆破口对我来说是一个永恒的记忆。

也巧了，这次在此地转车还从城西北角经过。我不禁一惊：怎么？四年过去，爆炸的突破口原样儿还在，只是出奇的静默，静默得有点肃杀，竟使我忘记了急奔汽车站去买车票。为什么没有进行修整，依然破破烂烂地堆在那里？为什么没有像我所在的省会大城市那样，依原状移向市博物馆永久地展出？难道是因为刚解放不久百废待兴，眼前还顾不上这里？

在那个年月，我不愿如此揣度当地的有关工作同志，而宁愿从积极方面来理解他们暂时不动的真正用意：也许为了展示原始的真实，让更多的后来人凭吊那惊心的一刻；甚至为便于人们前来寻找被残砖乱石掩息了的血光；亦可借用这些被血渍浸染的砖石作为"秤砣"，来计量牺牲代价有何等的分量。

当时作为一名小机要译电员，我深知通向胜利的进程是多么的不容易。从突破口到敌城防司令部虽不足一公里的距离，却可以说完全为"冲杀""争夺""肉搏"这些字眼所垒筑。敌人的美造汤姆生冲锋枪和火焰喷射器绝对不是吃素的。不怕死是因为在血肉拼搏中忘记了死亡，只想着为后来人蹚平道路。我所认识的副排长就非常相信："后人一定会记着我们！"

我与他认识完全出于偶然：一个月前在雨夜行军时，他在前面大喊"掉队的赶快跟上来"。从口音上我判断他一定是本县的老乡，后来才知道我们俩的村庄仅相隔三里地。他个头很大而且极壮实，比我能高将近一个头。他面部最明显的特征是嘴唇挺厚而且有些外伸。但看上去并不丑，显得厚重而坚定。在清扫外围的战斗中，排长不幸牺牲，连长和指导员指定副排长代理排长，谁知他愣是回了句："打完仗再说，先干着！"

或许乡土情是一个原因，副排长在突破口牺牲之后，我心里觉得格外痛。从与他认识到他"走"，才一个月零三天，对我来说，却如同失去了一位至亲。所以当四年后我又来到这个突破口，整个神思如同定住了一般。我预感到：不会第三次还经过这里，即使还有机会过来，突破口也不可能再保持原样。

　　就在这个时刻，我眼前出现了一种幻觉：竟恍惚看到副排长、二班长和小罗都在爆破口持枪站着。一个个表情都很严肃。哦，他们原来没有走，还恋着什么？是为了向后来人证明历史真相的确凿无误，还是在守卫，为防日后某些贪图私利者，将浸染血渍的城砖当古董去换钱？或许还有某些目光短浅者，洗掉了血渍拿回家去垒鸡窝？

　　哦哦，当我回过神儿来之后，才意识到这些可能是我的多想，还是副排长生前对我说过的那句话："后人一定会记着我们！"

　　那原汁原味的乡音回响在我的耳畔。我离开此处，大步奔向长途汽车站。果然，此后若干年，由于改道换车更加方便，我没有再经过V城，当然也就没有再见到这个当日的突破口。但这个深刻印象是抹不掉的，无情的时光几十年后也没有冲淡我对此的记忆。

遥远，又那么亲近

1950年10月1日，是我一生中最难忘的日子。这一天，不仅是我们人民共和国成立一周年的国庆节，同时也是我在事业上的一个良好的转折。

原来，就在这前一天，领导上通知我主持译电工作的一个"台务组"。能够独立处理工作了，作为一个十几岁的小战士，我深深感到组织上对我的信任，那种喜悦的心情与新生共和国的朝霞一样灿然。

因此，在国庆节这一天，我没有和同志们一起（那时机要人员外出必须实行两人以上通行制）去大观园市场内的电影院看新影片，却一个人在办公室里练起"记字"的本领。

在这以前的一个时期，我也深感译电技术上某个弱点而造成的心头之苦。那是当我提前结业分配至山东军区机要处后，被安排在一个台务组给一位1946年参军的老译电员打下手。这位老兄人倒不坏，但性情急躁，他不管我刚"上马"熟悉不熟悉工作要领，也不管我手中的铅笔跟上跟不上，只顾一个劲地催我。我不适应，他动辄摔铅笔，冷嘲热讽。不怕今日的诸君见笑，我当时还暗自落过泪，但我并不就此而沮丧、退坡，我逐渐熟悉了译电工作规律，决定尽量扬我之长、补己之短,并充分发挥了少年时记忆力特强的优势,趁那老译电员傍晚出去打球时拼命记码子,半个月过去已记住两千多组码子。这以后工作起来,我收发电文的速度很快超过了他,这引起了粗直豪爽的刘股长和好心文弱的张科长的注意。此后不久,那位老译电员调至下面军分区担任机要科副科长。9月30日那天,张科长和刘股长宣布由我主持这个台务组,并配备一位新由机训大队分配来的女高中生为我打下手。

为了不辜负领导的信任,为了成倍地提高工作效率,以适应新中国成立初期愈来愈繁重的上报下达的工作任务,我并不以达到的工作数质量为满足,给自己提出半年内一定要记字三千五百组以上,校对出错率不超过千分之五的高指标。在这种情况下,我自然要争分夺秒,牺牲了许多休息时间。但在那个年代,凡经历的人都知道,这种极其单纯而少杂质的忠诚并非少数人独有。

我记得就在一周年国庆这天下午,二十九岁的张副处长来到我们译电科办公室,看到我闷头在"记字",就问我:"小石你还没休息?"我只回答了个"没有"。他亲切地抚摸着我刚理过发的脑瓜说了句:"就这里面装着三千组码子啊!"我很不好意思地低着头,什么话也没说,而且我觉得自己的脸是红了。

他说的这句话至今已六十年,但一直音犹在耳,恐怕是我到死也不会忘记了。我觉得它比任何形式的褒奖都更能打动我的心,因为它不仅反映了领导对被领导者的欣赏与鼓励,更充分体现出了人与人之间真挚的关爱之情。

我的努力和付出的心血果然没有白费,在不久之后的译电技术测验中,我以超出平常三至四倍的效率打破了译电工作的新纪录。张科长在科务会上表扬了我,我清楚地记得他习惯将"废寝忘食"说成"废寝忘餐"。但谁都知道不是他的口误,而是有意如此。

　　一周年国庆节这天晚上发生的一件事也使我终生不忘。那是夜间十一点半,我刚刚入睡,机要通信员就拍我脑瓜叫我起来,这种特急电报是不能隔夜的,我只好起来拿着电报去往办公室,但译出个开头,才得知这是一封需要译电部门领导亲译的电报;但如领导特许,一般译电员也可代译。我当即报告也已入睡的络腮胡子刘股长,他又请示了张科长,最后领导上指令我译这份电报。我边译边觉电报分量的沉重,原来是与朝鲜战局转折和严峻形势有关的大行动问题。我译完后立即交给领导,领导嘱我"守口如瓶"。我自然遵命,对无关人员压根没提有这份电报。

　　一周年国庆过得充实而有意义,但对我说来也绝不是一个轻松的日子,而是一个付出了少年心力而促我早熟的节日。我当时很少想别的,只觉得生活就理应如此,不积极向上又该怎样呢?生活得没有意义又有啥意思呢?

　　今天,那一切都已成为过去,我的少年时光已随白云迁移、流水渗地而逝去;我早已不再"记字",而代之以著文之笔;在那个国庆节被视为应绝对"守口如瓶"的机密电已成为历史,早已在报纸"旧书摊"栏目内披露得极其详尽。但那一页生活,在我心底里却是难忘的永远,是无声胜有声的存留。

　　拍我脑瓜的张副处长已于前几年去世;习惯说成"废寝忘餐"的文弱好心的张科长一直未见,"文革"中听说他被折磨得九死一生,今天不知康复了没有,康复了之后又……因为毕竟岁月无情,他今年也该是年近九旬的老人了啊。络腮胡子刘股长60年代即已转行成为驻守西南边疆的炮兵师长,如今可能早已离休了吧?

与我配合默契、手眼灵快的女同志小张你今天在哪里呢?如果说在那几年,我在业务上有较快长进的话,与你的鼓励与促进确是分不开的。你在决心把事情做好时还那样绷紧小嘴吗?

啊,我的战友,我的一周年国庆!

一切都已那么遥远,但今天想起来却又那么亲近。

难得一个囫囵觉

20 世纪 50 年代初我不到二十岁，却已是一个"老"机要员了。干机要译电员，看来就得由"小鬼"上阵。因为十几岁时记忆最好，能很快记住码子，效率高，而且记得准，也能减少差错；一到二十几岁，很容易生杂念（如处对象啥的），脑子易走神儿，手底下就保不齐出错了。

然而，任何的紧张与忙碌总是要付出一定代价的，那时候，一年中也睡不上几个囫囵觉。真的，半点也不夸张，就仗着年少气盛身体好一点，能撑上一个时期。

那几年，共和国初期的三大运动（抗美援朝、土地改革、镇压反革命）正如火如荼。尤其是抗美援朝，即使在国内，朝鲜战场的军情发展等，也要在国内相当层次的军政部门上报下达，同样也不能延误。我们当时在军区机要处，往往在子夜时分处理完一大批电报稿，吃罢夜餐（多半是浑汤面、馒头之类），刚刚回到宿舍，一着床铺就睡了过去，但也不过半个钟头光景，送电报的通信员就拍我的脑瓜："起来！起来！"我本能地翻身起床，拉开电灯，签收下他从通信处报务员那里拿来的电报稿，又披星戴月地回到办公室，往往在凌晨一二点即开始了新的一天的工作。及至天明五六点干完了"这一拨",刚刚吃过早饭,新的"一拨"电报稿又送了来,接着便开始了连轴转的工作。每在这时,竟来不及想究竟是凌晨一两点还是早晨六七点,真的是晨昏颠倒了。

还有一个很特殊的现象,尽管那年月冬天雪下得频、特冷,但我们译电员的多人宿舍却不能关门,总是大敞着,任风雪可着量地扑进来。为啥?就是为了送电报的通信员好随时进来。否则,时叫时开谁也没法睡觉,因为七八个人并不是一个组的。我的床铺尽靠着门口,上面又是窗户,最受"优惠"。有时我们的张科长来到集体宿舍,看到我一条薄薄的褥子搁在木板床上,上面铺一条部队发的白布单子,由于我个子比较高,褥子不够长,脚还搁在木板上,便说:"小石真能扛冻。"其实,我也不见得多能扛,晚上冻得腿都直转筋,只不过那年月好像谁也没想来享受,忍着也就习惯了。后来,睡在里屋的大老刘关心我,给我一个破棉花套,垫在床板上面,算是好多了。为这事儿,我一直对他心存感激,遗憾的是他不久就被调往朝鲜战场,支援兄弟部队机要部门,而且归国后再也没见到过他。

但怎么说人身也不是铁打的,由于一年多基本上没正经睡觉,劳累过度,我自觉身倦乏力,下午脸颊潮红发烧,随后便咳嗽吐血。但我还是不敢让同志们特别是领导发现,否则他们会叫我停下工作去休息。"最可爱的人"重伤不叫苦、轻伤不下火线的决心也正在我心中生根。这时候还有一个重要因素激发着我:坚持!坚持!再坚持!因为我已先后两次打破全国机要译电工作的新纪录(超过一般标准要求的四五倍),立了二等功,被授予全军区和全省的模范共青团员。如果在这时候"下了火线",那岂不是与这些荣誉称号太不相称?

尽管如此，转年年初的一次全体体检，人为的掩盖终于露馅。X光透视的结果，左肺二、三肋间有浸润性结核病灶，医嘱全休三个月，丝毫没有商量余地！

领导给我和另一位检查出肺结核的张姓同事安排了一个单独小院，院中有里外两间平房，由我俩来住，以便隔离。既如此，我也只好安心养病，每月都到距市中心一二十里的白马山医院去复查。至今我还觉得有点奇怪，那时候结核病已经不算是不治之症，好像已经有了异烟肼、链霉素等药剂，但医院并没有给用，只是叫"静养"。我也只能老老实实遵从医嘱。记得在春寒料峭中，身披棉大衣步行去的白马山医院复查，心里想的今天说起来人们会觉得幼稚好笑。我想我已年满十八岁，算是成年人了，就是因为工作累病死了，也不枉来世上一遭，起码为人民还做出了一些贡献嘛！

也许就是因为这出于幼稚好笑的不畏死——够本了，反而心中很平和很坦荡，第二次复查时竟已接近"钙化"，三个月后医嘱：半日工作，三个月后复查。

在养病期间，组织上因为我精神乐观、有革命意志，批准我参加了中国共产党。还有，半日工作期间，为了照顾我，领导给我的任务是整理各个革命时期的机要电报档案。于是，我算是因祸得福，又获得一笔鲜活的革命历史精神财富。

我那失散的解放区的书

少年时在胶东故乡,参军前我也有一个小小的"书屋"。其实就是在我家西间的柜上,排列了一行我积存起来的三十几本书,两头用蓝色铁质的"书立"夹着,这"书立",还是我高小五、六年级时的语文老师王中戊回北平上大学前赠予我的纪念品。

这三十几本书虽然不多,但品类不一,包括古典名著(残卷)、公案小说、三四十年代的都市言情小说、30年代上海出版的地图册,再就是解放区出版的文学作品和其他著作了。而后者,对我童少年时期思想信仰和人生观的形成,是起了很大作用的。

这三十几本书的来路也各不相同。有的是我从外祖父东厢房的那堆"破烂"东西堆中找到的(如《说岳全传》和一册《济公传》);有的是我在集市或旧物市场上买的(如《施公案》一册与京剧《戏考》二册);有的是土改"复查"分浮财贫下中农不要"闲书"扔在就地,由农会会长免费赠予我的(如刘云若的言情小说《春水红霞》、张恨水的《啼笑姻缘》一册及《中国分省地图册》和《世界分国地图册》)。但更多的是我在县新华书店购买及我在小学与初中考试获得的奖品。这些都是解放区翻印出版的优秀小说和著作,包括赵树理的《李有才板话》

（胶东新华书店翻印），萧红的《呼兰河传》和《生死场》（东北新华书店出版）、《东北抗日烈士传》（东北新华书店出版）、《蒋党真相》（翊勋著，华东新华书店出版）、《新人生观》（俞铭璜著，华东新华书店出版），还有艾思奇的《大众哲学》《谈青年修养》《毛泽东印象记》《中国共产党烈士传》（以上均原由延安出版，胶东新华书店翻印）。再就是胶东文协主编的《胶东大众》《胶东文艺》各一册，算是当时的期刊，但均由新华书店发行。

在买书的过程中，更有趣的是《李有才板话》。本来我是在柜台前翻看的，但看着看着，就被它吸引住了，狠狠心买了下来，多少钱忘记了，本来当时还想买萧红的著作，可是钱不够了（过了两个月，我还是相继都买了下来），从书店到我们村大约六里地，出城后，路上行人稀少，我禁不住又拿出这本好像刚刚出厂，还散发着油墨香的"板话"，倒退着走以便迎着下午的阳光先睹为快。当晚，月光极好，我坐在院子里的长凳上又接着看。这是我第一次读解放区出版的小说时，如饥似渴的真实感受，直至若干年之后，书中那些朗朗上口、生动无比的"板话"，如形容地主吝啬刻薄，给长工喝的粥很稀的语句"勺子搅三搅，浪头打死人"，仍让我记诵犹新。

相对而言，对买来的萧红的两本著作，读起来兴头便没那么强烈。我想主要原因应该是我当时年龄太小，对风格更文气的作品理解起来有些不甚容易。购买时的积极是因为语文老师的推介，说萧红这位女作家如何如何有才，就连鲁迅也是很赞赏的。加之当时战争时期交通堵塞，像上海那边的南方出版物运不过来，所以县新华书店没有鲁迅、茅盾、巴金、老舍的书。而我故乡的龙口、烟台等港与辽东半岛的大连、旅顺近在咫尺，轮船一夜可达，所以东北新华书店的出版物多在我县书店出售，就是这个原因。

我读东北新华书店出版的《东北抗日烈士传》留下的印象很深。书中不仅竭诚讴歌了耳熟能详的共产党人、革命烈士杨靖宇、赵尚志、李兆麟等惊天地泣鬼神的坚贞气节和斗争精神，也浓墨重彩地书写了其他爱国将领、抗日志士如邓铁梅等抗日英烈，展示出九一八后东北人民在中国共产党的号召领导下奋起抗日的声势，证明了抗战不仅是八年而是十四年的真实图景。

而在这些书中，使我如获至宝的则是《蒋党真相》。作者翊勋，真名恽逸群，江苏人，中共早期党员，长期在国民党高层机关做地下工作，后回到华东解放区，所著记叙单篇连贯性实录，揭示了蒋家王朝内部种种，有许多至少在当时还是鲜为人知的"秘闻"，使人更清晰地认识到蒋政权的反动腐朽倒行逆施，其失败命运是必然之事。仅据我所记得的单章标题如《笨伯小诸葛》（白崇禧绰号曰"小诸葛"）、《志大才疏胡宗南》《长沙大火真相》等。只惜该书作者恽逸群在20世纪50年代初期即因所谓"潘汉年案件"而彻底改变命运。"文革"后平反后不久即与世长辞。《新人生观》的作者俞铭璜亦为我方籍属江苏的才子和笔杆子。即使以我当时的水平读来，亦能感到作者较广博的学识与才气，他主要是从一个人的人格和品性及为人民服务为社会做贡献上谈人生观的树立。他不回避"人生苦短"，但正因如此，才要倍加珍爱光阴，珍惜生命，不能因为生命短暂而追逐享乐、"游戏人生"，恰恰要勤勉工作，尽多地做出贡献。作者非常强调人的品性涵养，在书中举出若干古人的楷模事例，如虚怀若谷、举贤荐能等，书中多用"三国"故事，如水镜先生司马徽对"卧龙""凤雏"的推崇，徐庶"走马荐诸葛"，其心多诚、其言感人。至于该书作者，不知是治学与工作过于劳碌还是怎的，据说享寿不长，20世纪60年代即因病去世。

说到艾思奇的《大众哲学》，在当时的解放区可谓炙手可热。由于该书写得深入浅出，我读起来也不觉得很难懂，只是领会上有个深浅问题。真可谓"人以文传"，解放区差不多都知道"艾思奇"这个名字，虽未识此人亦闻其声。

《谈青年修养》一书是延安一些高级干部关于青年问题讲话的辑录，署以洛甫等著，具体内容我今天已记得不是很清楚了，但当时年少的我，却有了另一个收获，即第一次知晓洛甫就是曾经担任中共中央总书记的张闻天。那是我请教初中时的校长陈健后得知的。陈校长后来随大军渡江南下，担任过浙江宁波市委组织部长。

《毛泽东印象记》是除斯诺的《西行漫记》之外的一些美国记者访问延安对毛泽东主席印象的记叙。全书笔调轻松有趣，真切生动，我印象最深的是爱泼斯坦对主席观看京剧演出时的片段描写。当看到比较悲苦的剧情时，主席不自觉地擦着眼泪；当看到逗人发笑的演员表演时，主席甚至会笑出声来。记者举出在看《三打祝家庄》中丑角祝小三的某些表演，尤其是《法门寺》中刘瑾叫他的忠实仆从、太监贾桂坐下时，贾桂执意不坐，说是"站惯了"，主席笑得合不拢嘴。我最爱读爱泼斯坦这些记叙，似乎觉得与其说是他在看戏，不如说是在专注记录毛主席在不同情况下的各种反应与表情。

《中国共产党革命烈士传》中收集了中共早期的革命烈士李大钊、瞿秋白、张太雷、向警予、恽代英等的传略与革命事迹，使我在少年时代即比较全面地了解到我党创建者和栋梁英才们可歌可泣的光辉业绩与至死不渝的斗争精神，对我革命信仰的确立无疑产生了重要的作用。

《胶东大众》和《胶东文艺》在胶东解放区存在了若干年，它使我懂得了什么叫杂志、什么叫期刊。战争年代的杂志自然离不开战争，我从中熟悉了当时胶东我军的首长如许世友、吴克华、聂凤智等这些开国后的上将、中将，并学习了不少我素来酷爱的军事术语，如："胶东我军以雷霆万钧之势，一举攻克顽伪匪首赵保原之老巢——胶县城，守敌悉数被歼。""掖南我军于粉子山一带与蒋军李弥部发生激战，103师遭重创，166师丧失战斗力，我达成战役指标后安然转至新阵地。""我"，即我军，用语至亲至简。

至于上述我所有书籍的去向，基本有二。一是我参军前将其中绝大多数搁在一只柳条箱内，用一把小锁锁好置于我家厢房中，并反复叮嘱母亲"好好保管，不要外借"。我参军四年后才第一次回乡，但见柳条箱内已空空如也。我问母亲，她也记不起来是谁拿走了。其时，老人已年逾花甲，我也不好再说些什么。但最痛惜的是那两大本地图册，它们是我年少时获取地理知识的富矿，也是战争年代我自绘战争形势图的确凿依据。我此生在任何地方也未见过与之完全相同的地图册。二是我参军离家时，将《蒋党真相》和《新人生观》随身带走，而不顾累赘，只为随时翻阅，也是觉得别处大半不会再见到此书。近二十年后"文革"爆发，抄家时这两本书和我其他尚未付梓的书稿被一并搜刮去——"不翼而飞"，而且是无影无踪。

良性的感觉就是恩

说起"恩"字,稍有良知者必都会怦然心动。自然联想到人生境遇中有益于己的他人之赐、之助、之善举。大者拯救生命于水火,济以钱帛解燃眉之急,以正义行动使己转危为安等都是,令受惠者感恩莫名,乃至终生不忘,纵然有所回报仍觉难达之万一。至于忘恩负义、恩将仇报之类,自为正义人士所不齿,所谓"小人"者恐亦为此类中之一种表现。

而我题目中之所指,从表面上看似乎没有那么重大,或则少为人所知而近于无形,在施予方主观上并无特别意图,但在接受方感觉是"润物细无声"的真诚与温暖。在我本人的大半生中,有幸经遇过他人给予的难忘的"良性感觉",尤其是在我成长期的青少年时期,在故乡解放区,有几个人、几件事,给我的感觉堪称刻骨铭心。

我永远忘不了那只稳稳托住我的大手——

那是20世纪中期解放战争时期,大约是1946年12月吧,北平发生了美军强暴北大女学生沈崇的事件,这件事也牵动了解放区人民的心。我们同仇敌忾,举行各种活动进行声援,与国统区的抗议声浪遥相呼应。记得那天风沙大作,我所在的九里镇完小的师生一早就集合了队伍,高呼口号,在各村中游行,然后直奔县城,在城东门外河滩上举行万人大会,声讨美蒋,鼓动士气,军民以更大的力度投入人民解放战争。我作为小学生的代表,上台演讲,那台子是临时搭建的,其实就是在靠河堤处搭了两张大八仙桌。当时我具体讲了些啥今天已忘记了,无非是满怀激情地声讨、控诉、支援、鼓动,落点是美蒋的阴谋行动一定破产,我们一定会取得最后胜利。

讲完了话,我当即从八仙桌上跳下,却未料到有一只大手托了我一把,使我稳稳地落地,我定睛一看,原来是一位三四十岁的"大男人",一位穿军装的首长(我在小时候,看任何比我岁数大的人,都觉得人家"老"了),腰扎的宽皮带上挎着"撸子"(手枪),面带诚挚的笑意对我说:"小同学,讲得很好!"我觉得自己肯定是脸红了。这时带队的女老师告诉我:"这是军分区孙司令员。"(其时胶东北海分区地委、专署、军分区均驻我县)我一时不知所措,只是"哦哦"地说不出话来,更不知与首长握手什么的(因为这是我有生以来遇到的"大官"之一啊)。但孙司令员并不介意,他接着又对我说了一番话,印象最深刻的是其中这样两句:"成长要从少年时代开始,奋发努力才能成为有用的人才!"在我们整队回返的途中,女老师还和校长重叙着司令员的这两句话,她感慨地说:"有人说我们的军队中都是大老粗,才不是呢。"

然而,也仅就这一次,我再也没有和孙司令员见过面。如果说是缘分,也仅只是一面之缘,或者只是"寥寥数语之缘"。但就这一面,这寥寥数语,却使我受用不浅,随后在我身上产生了很大的动力。

在这以后,战争形势继续发展,在我们胶东也一度恶化,有相当长一段时间没有听到孙司令员的消息,但我心中始终记念着他,偶尔听大人们说他已调至野战军工作,戎马倥偬,自然是不可能有机会见面。直到四年之后,我在某军区司令部机要处任译电员,有一次在收译一份朝鲜战场第五次战役战况的电报中,得悉他任志愿军81师师长,率领所属部队于完成既定任务后,边撤边打,又歼灭敌军数千人,然后完整归建,受到志司嘉奖,他本人也破格地记功(因为我军高级将领一般情况下是不记功的)。我看后无语,却由衷高兴,特别特别高兴,深深感念中的高兴——他是师长,也是我成长中的"师长"啊。

随后又是若干年、若干年,又没听到他的消息,直到前几年,有一次与一位相对年轻的同志一起出差乘火车去外地,听说他手机玩得极熟,我请他"搜"一下关于孙端夫将军的信息,结果得知他在20世纪70年代即已逝世。我听后愕然、凝然,岁月何其冷峻!

但作为我精神上终身受益的师长,在我心中并没有因此而逝去。

另一位终生忘不了的人相识与孙司令员大致同时,他就是时任胶东北海军分区政委兼北海地委书记刘坦同志。1946年秋,蒋军第8军李弥部由胶济线中段的潍县出动,向我胶东解放区腹地进犯,于连续侵占昌邑、沙河、掖县之后,仍有觊觎龙口等地之势。为应对新的事态,军分区及所属部队向接近前线地区移动——由县城转移至西南方向的九里镇。其时我正在九里镇完小读六年级,为了配合形势宣传,我们师生排练了小型话剧等节目。记得是一个星期天,我们正在加班排练,刘政委事前没打招呼就突然来了,李校长忙不迭地请他坐下,他含笑谢绝,自管站着静静地看。等我们排练一遍之后,李校长(兼临时导演)征求他的意见,他才与校长小声说了几句,然后客气地走了。这时校长才对我们说,原来刘政委见扮演被抓壮丁的"老农"那位同学气色不太好,估计身体较弱,要我们注意他不要太累,扮演蒋军连长的演员对他呵斥也别太凶，防止吓着他。我听了觉得刘政委心特细，连这样的小地方都想到了。

也就是过了两三天，我从学校后操场小门进校，正碰见刘政委在操场上踱步，身后好像是警卫员在一定的距离跟随着。他一看到我，便主动叫我的名字，我一惊，站住了，政委这才说："听你们校长说你特别爱看报纸，我那里报纸比较多，如果你愿意的话，课间可以到我那里去看。"我不好意思地犹豫着："那方便吗？"他说："有啥不方便的，只要不妨碍你的课程。"这时我才料到必是校长告诉了他我的名字。

次日下午只有一堂课，我下决心去刘政委那里看报，但其实内心还是有点忐忑。他的办公处就在操场小北门的对面，是一家人在天津的富户，村里临时借用这家的部分房屋驻军之用。我向大门左首的耳房（类似传达室）的一位通信员说明来意，他态度温和地告诉我政委在第三进西间办公。我进去一看，首长正盘腿坐在炕上，好像在批阅文件，一见我来了，很热情地让我坐在他的对面，中间是一个挺大的炕桌，看来他早已把一摞报纸准备好了，我规规矩矩地坐下来翻看，彼此好像心照不宣似的各不相扰。

就这样去看了有两三次吧，但有一天，我抽报纸时越是小心越出纰漏，报纸的角儿竟带倒了桌上的墨水瓶，钢笔水立即洒出……我当时心情紧张手忙脚乱可想而知。正无措之际，刘政委一面连连说着"没事儿，没关系"，一面拿抹布擦着墨水，然后又用废旧报纸擦拭干净。但他显然担心我有顾虑日后再不好意思来了，又反复叮嘱我："日后照常来啊。"我虽然点头答应，此后却真的不好意思来了。

然而，人虽未来，心里头的反思和感念久久萦怀。表面上的一桩小事，几个动作、几句话，数十年间挥之不去的影像，这就是我经历的战争年代的领导干部,党政军的首长,对一名普通小学生,平易、平和、平等,爱心、爱护、爱之甚切,不只是讲大道理,更是用细致入微的行动;注意到基层群众演剧活动中演员的身体,关注一个酷爱看报求知若渴的学生;没有壁垒森严的警戒,俨若亲人似的对坐心心交融。成长中的我,感受到的是慈爱、温暖,无尽的感激,抑制着泪水,内心奔腾的热流,最后是积聚起信仰的因子,凝结成回报与献身的精神,这样的一些人代表的主义和精神,为之奋斗乃至献身,值!

与孙司令员一样,就这么一段际遇,随后由于战争的变换,莱芜战役之后,蒋军为了收缩战线,自侵占的掖县、昌邑等地后撤,局势出现暂时的和缓,军分区机关和部队又回到县城附近驻地,自那以后,再也没有与刘坦同志见过面。

新中国成立前,他升任胶东行署主任,这是战争年代解放区的一级机构,介于大的解放区和分区之间,党政军分别称为区党委、行署和军区,大致类似副省级机构,新中国成立后50年代初期即告撤销。刘坦同志在新中国成立前后调南方工作,"文革"中受到严重迫害和极度摧残,"四人帮"倒台后不久即与世长辞,至今已过去三十余年矣。

以下我要说的是同时期的本县县长王佐群同志。在战争时期,我与王县长有过几次接触。他总是穿着一套解放区本地生产和制作的灰粗布干部服,通身上下连帽子都是挺括整齐的。他面色有些黝黑,但身材精干、步履轻快,仿佛时刻都在行动中。平时他的话语并不多,更不啰唆。最典型的一个例子是:有一次他和县教育科李科长来我们完小,好像是视察吧,我们李校长把我叫过去,向两位领导介绍最近全县高小毕业生会考,我名列前茅啥的。王县长看了我一眼,态度既不热情,也不冷漠,只是很平常地说了两个字:"可以。"但我觉得已经很"可以"了。一县之长,现在不讲了,在旧时代那是"县太爷"呀,对一个毛孩子的评价能说个"可以"还要咋的?后来事情的发展证明他对我的印象其实很深的。

1947年春节刚过,全县召开主要由青壮年参加的"反蒋保田"大会,我们的李校长为表现先进积极,带领高年级的五六名积极分子也被破格允许参加了,去往十多里外的南乡城镇。大会由县委书记张竹生同志主持,但在会上没见到佐群县长,经过几天的动员讲话,由蒋占区掖县的受害者声泪俱下进行控诉,张书记站在大方桌上号召青壮年踊跃参加中国人民解放军,上前线英勇杀敌,为受害的父老乡亲报仇!……这时,我们的李校长郑重地问我:"石恒基,敢不敢带头参军?"我当即回答:"敢!"话音未落,早已站起身来,一溜烟儿地就往土台子上跑去。那时我刚12岁,虽说个头比一般孩子蹿得快些,现在估计也就一米六吧,我在台前挥舞拳头,大声地喊:"大哥哥们,赶快参军呀,上前线打老蒋呀!"随后,"大哥哥"们陆续"咚咚咚"地跑了上来,再过了一会儿,这些山东大汉将我挤到了后边,遮蔽了我的视线……

最后,这些自愿参军的人分别乘上几辆破旧的日式卡车奔赴县城。在过"兵检处"这一关时情况并不理想,人家还是因为我年龄太小,安抚我:"过两年再来。"我正与他们争辩,一看我所熟悉的王县长过来了,原来他没在大会上,可能是在县里主持工作,他似乎已经听到了,便开门见山地对我讲:"过两年再参军也不晚。"我急着说:"晚啦,仗也打完了。"他说:"打不完,再说上前线那还不容易,机会有的是。"我觉得他话里有话,反正是被他劝回去了。

果然,也就是三个月后吧(当时我已参加了试建期处于秘密状态的新民主主义青年团），有一天，在学校接到县里指令：全县支前大军即将出发，决定以青年团员为骨干组成少年儿童宣传队，随支前大军开赴鲁中前线，云云。我敏感地意识到：这多半是王县长提的名，看来他说话是讲信用的。对于此行，我自然是喜出望外。

我县支前大军一路西南方向，穿过胶东数县，越过了胶济铁路，逐步接近鲁中前线。在这当中，我很少见到王县长，他是总领队、总指挥，上千的担架，胶轮大、小车，人和骡马，肩上的担子不轻，偶尔见到他，我知道尽量不要去打扰他，整天就是跟宣传队的小伙伴为支前队伍唱歌、演活报剧，逗他们乐也是好的。最忘不了的是一天傍晚在昌邑县南部的一个村庄宿营，这里刚被蒋军和还乡团洗劫过，空气中还弥漫着血腥味。村干部中只剩下一位"财粮"与我们事务长打交道，看来连铺草都很困难。这时，王县长突然出现了，他径直来到我们少儿宣传队的大屋子里，连看也没看我一眼，只伸手一摸薄薄的一层铺草，一皱眉头说："这哪儿行！孩子们还是长身体的时候，弄坏了咋办？"事务长正要申明理由，县长一挥手："情况我听说了，咱们不是还有些钱吗？再想法买一些，走以前把铺草也还给人家，我想就没问题了。"果然，这个办法很奏效，新鲜的麦草铺上去，厚度增加了两倍。

虽然白天行军很累，但当晚我还是难以入睡，我在想我们的"一县之长"他这时睡着了吗？一路之上，虽没说上几句话，但他的心完全用在他人身上：想后代人所想，尽量满足后生的正当愿望，心疼离家千里的"孩子们"，真是情如己子，想着，闻着麦草的清香气息，我才渐渐地入睡了……

孟良崮战役之后，已渐入夏季，我华东野战军好像又在酝酿着新的大战、恶战（后来才知道是南麻、临朐战役），王县长与带队领导商定：鉴于雨季即将到来，他们决定先遣支前大军中的老弱病残和少儿宣传队返乡，以应对新的战役更加艰难的形势。

谁知我们返乡两个月后，蒋军对胶东腹地空前疯狂的进攻开始，我县终于沦入敌手，乡亲们度过了血腥的七十二天。至于整个支前大军何时回故乡，我一直未获准确消息。

直至我正式参军后，很长时间也未得王县长的真确情况，更谈不到与他见面了。20世纪七八十年代之交，"四人帮"倒台之后形势比较稳定，我才听说佐群同志早已南下在上海工作，我当即致函我的老朋友、上海诗人宁宇兄代为打听，他回信说佐群同志曾任上海市政府副秘书长，现在已经离休居家，目前身体不是太好……80年代初，我与妻子赴上海和苏、杭等地旅游，去看"老县长"也是此行的重要目的。

仍是由宁宇兄引路，来到上海旧市区的一处旧居宅，幸运地见到了三十多年未见的老县长，他由于身体欠佳，一直半卧在被子上与我们叙话。他还叫得上我原来的名字，并问："什么时候改了名？"我告诉他："是中间上了大学毕业以后，把用的笔名改为真名。"过了一会儿他又问："我记得你眉头上有一颗蓝痣，怎么没啦？"我说："早就拉掉了，是在左眉上，有人说蓝色的痣不好，就拉了。"我接着又提起当年的一些事情，他立马做出反应："我这人就只能是做些服务型的工作，服务，还是服务。"最后，他忽然想起了一件重要事情，提高了声调："我当时决定先叫你们返回，本来是为了保护你们的安全，可没想到敌人推进得那么快，结果反而把你们推到火坑里，真是对不住，当时还不如留在前方，人多总能护着你们……"

想不到事过这么多年，老县长还在想这一层。叫我说啥好呢。

最后，他舒了一口气说："还好，总算没出什么事儿。"

我告别他回去后，彼此只通过一封信。终于有一天，又是宁宇兄来信说"佐群同志病逝了"。

他走了，一个生前总是想着、关切别人的人，就连本心出于保护却未料到事与愿违，过了许多年还心存歉疚，还觉得"对不住"那些后生。这就不仅是一般的"服务"之心，而简直就是生为他人——以心系他人安危为使命。一个很少扯闲话的人（也许少了些幽默），但一句有关我本人逗趣的话，至少我听他说过两次——"那个眉头上有颗蓝痣的小孩"，至今音犹在耳。

到我老了的时候，便更想起他和他们来。因为他，因为有像他那样的一些人，我才更庆幸能够生长在血与火的年代，能够有幸接受那么多"良性感觉"。也许他们的性格各有特点，但有一点我觉得是共同的，这就是：坚定的信念、忘我的精神、淳朴的作风，再加上丰美的人性。而信仰与人性的自然融合，使之更觉可亲，更富有感染力。

良性的感觉就是恩：表面上的一件件小事，对"有心人"而言却是情撼肺腑的大恩大德。